Geffcken, J

Das griechis...

Geffcken, Johannes

Das griechische Drama

Inktank publishing, 2018

www.inktank-publishing.com

ISBN/EAN: 9783750127111

Das griechische Drama

Aischylos · Sophokles · Euripides

bearbeitet von

Dr. Johannes Geffcken

Professor am Wilhelm-Gymnasium zu Hamburg

Mit einem Plan des Theaters des Dionysos zu Athen

1904

Leipzig und Berlin

Verlag von Theodor Hofmann

Vorbemerkung.

Die vorliegende Behandlung einer Anzahl von griechischen Tragödien für Schulen bedarf noch einiger Bemerkungen. Es war notwendig, zwei Methoden, die in der Regel nicht zusammenarbeiten, hier zu vereinigen: die rein historische Behandlungsweise und die ästhetische. Die letztere, wie sie wenigstens zumeist verstanden wird, ist in der klassischen Philologie, nicht ganz mit Unrecht, etwas in Mißkredit gekommen; man wittert in ihr etwas von flachem Literatentum, vom Feuilleton. Sieht man die Sache aber genauer an, so wird man finden, daß der Gegensatz zwischen der geschichtlichen Erforschung einer Dichtung und der Ergründung ihrer Schönheit nur ein scheinbarer ist, daß das volle Verständnis eines poetischen Werkes sich notwendig aus diesen beiden Tätigkeiten aufbauen muß: die Ästhetik, von der historischen Kritik geleitet, die Kritik, von der Ästhetik durchwärmt, können nur in gemeinsamem Streben ihr Ziel erreichen. So habe ich denn meine Aufgabe dahin verstanden, die Kunstmittel der alten Tragödie in ihrer Entwickelung und Fortwirkung ins rechte Licht zu setzen und anderseits die Persönlichkeiten der Dichter, soweit es ging, zum geschichtlichen Bilde herauszuarbeiten. Dazu war natürlich eine geschichtliche Einleitung, die sich zunächst auch mit dem Begriffe des Klassischen beschäftigte, nötig. Ich habe versucht, den Leser über einige Ergebnisse und auch über manche Fragen der Wissenschaft ins klare zu setzen; diesem Zwecke der Orientierung dient unter anderem auch die beigegebene Karte. Den Philologen, dem diese Dinge bekannt sind, hoffe ich durch andere Kapitel meiner Arbeit, die für ihn mehr Interesse besitzen, etwas entschädigen zu können. Es widerstrebte mir aber, das Ganze nach Art eines Leitfadens aufzureihen, die einzelnen Dichter nacheinander aufmarschieren zu lassen. Darum versuchte ich ein Bild des dramatischen Lebens in Athen zu geben, indem ich die einzelnen bedeutenden Werke der attischen Koryphäen möglichst nach ihrer geschichtlichen Folge, auch nach ihren Beziehungen zueinander behandelte. Der Lehrer, der irgendeine der zu lesenden Tragödien nach meiner Einführung vornimmt, soll ja die ganze Schrift durchlesen und er erhält so, wie ich glaube, eine wirkungsvollere Anregung, als wenn er nach der Einleitung nur sein Kapitel „Sophokles" oder „Euripides" für das jeweilige Stück nachzulesen brauchte. — Von einem genaueren Verzeichnisse der Literatur über das griechische Drama als Ganzes wie über die einzelnen Tragödien konnte im Hinblick auf den Zweck des Unternehmens abgesehen werden, doch war es natürlich nötig, mehrfach auf U. v. Wilamowitz-Möllendorffs Wirken hinzuweisen. Die Dankbarkeit, die die Kunde von der Tragödie ihm schuldet, verlangt, daß man von ihm nicht nur das wisse, was die Zeitungen über ihn sagen, sondern auch im einzelnen die Felder kenne, die sein Genius erleuchtet und erschlossen hat. Kundige werden finden, daß ich mich seinen Ausführungen öfter auch im Wortlaut, bewußt oder unbewußt, angeschlossen habe und werden darin um der großen Sache willen, deren Vertretung es hier gilt, kein Unrecht erkennen.

Der beigegebene Plan ist dem großen Werke von W. Dörpfeld und E. Reisch über das griechische Theater entnommen.

Der Verfasser.

Inhaltsverzeichnis.

I. Begriff des Klassischen.

Wer etwa noch vor dreißig Jahren über das Thema, das ich hier zu behandeln gedenke, sich vernehmen ließ, der redete in voller Unbefangenheit vom klassischen griechischen Drama, und niemand bestritt ihm das Recht dazu, obwohl es damals schon manchen gab, der gelegentlich einem Gesinnungsgenossen gestand, daß ihm das „Klassische" auf die Dauer langweilig werde. In einer Zeit, deren dramatische Größen Moser, Lindau, Wilbrandt, L'Arronge hießen, in einer Epoche, die dreimal den Schillerpreis nicht verteilt sah, in einem politisch zwar mächtig erregten, poetisch aber äußerst müden Daseinszustande des deutschen Volkes nahm man mit der historischen deutschen Geduld hin, was der Tag brachte, suchte kaum, hoffte wenig, leistete nichts. Dieser fade Quietismus der siebziger Jahre auf dem Gebiete fast aller Kunst, der sich sogar an Kaulbachs Tendenzrhetorik auferbaute, weil der Maler doch einmal als großer Mann galt, nahm natürlich auch alles, was so klassisch hieß, bequem als Dogma hin, als sichere Offenbarung. Mit dem Schlagworte von „den heiteren Göttern Griechenlands" glaubte man die tiefste Kenntnis eines vorbildlichen Seins verraten zu können; durch eine sogenannte klassische Bildung wähnte man sich vorteilhaft von anderen Mitmenschen zu unterscheiden und in der Regel, wenn auch nicht immer, sich damit von der Pflicht weiterer Selbstbildung losgekauft zu haben. Da ferner alle Literaturgeschichten lehrten, daß wir Deutschen einer doppelten Blüte unserer Literatur uns rühmen dürften, und daß deren zweite herrliche Epoche ohne die Einwirkung der griechisch-römischen Poesie nicht zu denken sei, daß dieser Verschmelzung Goethe selbst im zweiten Teile des Faust tiefsinnigsten Ausdruck gegeben, so sah man in bequem traditioneller Dankbarkeit die Mehrzahl der Schriftsteller des klassischen Altertums, das man schulmäßig mit dem Jahre 476 n. Chr. wie mit einem Rucke abschloß, für klassisch an, und vollends galten alle Werke der wirklichen Klassiker als Meisterwerke. So dachten oft dieselben Leute, die im Wilhelm Meister stecken geblieben waren, die wohl bei Lewes sich Aufschluß über Goethe geholt hatten, aber den „Elpenor" nie zur Hand genommen, den zweiten Teil des Faust nur aus Zitaten kannten, mit einem Worte den Dichter, den damals jeder Schüleraufsatz besinnungslos den „Altmeister" nannte, einen guten Geheimrat sein ließen.

Auf diese künstlerisch müde Zeit — die Musik nehme ich natürlich aus — folgte eine Epoche frischeren Lebens. Die Kunst besann sich wieder auf sich selbst, auf ihr Wesen, das nicht akademische Nach-

ahmung klassischer Muster sein soll, sondern originale Darstellung des
die Epoche erfüllenden individuellen Lebensstoffes. Die historischen
Dramen, die ja wohl oder übel an die Schöpfungen unserer klassischen
Dichtungsepoche Anschluß nehmen mußten, wurden mit der Zeit,
obwohl ihnen in Wildenbruch noch ein letzter kraftvoller Verfechter
erstand, doch unpopulär; so gründlich hatte man sich übersättigt an der
Schul= und Stubenpoesie der Klassizisten, daß man nach dem Neuen in
jeglicher Gestalt sich sehnte, nach dem Neuen, das uns vom Regelbanne
lebloser Tradition erlösen sollte. Und da nun die Prophezeiungen der
Klassizisten, die, auf das Vorbild der Perserkriege und der danach
aufblühenden griechischen Literatur hinweisend, nach 1870/71 eine neue
Literaturblüte des deutschen Volkes erwarteten, nicht eintrafen, so glaubte
man nicht mit Unrecht, das Gute anderswo suchen zu müssen. So be=
gann die eigenartige Tendenz= und Gedankendichtung Ibsens mit ihren
nicht immer poetischen, aber stets ungemein tiefen und gänzlich voraus=
setzungslosen Schöpfungen ihren Siegeszug über die deutschen Bühnen,
so begann Hauptmanns soziales Drama der Gegenwart in ihrer un=
mittelbarsten Form Darstellungswert zu verleihen. In dieser Epoche
stehen wir noch jetzt mitteninne.

Nichts war nach der Erstarrung in den siebziger Jahren berechtigter,
als der Notschrei nach frischem Leben, nichts natürlicher als diese Re=
aktion, die schließlich zur literarischen Revolution sich gestaltete. Aber
solche Bewegungen halten sich selten in vernünftigen Grenzen, und es wäre
ja auch schade, wenn das geschähe. Das Bedürfnis, das wirkliche Leben
auf der Bühne vor sich zu sehen, nicht tote Schemen der Vergangenheit,
vom gelehrten Dichter zu einem Scheinwesen künstlich zurechtgalvanisiert,
entfachte eine Polemik erbittertster Art, einen wahren Sturmlauf gegen
die Vertreter des Klassizismus, d. h. gegen die Leute, die da gemeint
hätten, Schillers und Goethes Muse verdanke ihren höchsten Schmuck der
antikisierenden Gewandung, also einer Art von Garderobenwechsel. Man
begann immer schärfer von den Lehrern der Jugend im Schulmeisterrock
und auch im Professorentalar zu reden, die naiv gewähnt hätten, von
der Höhe der Akropolis oder des Kapitols ließe sich in behaglicher Selbst=
zufriedenheit das moderne Leben völlig ignorieren, ja sogar geradezu in
seiner Berechtigung negieren, wenn es sich die Antike nicht immer wieder
zum Muster nähme. Diese Polemik, die schließlich immer mehr zur
Hetze wurde und, mit demagogischen Mitteln betrieben, nicht selten die
plattesten Trivialitäten immer wieder gegen den Feind ins Feld führte,
fand den Gegner in einer eigentümlichen Lage. Es ist immer schlimm,
wenn man vom Kriege inmitten einer Reorganisation des eigenen Heeres
überrascht wird. So ging es den Vertretern der klassischen Altertums=
wissenschaft. Wenn man von den Lauen und Flauen in ihren Reihen
absieht, so schieden sich ihre Anhänger in zwei Gruppen. Die einen
waren wirklich, wenn auch nicht so dumm, wie die Feinde meinten, doch
immerhin so naiv, daß sie in Hellas und Rom ewige Vorbilder für

alles im Leben fanden. An diesen Leuten, die sich im behaglichen Wolkenkuckucksheim ihres Daseins der materiellen Erde ziemlich entrückt fühlten, glitt der Stoß der Gegner ganz ungefährlich vorüber. Aber viele Jünger der Altertumswissenschaft befanden sich in einem anderen Korps. Dem war schon lange Zeit das planlose Idealisieren, die blasse, schulmäßige Beleuchtung des Bildes vom klassischen Altertum zur leb= haftesten Unzufriedenheit gediehen. Sie hatten längst gesehen, daß das Altertum der Griechen und Römer zwar oft genug eine wunderbar schöne Erscheinungsform menschlichen Schaffens und Wirkens gewesen, daß es aber nie als Ganzes die notwendige, einzig verbindliche Lehrform des menschlichen Daseins, die es überhaupt nicht gibt, heißen dürfe. Diese Gelehrten waren Historiker; sie wußten und wissen, daß mit tausend Fäden unsere Zeit an längst vergangenen Zeiten hängt, daß man diese vergangenen Zeiten darum kennen müsse. Aber die feindliche Bewegung, der sie gern ein gewisses Recht einräumten, warf eben alles über Bord, ging nicht nur vorurteilslos, sondern eher schon urteilslos vor. Das drückte den historisch denkenden Philologen die Waffe in die Hand zum Kampfe, den sie noch jetzt führen. Der Streit schärfte ihnen die Augen für den Wert des Besitzes, und indem man anderen davon mitteilte, erwarb man neu den Besitz. Der Erfolg dieses Vorgehens ist ja auch nicht ausgeblieben, denn schon verlangen wieder viele in die Welt des Besten, das uns das Altertum geboten, eingeführt zu werden.

Der Krieg, sagt ein weiser Grieche, ist der Vater aller Dinge, aller Dinge König. Und so hat auch uns der Streit gelehrt, den Begriff des Klassischen etwas schärfer ins Auge zu fassen und gründlicher zu durchdenken. Es ist nicht zu leugnen, daß der generalisierende Begriff: klassisches Altertum, weil eben alles Generalisieren falsch ist, unserer Sache etwas geschadet hat. Denn in diesem sog. klassischen Altertum, dessen Nachwirken nur stumpfe Geschichtsmechanik nach Jahren begrenzen kann, gibt es auch, wie schon angedeutet, höchst unklassische Literatur= produkte, ja ganze Zeiten erstaunlicher geistiger Öde. Unklassisch ist mancher Sang der Odyssee, wenig bedeutend sind gelegentlich Stücke der berühmten attischen Tragödiendichter, lange Stellen aus Demosthenischen Reden, von Cicero gar nicht zu reden, widern den Leser aufs äußerste an, und auch der größte Dichter Attikas, der Philosoph Platon, zeigt unbeschreibliche Längen — wie der Wilhelm Meister. Und wieder: in Zeiten, die man bisher noch viel zu wenig der Betrachtung für wert gehalten, weil es in ihnen keinen guten Poeten, keinen Redner, keinen wirklichen Philosophen, mit anderen Worten, keinen rechten Schulschrift= steller mehr gibt, zeigt sich auf anderen Gebieten ein so reiches Leben, ein so ernstes Streben, daß diese Daseinsäußerungen entschieden klassischen Wert besitzen. Ist Paulus nicht ein Klassiker religiöser Erkenntnis, sind Tertullian, Augustin nicht Klassiker ersten Ranges, nicht alle drei antike Menschen? Und nicht anders ist es ja mit unserer eigenen Literatur. Welcher ruhig Erwägende kann die „Maria Stuart" schlechthin klassisch

1*

nennen, wer wird im „Bürgergeneral" klassischen Witz verspüren! Aber
klassisch, b. h. in seiner Art vollendet, von der Zeit des Dichters und
seinen sonstigen Leistungen ganz abgesehen, ist in neuerer Zeit z. B.
Dickens' christmas carol, Daudets Fromont jeune, manche Novelle
Kellers und C. F. Meyers.

Indem so die Vertreter der Altertumswissenschaft sich nicht mehr
im Dienste eines bequemen Dogmatismus auf ein kleineres Anschauungs=
gebiet beschränken, indem sie vielmehr selbst die Werke der Alten an
denen der Modernen zu messen lernen, die Klassizität literarischer Leistungen
nicht nach Ort und Zeit beurteilen, so gedeihen sie ganz von selbst
zu einer ungemein reicheren und fruchtbareren historischen Auffassung.
Aus unkritischer Bewunderung steigt man empor zu individuellerem Ver=
ständnis; vor uns wallen nicht mehr erhabene Schatten im malerischen
Chiton auf und nieder, die den ganzen Tag nichts zu tun haben, als
dem Kultus des Schönen zu leben und sich von Mit= und Nachwelt in
ihrer edlen Einfalt und stillen Größe bewundern zu lassen, sondern es
nahen uns Menschen von Fleisch und Blut, gewiß oft genug im Besitze
des Schönsten, das die Erde kennt, großer Gedanken und eines reinen
Herzens, aber immerhin Menschen, von Leidenschaften bewegt, von Fehlern
entstellt. Mit ihnen heißt es zu leben, wie mit den Menschen neuerer
Zeiten, die wir ja auch nicht blind bewundern. Zwischen dem Altertum
und den späteren Zeiten gibt es für unsere Würdigung keinen Unter=
schied; der Mensch muß immer, in jeder Epoche, unseres liebevollsten
Interesses sicher sein.

Aber, wenn wir auch so die Nebel unklarer Begeisterung zu teilen
suchen, den Begriff des Klassischen richtiger als früher zu erfassen trachten,
so dürfen wir doch nimmer vergessen, daß es Völker und Menschen ge=
geben hat, daß Epochen aus der „tausendfältigen" Zeit, wie der Grieche
sagte, heraufgestiegen sind, auf denen der Blick der Gottheit segnend
geruht hat. Gewiß ist die athenische Geschichte nicht arm an geringen
Gestalten, gewiß war auch Demosthenes kein Held noch Perikles ein Tugend=
spiegel, gewiß das athenische Leben voll der unmoralischsten Regungen
und Taten, aber in seiner Gesamtheit betrachtet bleibt das Dasein dieses
Staates von unermeßlicher Bedeutung für die Geschichte der europäischen
Kultur bis auf diesen Tag. Man denke doch nur: ein Duodezstaat, mit
sehr festen und engen Grenzen, nicht größer als eines der kleineren
deutschen Fürstentümer, gründet nach dem Perserkrieg eine Art Hansa im
Mittelmeer, darf eine Zeitlang dem Traum eines Reiches sich hingeben,
bleibt immerhin zwei Jahrhunderte hindurch ein außerordentlich wichtiger
Faktor innerhalb der Machtverhältnisse des Mittelmeeres und entwickelt
in dieser Zeit eine unglaubliche Vielseitigkeit geistigen Lebens. Noch ein=
mal sei es wiederholt: nicht jedes Werk von Künstlerhand, jede attische
Tragödie, nicht jedes historische Buch, nicht jede Rede, noch jeder Plato=
nische Dialog ist klassisch. Aber die Gesamtheit aller dieser vielseitigen
Leistungen, die Monopolisierung des hellenischen geistigen Lebens durch

Athen während zweier Jahrhunderte in stetem Wechsel, bald der Tragödie, bald der Geschichtschreibung, bald der Philosophie, bald der Komödie macht aus dem Athen dieser Jahrhunderte doch eine auserwählte, eine klassische Stadt. Nicht allein das Athen des Perikles, das in miserabeln Romanen einer glücklich versunkenen Epoche unklare Verherrlichung gefunden, als ob der große athenische Staatsmann mit bewußter Absicht an einer Art Kunst= staat gearbeitet habe, kann uns das Herz erheben, sondern vielmehr die Kontinuität seiner Kulturentwickelung, für die die bequemen Worte „Glanzzeit" und „Verfall" nicht ausreichen, die Entfaltung fast aller Kräfte, die dem Menschengeiste gegeben sind. Beinahe jede geistige Tätigkeit muß dieses Land erst vom Auslande lernen, kaum etwas, was nicht importiert worden ist; aber schnell genug wird Athen Meister jeg= licher Kunst, unbestrittener Besitzer. So wandelt diese einzige Kultur von den großen Tragöden zu Thukydides, Sokrates und Platon, zu Demosthenes, Epikur, und als wollte Athen am Ende dieser Entwickelung, da die Kory= phäen anfangen seltener zu werden, da das übrige Hellas mit teilnimmt an dieser Kulturarbeit, sein bisheriges Streben in blendendstem Spruche zu= sammenfassen, da mahnt uns der große Meister und Ahnherr des bürger= lichen Schauspiels, der Athener Menander, nach dem Ziele wahren Menschentums zu streben, da spricht er das ewige Wort: „Ich bin ein Mensch, nichts Menschliches ist mir fremd!"

Und so wollen wir denn hier in der Behandlung der griechischen, d. h. der athenischen Tragödie nicht zuletzt auch den Menschen suchen. Denn das ist schließlich das Endziel alles historischen Forschens, und so auch der Zweck des literarischen Studiums, aus der Fülle der dichterischen Pro= duktionen das klare Bild des Dichters, des Menschen zu gewinnen. Und da der dramatische Dichter Gestalten schafft, die ihm fast nie unmittelbar gegeben sind, so sollen wir auch diesen menschlich näher zu treten suchen. Freilich dürfen wir uns das nicht allzu leicht vorstellen. Auch diese Zeiten der Vergangenheit sind nicht selten ein Buch mit sieben Siegeln. Das antike Empfinden zeigt oft genug eine so harte Geschlossenheit, die man mit bequemem Verdikt die „Herzenshärtigkeit" des Altertums genannt hat, daß man nur schwer den Schlüssel dazu findet. Aber so geht es doch fast mit jeder Erscheinung aus ferner Vergangenheit, jedem Produkte eines fremden Volkes. Darin steht die Antike also nicht allzusehr vor anderen Zeiten zurück. Sind uns demnach die Empfindungen dieser Menschen, die poetischen Situationen zuweilen nur nach ernster Arbeit, die freilich der oberflächliche Ästhetiker nicht liebt, erschließbar, so belohnt uns für unser Streben nicht selten auch ein Wort, so aus den Tiefen des Menschenherzens hervorgeholt, wie das der Antigone: Nicht mitzu= hassen, mitzulieben kam ich in diese Welt! und Strecken, die unserem Auge anfangs etwas öde erscheinen wollten, liegen nun von plötzlichem Sonnenlichte verklärt da! —

II. Die Entstehung der attischen Tragödie.

Literatur: v. Wilamowitz-Möllendorff: Euripides Herakles. 1. Auflage.
Weidmann 1889. S. 43 ff.

Das griechische Drama hat in der Gestalt, die uns bekannt ist,
seinen Königssitz in Athen. Es liegt uns, abgesehen von zahlreichen
Bruchstücken, in 33 Stücken des Aischylos, Sophokles, Euripides, einem
geringen Teile der Gesamtmasse vor, immerhin bei weitem mehr, als
unsere eigene klassische Dichterepoche uns an Dramen gebracht hat. Diese
Zahl ist aber nun noch erweiterungsfähig; denn aus dem Sande Ägyptens
sind große Papyrusfunde aufgetaucht, und es ist möglich, daß die Gelehrten in 20 — 30 Jahren mitleidig lächeln dürfen über unsere jetzige
Armut. Nichts aber wäre nun falscher, als sofort fröhlich mitten in die
Dinge hineinzugehen und gleich den ersten Dichter vorzunehmen, vollends
ganz verkehrt müßte es heißen, wenn wir etwa, wie man wohl früher
tat, tiefsinnige Spekulationen über die Bestimmung, die dichterische
Stellung des griechischen Dramas, seine Ähnlichkeit mit dem unsrigen
anstellen oder uns mit aristotelischen Definitionen befassen wollten: so
kämen wir nur zu mühseligen, d. h. falschen Konstruktionen. Es heißt
hier die Dinge von Anfang an, soweit das nämlich noch möglich ist,
kennen zu lernen, es gilt hier allein das historische Wachsen, die genetische
Entwickelung ins Auge zu fassen. Das Drama Athens ist nicht fertig,
wie nach der Sage die Göttin der veilchenbekränzten Stadt aus dem
Haupte des Zeus, dem Denken eines Poeten entsprungen, es ist nach
Athen erst importiert worden, allmählich gewachsen aus kleinen Anfängen
zum großen Bau. Um diese Entwickelung, soweit es noch angeht, zu
verfolgen, das Athen, in dem das Drama residieren sollte, kennen zu
lernen, müssen wir erst einmal uns einen Überblick verschaffen über den
Stand der griechischen Poesie, der Literatur überhaupt vor den Zeiten,
da Athen das Zepter geistigen Daseins in die Hand nahm.

Die Athener sind ein ionischer Stamm, in der Zeit, da sie die
Führung übernahmen, hatten die Joner ihre Rolle fast ausgespielt. Sie
durften ruhen, denn sie hatten der Welt Unendliches geschenkt. Die
Dichtung Homers, ihrem ersten Ursprunge nach zwar nicht auf ionischem
Boden, sondern auf benachbartem, auf äolischem erwachsen, wird von den
Jonern erst zur vollen Entwickelung gebracht. Sie durchmißt alle Höhen
und Tiefen des griechischen Daseins, Heldenkampf und Götterzorn,
Freundestreue und Frauenliebe, ruchlose Taten und zarteste Gefühle,
lautes Prahlen und diskretes Schweigen, eine unvergängliche Welt, die,
je mehr wir uns in sie vertiefen, immer farbenreicher unserem Auge
prangt. Sie wirkt hinüber auf das Mutterland, im engsten Anschlusse
an sie werden neue Heldenlieder gesungen, im Anschlusse an ihre Formen
entsteht auch sogar von ihr inhaltlich Verschiedenes, wie die religiöse und
moralische Poesie des böotischen Dichters Hesiod. Der ungeheure Reich=

tum der Homerischen Dichtung an Sagen und Gestalten aber wirkt noch
weiter; sie gibt den großen tragischen Dichtern Athens Stoff und
Stimmungsfarbe und oft ist die athenische Tragödie nur die Spezial=
behandlung eines von Homer nur skizzierten Themas, wie ja auch noch
Jahrtausende später der Homeride Goethe eine Tragödie Nausikaa schaffen
wollte. In ihrem besten Teile ist sie alles mehr als naive Volksdichtung,
wie man sie wohl früher, von ihrer Frische berauscht, nannte; sie ist die
Kunstdichtung eines Standes, des Adels, der schon vieles verlernt hatte, was
der späteren, auf einem anderen Boden entsprungenen Dichtung des Hesiod
noch heilig war. Mit der feineren Ausmeißelung der Menschencharaktere
haben die Götter an Größe verloren, der Zeus, der der Thetis gesteht,
ihm sei das Gezänke seiner Frau Hera lästig und er wünsche eine häus=
liche Szene zu vermeiden, die Athene, die sich freut, vor dem klügsten
der Sterblichen, dem Odysseus, doch noch etwas vorauszuhaben, diese sind
keine wahren Götter mehr. Und schon bricht sich in dieser eigentümlichen
Welt, die uns zum Ersatze für diesen Mangel echtes Menschentum zeigt,
die Reflexion Bahn; denn wenn Odysseus sagt, daß es nichts Kläglicheres
als den Menschen gibt, so klingt das schon wie eine Vorahnung der
kommenden ionischen Reflexion, des Nachdenkens über das eigene Ich,
über das Woher und Wohin des Daseins, über die bewegendsten Fragen
der Welt. Allmählich aber stirbt diese Poesie ab, ja sie erlebt endlich
in dem Werke eines halbbarbarischen, asiatischen Prinzen im sog. „Frosch=
mäusekrieg" eine Parodie, zum Zeichen, daß man im Vaterlande Homers
selbst längst über diese Dinge hinaus war. Im vielbewegten Leben der
kleinasiatischen Städte hatte man, während das Mutterland einfacheren
Sinnes sich noch an Homer erfreute, ganz andere Ziele ins Auge gefaßt,
andere Ideale gefunden. Der Rittersaal zerfällt, an seine Stelle tritt
das Kontor des Kaufmannes. In den großen asiatischen Handelsstätten
lebte man mit dem Westen und Süden, besonders aber mit dem völker=
reichen Osten verkehrend, schneller als im alten Hellas, der Blick für
Menschen und Dinge schärfte und weitete sich, der Reichtum des Daseins
machte es manchem möglich, in beschaulicher Stille zu forschen, Fragen
sich vorzulegen, über die noch niemand nachgesonnen. Die Poesie des
Ritterstandes verfällt mit der Demokratisierung dieser Zeit; wo der
einzelne durch eigene Kraft in die Höhe kommen kann, will er nichts
mehr von ungeheuerlichen Heldentaten der Vorwelt wissen, er ist sich
selbst wichtig und interessant geworden und so spricht er aus, was ihm
in Hoffen und Zagen, in Glück und Leid, in Sorge um das eigene Ich
wie das öffentliche Wohl, das Herz bewegt. So entsteht die Elegie,
d. h. das Distichon, die, mit der großen Kraft der Tradition, wie sie
wohl nur das Altertum kennt, viele Jahrhunderte hindurch, oft unter=
brochen, nie ganz erloschen, bis in die spätesten Zeiten, bis ins 6. Jahr=
hundert n. Chr. Kunstform geblieben ist, und durch den Römer Properz
noch Goethe zu gleichem Schaffen veranlaßt hat. Aber der Hellene
dieser Zeit kannte noch nicht das Stilleben der Stubenpoesie einer späteren

Epoche. Wer sich in sich selbst gesammelt hatte, trat hinaus auf den Markt unter die Bürger, mitten unter den Zank der Parteien, lobend, tadelnd, scheltend, zu Werken aufrufend, Glimpf und Schimpf erwidernd. Neben der Elegie dient ein neues Metrum, der Sprache des Lebens angeglichen, der Jambus diesen Zwecken, den Zwecken des Augenblickes, des wirk= lichen Lebens. Wir wissen, wie Archilochos sich rächte, als ihm die Hand eines Mädchens verweigert wurde, wir haben ein längeres Gedicht eines Poeten Semonides, voll der bittersten Ausfälle gegen das weib= liche Geschlecht: wahrhaftig, merkwürdige Anfänge der Versform, in die die attischen Tragiker dereinst die tiefsten Wahrheiten des Herzens ihrem Volke verkündigen sollten.

Parallel dieser Pflege des eigenen Selbst, diesem Subjektivismus geht nun das Streben nach Erkenntnis der höchsten und letzten Dinge. Wer in den Menschentrubel auf dem Markte blickte, wer die Vertreter fremder Nationen, ihre Erzeugnisse jeglicher Art vor Augen sah, wem jedes Schiff neue Kunde entlegener Länder brachte, wer selbst hinaus in die Ferne fuhr, wen kein Standesvorurteil mehr band, dem konnte wohl, wenn er in Ruhe die Eindrücke, die ihm geworden, musterte, die Frage nach dem ganzen Zwecke dieses Daseins, nach den Ursprüngen der Welt, vor die Seele treten. In jugendlichem Überschwange, vielleicht nicht ohne das stolze Bewußtsein, neuen Zielen nachzustreben, faßt man gleich die schwersten Probleme an und beantwortet die Fragen mit sicherer Einfachheit. Groß ist die Abneigung gegen die epische Poesie und ihre Trugbilder; der Dichterphilosoph Xenophanes, eine der köstlichsten Ge= stalten des Altertums, hält den Epikern vor, daß sie durch der Götter Beispiel die Menschen nichts anderes gelehrt hätten als Diebstahl, Ehe= bruch und wechselseitigen Betrug, und in ganz ähnlichem Sinne will der tiefe Denker Herakleit, derselbe, dem der Sozialist Lassalle eine merkwürdige Monographie gewidmet hat, Homer aus den öffent= lichen Vorträgen verbannt, ja mit Ruten gepeitscht sehen, weil er den Griechen diese Götterlehre geschaffen hat. Gewaltig ist also das Streben nach Wahrheit in diesem Volke, das zuerst den Begriff der Historia = Forschung geschaffen und in verändertem Sinne der Nachwelt hinterlassen hat. Wer ferner nicht darüber nachsinnt, wie die Welt ge= worden, der will sie wenigstens kennen lernen, sie den Daheimgebliebenen schildern. Und so werden große geographische und historische Werke ge= schaffen, noch voller Fabeln und sonderbaren Angaben, aber reich an Stoff und durchbebt von dem heißen Bemühen nach Erkenntnis. Und diese Erkenntnis des Wahren wird nicht selten zur Tatsache. Die ge= schichtliche Forschung unserer Tage hat von Herodots mythischen Angaben und historischen Novellen gar manches als ganz unhaltbar gestrichen, aber welche Bewunderung verdient doch der Mann, der aus verhältnis= mäßig so unvollkommenem Materiale die große Überzeugung von dem unaufhörlichen Kampfe zwischen Okzident und Orient gewann, eine Idee, die schon lange dogmatischen Wert erhalten hat. Und als sollte nun

dies Jonertum, das den Menschen entdeckt und das Recht des Indivi=
duums durch große literarische Taten bewiesen, noch einmal in seinem
besten Kerne sich zusammenfassen, so steht als letzter Vertreter seines
Volkes der große ionische Arzt Hippokrates da.

Damit haben wir eigentlich schon weit die Grenze überschritten,
denn mit Hippokrates kommen wir schon ins 4. Jahrhundert hinein.
Aber es war nötig, einen längeren Blick auf die ionische Kultur in
ihrer Kontinuität und Geschlossenheit zu werfen, weil erst die athenische
wieder eine gleiche Dauer und Stärke zeigt und in mancher Beziehung
ohne besonders intensive Beeinflussung durch Jonien, eine ähnliche Ent=
wickelung zeitigend, das Studium des Menschen in vollkommenster Weise
ausgebildet hat.

Die Joner haben, wie oben erwähnt, die Form der Elegie und
besonders des Jambus gewählt, um ihre Meinung über das öffent=
liche Leben auszusprechen. Diese Art von Poesie kam gleichwie früher
das Epos ins Mutterland, und einer der edelsten Männer des alten
Hellas, der athenische Kaufmann Solon, die erste wirklich greifbare
politische Persönlichkeit Athens, nach der unsere Überlieferung lange
wieder kaum eine einzige in ähnlicher Ausprägung kennt, bedient sich
dieser Formen. Er ruft sein Volk mit Versen auf öffentlichem Markte,
die athenische Feigheit scheltend, zum Kampfe auf, warnt vor Zwietracht,
vor der egoistischen Herrschaft e i n e r Partei und preist den durch Ge=
setze gestützten Staat. Auch über sein Gesetzeswerk selber spricht er sich
aus; er weiß als ruhig abwägender praktischer Staatsmann sehr wohl,
daß er es mit seiner Reform keiner Partei recht machen kann, daß er
vielmehr jede vor der anderen zu schützen, keiner ungerechten Sieg ver=
leihen darf. Und als er nach seinem großen Werke, dessen Verdienst er
als echter antiker Mensch, aber auch mit anderem Maße gemessen voll=
berechtigt, rühmt, dessen unmittelbarste Folgen aber, Verdruß und Tadel,
ihm ebensowenig entgehen, als er da sich in das Privatleben wieder
zurückzieht, so weiß er sein Leben zu genießen, frei und doch maßvoll,
wie es so mancher große Athener nach ihm getan, da redet er in behag=
lichen Versen von dem Glücke eines genußfähigen Alters, will gern in
solchem Dasein 80 Jahre alt werden.

So dürfen wir denn, nachdem wir gesehen, wie der i o n i s c h e
Subjektivismus den Jambus geschaffen, wie der erste a t h e n i s c h e
Dichter ihn verwandt, übergehen zur eigentlichen G e n e s i s d e r
T r a g ö d i e.

Die Tragödie ist in ihren besten Zeiten ein Volksfest gewesen, sie
ist es geblieben, und aus Volksfesten ist sie hervorgegangen. Aber nicht
aus ursprünglich athenischen. Wie die Redeform, der Jambus, fremdes
Gewächs ist, so stammt auch der zweite Faktor der Tragödie, das C h o r=
l i e d, im letzten Grunde aus asiatischer Ferne. Auch das strophisch
geteilte Gedicht, das Lied, das „M e l o s" ist auf dem Boden Asiens zuerst
erklungen. Was die Joner für die Welt geleistet, haben wir soeben

besprochen. Ihnen zur Seite steht der hochbegabte Volksstamm der Äoler, sie, in deren Sprache die ältesten Homerischen Gesänge gedichtet worden sind. Die individualistische Entwickelung der Joner, dem aller= subjektivsten Empfinden Worte zu verleihen, zu sagen, was das Indi= viduum leidet, haben auch sie mitgemacht. Ich brauche hier nur an Sappho zu erinnern, von der wir so gern noch mehr als die jämmerlichen uns jetzt vorliegenden Reste hätten und sehr wahrscheinlich auch noch, nach einem neuen Papyrusfunde zu schließen, erhalten werden. Aber um diese Lieder handelt es sich hier nicht, ihr Sang, der die allertiefsten persönlichen Geheimnisse des Herzens aussprach, konnte wesentlich nur im Einzelvortrag wirken. Hier handelt es sich um das Lied einer Gemeinschaft. Und dies ist denn, soweit wir bisher sehen, von einem asiatischen Sänger, Alkman, im Anschluß an äolische Formen nach Griechenland gebracht worden. Ein solcher Sang, in letzter Zeit viel behandelt und aus Trümmern restauriert, ein Chorlied des Alkman, ist uns zum Teil erhalten. Mädchen am Eurotas singen es, elf an der Zahl. Sie singen zum Feste einer Gottheit, bei dem sie sich zu Tanz und Schmaus zusammenfinden. Zuerst erklingt ein feierlicher liturgischer Chorgesang auf die Gottheit. Dann beginnt ein Solo. Die Sängerin zieht ein für unser Gefühl — auf dieses kommt es hier übrigens gar nicht an — keineswegs erschütterndes Ergebnis: es gibt eine Strafe der Götter; selig jedoch ist der, der seinen Tag vergnügt ohne Tränen flicht. Dann lobt sie die Schönheit einer Genossin, setzt aber mit schalkhaftem Ernste hinzu, die Chorführerin halte sich für viel schöner und als Respektsperson betrachtet, sei sie ja auch viel schöner. Aber die Sonne soll es an den Tag bringen, wer die Schönere ist. Sie sind eben beide schön, wie kein Mädchen im Lande. Doch halt, hier unterbricht mich die Chorführerin. Nehmet, ihr Götter, beider Gebet an. Ich selbst habe im Chor wie ein Käuzchen gekrächzt, und wenn auch die Gottheit uns Heilung unserer Mühen gebracht, so ist es doch die Chorführerin, die Frieden unter uns gestiftet hat. — So schließt das höchst naive Gedicht die Schönheitskonkurrenz; am Anfang und Ende erhält die Gottheit ihren Platz, den weiten mittleren Raum nehmen die allerliebsten Menschlichkeiten der Mädchen ein. Dem Alkman sind dann andere gefolgt und haben den Chorgesang kunstvoller entwickelt.

Beim älteren Chorgesang handelt es sich jederzeit um eine Gottheit, die angerufen oder gepriesen wird. Es gab nun eine göttliche Erscheinung, die bei ihrem Auftreten ihre Gemeinde schon mit sich brachte, es war Dionysos, der Weingott. Ihn umgaben die mutwilligen Satyrn mit dem Bocksschwänzchen, im Lande Attika die Silene mit dem Pferde= schweif, ihn umtanzten die wilden Mänaden unter lautem Euhoi! (daraus entstellt das bekannte Evoë). Die Chorgesänge der Dorer auf der Peloponnes treten nun in die Dienstbarkeit des Gottes. Das Lied, das der Zechende anstimmt, der sog. Dithyrambos, wird zum Chorgesange umgestaltet; von den Sängern des Dithyrambos, der dann selbst noch als ausbildungsfähige Kunstform weitergepflegt ward, stammt die

Tragödie, wie uns Aristoteles sagt. Wohlgemerkt, die Tragödie nicht etwa in dem heutigen Sinne des Trauerspiels, sondern im rein historischen Sinne des Dramas. Aber auch dieser Ausdruck „Drama" ist nicht gegeben, sondern muß erst historisch erklärt werden. Das Wort stammt von einem griechischen Verb, welches „tun, handeln" heißt. Drama aber bedeutet nun nicht einfach Handlung, sondern die Vorführung der heiligen Geschichte, wie denn zahlreiche Kulte mit Demonstrationen, wie ich einmal sagen will, begleitet waren. Drama ist also Umsetzung des Kultgesanges in Realität. Diese Umsetzung des Hymnus auf den Gott in demonstrative Wirklichkeit hat sich nun zum Teil sehr schnell vollziehen können. Wer dem Gotte Dionysos singt, will zu ihm gehören, will Glied seiner Gemeinde sein, ihn auf seinem Zuge begleiten. Und so schließt man sich den steten Gefährten des Gottes, den Satyrn in Tracht und Benehmen an, singt im Chore den Dithyramb. Mit Recht sagt so Aristoteles, die Tragödie sei aus dem Satyrspiele durch spät erreichte würdige Haltung hervorgegangen. Und das zeigt ja auch ihr Name: Tragodia heißt Bocksgesang, von den Satyrn, die an einer Stelle einmal direkt Böcke genannt werden. Alle anderen Erklärungen, besonders mehrere sonderbare antike Deutungen, sind längst erledigt.

In Athen herrschte in den dreißiger Jahren des 6. Jahrhunderts v. Chr. der Tyrann Peisistratos, ein Mann, dem die Stadt außerordentlich viel verdankt. Er tat, wie viele Tyrannen seit den Tagen des Altertums bis auf die Neuzeit, er beschäftigte das Volk. Zu den vorhandenen Festen trat jetzt ein neues, die großen Dionysien, ein Frühlingsfest, das vom Dorfe in die Stadt verpflanzt ward und für das nun die Satyrtänze eingeführt wurden. Die äußeren Formen waren natürlich zu Anfang dorisch, wie die Sprache dieser Gesänge, die so auch geblieben ist. Aber lange war man damit nicht zufrieden; denn aus allem, was das lebhafte Athenervolk empfing, hat es etwas Neues entwickelt, oder vielmehr jedes Kulturelement erst zu der möglichen, aber auch notwendigen Potenz erhoben. Und so geschieht nun ein sehr folgenschwerer Schritt; der Vorsänger, der das Lied gedichtet und den Chor eingeübt hat, tritt nun vermöge dieser seiner Stellung aus dem Kreise der Genossen heraus und redet mit ihnen als Sprecher in der Form des Jambus, die von den Joniern ausgebildet worden war. So einigt sich ionische Kultur und dorische Sitte in Athen. Vollzogen hat diesen Schritt im Jahre 534 der Dichter Thespis, dessen Name sprichwörtlich für die dramatische Kunst geworden ist, von dem aber das Altertum selbst außerordentlich wenig wußte. Mit Recht hat man gesagt, daß mit diesem Schritt, mit der ersten Aufführung eines solchen Chores, der nicht mehr ganz Chor war, das Drama geboren, daß es damit zugleich, weil man diesem Schauspiele an einem Feste des Staates zusah, auch unter staatlichen Schutz gestellt wurde.

Dieser Chor nun, der, weil der Vorsänger oder Dichter sich mit ihm unterredet, schon kein bloß liturgisches Lied mehr singen kann, bleibt bei einer kurzen Darstellung nicht stehen. Der Dichter und seine Gesellen, als Böcke zuerst erscheinend, können sich umkleiden; gelegentlich erscheint auch ein toller Zug auf einem Schiffe, das von einem Wagen heran= gerollt wird, auf einer Art Narrenschiff also. Diese Verkleidungen des Chores erhalten ihre Grenze, dreimal darf es geschehen, zuletzt erscheint der Satyrchor wieder, und so entwickelt sich allmählich die vierfache Bildung des Dramas, die sog. Tetralogie, bestehend aus der Tragödie und einem Satyrspiel, drei gehaltvolleren, ein mythisches Thema behandeln= den Stücken und einem Schwank hinterher. Diese Stücke sind allermeist durch gemeinsamen Inhalt verbunden, auch das Satyrspiel nimmt Bezug auf die drei vorausgehenden Dramen.[1]) Eine solche Tetralogie oder besser in diesem Falle: Trilogie ist uns in Aischylos' großer Orestie erhalten. Es ist bekannt, daß Schiller diese Kunstform, die von den Griechen in später Zeit überwunden ward, nachgeahmt hat, ein Versuch, der als solcher, ganz abgesehen natürlich von dem inneren poetischen Werte des Wallenstein, keineswegs als gelungen angesehen werden darf. Denn die Orestie durchmißt einen Zeitraum von vielen Jahren, die Teilung des Stoffes ist somit von vornherein durch die ganze Anlage des Mythus erforderlich; bei Schiller hingegen bleibt der Meister seines Stoffes nicht Herr und muß ihn daher etwas unorganisch zerlegen, damit er ihm nicht über den Kopf wächst.

Die glänzende Tyrannis der Peisistratiden fiel, Athen ward frei. In neuer Anstrengung hielt es die Bestrebungen des Adels nieder, schuf die Demokratie und gab dem Lande eine Einteilung nach Departements. In alle Rechte der früheren Herrscher tritt nun das allmächtige Volk ein, aber auch in alle Pflichten. Und so wird, ein Jahr, nachdem man sich im neugefügten Staatsbau eingerichtet hat, im Jahre 508 die Chor= ausstattung durch Bürger besorgt. Es beginnt nun, in ihren Anfängen durch die äußerste Dürftigkeit unserer Notizen noch wenig kenntlich, in ihren späteren Stadien vom Lichte der Geschichte bestrahlt, die völlig inkommensurable Entwickelung der attischen Kultur. Auch im übrigen Griechenland opfert man ja dem Gotte Apoll. Auch die Aristokraten freuen sich an der Dichtung; ein Pindar, der für ihre Interessen sich begeistert, gelegentlich allerdings in seinen Siegesliedern nur den Preis be= singen kann, den ein Kutscher des abligen Herrn errungen, wird gern auf den Edelsitzen, ja an Königshöfen gesehen, auch darf er sich hier manch männlich freies Wort gestatten. Aber das ganze Genre dieser Lieder wird nur durch eine so erhabene Persönlichkeit, wie Pindar es war, einigermaßen über sich hinausgehoben; wo eine schwächere Kraft, wie der neuerdings wieder aufgefundene Bakchylides, sich auf gleichem Gebiete versucht, erkennt man die Unfruchtbarkeit der ganzen Gattung. Was

---

1) Ein Satyrspiel ist uns denn auch erhalten, der Kyllops des Euripides. Moderne Leser, die ohne historische Vorkenntnisse das Stück läsen, würden neben dem wenigen Witz doch auch das viele Behagen erkennen.

wollen aber auch sonst diese wenigen Dichter gegen Athen bedeuten!
Hier ist der Dichter kein vornehmer Herr, auch kein Literat, der nach
Brot geht, sondern nur der beste Arbeiter im Dienste der Kunst, die er
in häufigen Fällen wie ein Handwerk seinem Sohn vererbt, er ist der
Ausführer von Aufträgen, die die Menge stellt. Es ist eine demokra=
tische Kunst, wie sie vielleicht nirgends, höchstens in der Zeit der italieni=
schen Renaissance, sich wiederfindet; eine Kunst, die es in einem Jahr=
hundert auf fast dreihundert Dramen nur der drei berühmtesten Dichter
bringt, wandelt geradezu im Massenschritt einher, und von Überproduktion
dürften da nur grämliche Kritikaster reden. Indem aber nun der
einzelne Dichter, der im Anfange seines Wirkens natürlich sich nicht
danach sehnt, eine literarische Größe zu werden, sondern nur für das
nächste Festspiel den Preis zu erwerben, von Fall zu Fall immer kräftiger
sich auswächst, wird er schließlich zum geistigen Führer seines Volkes,
und während sonst in Griechenland die Aristokratie des Blutes herrscht
und das geistige Leben vielfach in den Schranken eines Standes gehalten
wird, so bildet sich in Athen inmitten der Demokratie ganz ähnlich wie
seinerzeit in Jonien die einzig berechtigte, aber auch notwendige Aristo=
kratie des Geistes heran.

III. Schauplatz des Theaters. Technisches.

Literatur: W. Dörpfeld und E. Reisch: Das griechische Theater. Athen 1896.

Wo aber waren nun diese Aufführungen, wo tanzte, wo unterredete
sich der attische Bürgerchor mit dem Chorführer? Noch im Jahre
1841 hätte die Antwort gelautet: das Theater lag einmal am Südost=
abhange der Burg. Heute liegt es wieder da. Das ist so zu ver=
stehen. Nachdem nämlich im genannten Jahre 1841 die Ausgrabungen
der griechischen archäologischen Gesellschaft wenig geleistet und man mit
dem resignierten Ausrufe: Das alte Theater existiert nicht mehr! den
Spaten niedergelegt hatte, wurde, nicht ohne deutsche Anregung, das
Werk von derselben Gesellschaft im Jahre 1862 aufs neue in Angriff
genommen und endlich unter Wilh. Dörpfelds Leitung 1886, 1889,
1895 durch die Mittel des deutschen Instituts zu Ende gebracht. Mit
diesen Ausgrabungen aber und einem etwaigen Bericht darüber hat sich
Dörpfeld nicht begnügt, sondern eine ganze Baugeschichte dieses griechi=
schen Theaters, seine Entwickelungen durch alle Stufen verfolgend, ge=
geben. Es ist über manches kontroverse Kapitel dieser Dinge ein
äußerst lebhafter Streit ausgebrochen. Diesem haben wir hier fernzustehen.
Es genügt vorläufig an dieser Stelle die Bemerkung, daß wir eine An=
zahl der wichtigsten Ergebnisse Dörpfeld verdanken, dem freilich schon
durch die philologische Kritik der Texte vorgearbeitet war.

Das athenische Theater: welch glänzende Bilder steigen da nicht
vor unseren Augen auf! Da liegt es am Südostabhange der Burg,

überragt von den hohen Marmorhallen der Tempel, selbst prangend im Schmucke des Marmors. In der vordersten Reihe die Ehrensessel mit reichem Bilderschmucke, die Bühne ein Marmorpalast. Und auf köstlichen Thronen sitzen Perikles da und die geistvolle Aspasia, sie lauschen im Verein mit Herodot verständnisvollen Sinnes den Dichterworten ihres Freundes Sophokles. — So schwärmte davon eine frühere Zeit und ihre Begeisterung war gut und echt. Aber wir haben in den letzten Dezennien viel gelernt, die Wissenschaft hat gezeigt, daß diese Bilder, an die wir glaubten, Visionen waren. Sie hat aber nicht nur zerstört, sondern an die Stelle einer alten unmöglichen Komposition nur ein neues, ein wahres, nicht minder reiches Bild gerückt.

Ein steinernes Theater ist erst später, wohl erst im 4. Jahrhundert, entstanden, als die Tragödie schon längst abgeblüht war und neue Schöpfungen des reichen athenischen Geistes an deren Stelle getreten waren. Wie uns Perikles kein bewußter Künstler am athenischen Staatsbau mehr ist und wir es jetzt Hamerling mitleidig überlassen, in Aspasia eine Vorkämpferin für athenische Frauenemanzipation zu sehen, so darf auch das Bild des späteren Athens uns nicht verführen, das alte uns in romantischem Lichte vorzustellen. Das Dionysostheater, das die größten Tragödien der Welt vor Shakespeare und Deutschlands Dichterhelden gesehen, sah sie auf dem einfachsten Raum sich vollziehen. Das Theater, wenn man es so nennen will, ist zunächst gar kein Schau=platz für Volksfeste in unserem Sinne, sondern ein heiliger Platz. Süd=östlich von der späteren Bühne[1]) befand sich ein heiliger Bezirk des Dionysos, in dessen westlichem Teile ein alter, vor den Perserkriegen ge=bauter Tempel des Gottes, südlich von diesem, fast parallel mit ihm ein jüngerer größerer stand, beide nach Osten ausgerichtet, d. h. nach dieser Himmelsgegend sich öffnend. Südöstlich wieder von beiden Heiligtümern sind Fundamente entdeckt worden, die man wohl mit Recht als Über=bleibsel eines großen Altars erklärt hat. Dieser heilige Bezirk nun war der Schauplatz der ersten Handlungen des Gottesfestes, dessen Abschluß die Tragödie oder die Tetralogie bildete. Von Osten nahte frühmorgens der Festzug, das heilige Bild des Dionysos tragend, im Tempel ward gebetet und geopfert, dann ging es nach Norden zum Tanzplatz des Chores, zur Orchestra.

Diese Orchestra der ältesten Zeit nun, wie sie Dörpfeld, dessen Thesen sonst vielfachen Widerspruch gefunden haben, unbestritten mit sachlichstem Scharfblicke wiedergewonnen hat, ist nicht das verhältnis=mäßig kleine Kreissegment der jetzigen Anlage, sondern ein bedeutend größerer, in seiner Lage nach Süden und Osten verschiedener Vollkreis gewesen. Ringsherum stand in der alten Zeit, d. h. auch noch in der

---

1) Vgl. zu allem Folgenden die beigegebene, aus Dörpfelds und Reischs Werke über das Theater entnommene Karte.

Epoche der älteren aischyleischen Dramen, das Volk, hörte dem Chorgesange, sah den Tanzbewegungen zu. Wechselte aber nun die Szene
und sprach der Dichter mit dem Chor, so drängte sich das Volk nach der
Stirnseite der Gruppe, um die Redenden zu sehen, und so ward ganz
natürlich der Kreis zum Halbkreise. Besser aber konnte man sehen, was
geschah, hören, was Chor und Dichter miteinander zu verhandeln hatten,
wenn man den Burgfelsen benutzte; dort an den Abhängen schlug man
bis zu einer ragenden historisch gewordenen Schwarzpappel Holzbänke
auf. Der Halbkreis der Orchestra fand dann etwas später seinen Abschluß in einer Wand: das war der äußere Apparat des alten athenischen
Theaters. Die Neuzeit hat gern mit Beispielen der eigenen Vergangenheit operiert, man hat immer wieder die naiv einfache Bühne Shakespeares zum Vergleiche herangezogen; will man aber mit solchen Mitteln
operieren, so tut man gut, sich lieber der ebenfalls ganz voraussetzungslosen
Tellschauspiele der Schweiz, wie man sie jetzt noch sehen kann, zu erinnern
oder des Volksdramas von Andreas Hofer, wie es im Angesichte der
ewigen Alpen von dem auf Bergesmatten gelagerten bayerischen Volke
genossen wird. — So ist es denn der Wissenschaft gelungen, da, wo wir
bisher etwas Schönes, aber doch auch Starres, Festes, Gebundenes,
langweilig Unabänderliches zu erblicken gewohnt waren, interessante
Anfänge, fesselnde Entwickelung nachzuweisen und damit in die traditionelle Betrachtung der Antike fließendes, fruchtbares Leben zu bringen.
Wir fragen nun weiter: wo war denn aber nun die Bühne, auf der
eine Antigone um ihr vereiteltes Mädchenleben klagte, auf der
Prometheus Titanenqualen duldete, Ödipus wimmerte, Theseus Königsworte sprach?

Eine Bühne nun, wie sie in der Anschauung früherer Gelehrtengenerationen lebte und in der des Laienpublikums noch heute existiert,
eine steinerne Bühne mit dem obligaten Marmorpalast, aus dessen
verschiedenen Türen die einzelnen Personen, je nach ihrem Range,
Helden und Götter hervortraten, gab es nicht zur eigentlichen Blütezeit
der athenischen Tragödie. Erst das steinerne Theater der späteren Zeit,
erbaut vielleicht — ganz sicher scheint dies nicht — zwischen 350 und 325
v. Chr., ein Prachtbau, geschaffen, als die Tragödie entweder schon längst
tot war oder wenigstens ihren Höhepunkt überschritten hatte, erst dieses
kennt wie die steinernen Sitze so auch die Marmorbühne: dies hat in
seiner Hauptsache Dörpfelds Spaten so, wie es scharfsinnige Gelehrte schon
vorher postuliert hatten, dargetan. Die Bühne, griechisch ΣΚΗΝΗ = Zelt,
ist in der Blütezeit des Theaters nie sehr viel mehr als eine Art von
Provisorium gewesen, anfangs wirklich nur ein Zelt oder eine Bude, dann
ein für das Spiel hergerichteter leichter Holzbau mit einer Wand von
einfachen Dekorationen; von drehbaren Kulissen und ähnlichem Zubehör
ist noch keine Rede.

Dörpfeld und andere haben nun inmitten des Tanzplatzes noch
einen Altar angenommen. Ganz sicher scheint auch dieses nicht, aber es

ift nicht unwahrscheinlich, daß er da wirklich gestanden hat. Jedenfalls
konnte er nur dekorativ wirken und von kleinen Dimensionen sein, da
das eigentliche Opfer schon vorher vollzogen war und ein großer Aufbau
inmitten der Orcheſtra nur hätte ſtören können.

Ganz eigentümlich iſt nun ein Fund, den man bei der Ausgrabung
anderer griechiſcher Theater, die nach dem älteren atheniſchen Bau fallen,
gemacht hat. Man fand hier nämlich einen geradlinigen unterirdiſchen
Gang, der von der Bühne aus nach der Mitte der Orcheſtra führte.
Was dieſer Gang zu bedeuten habe, darüber war man ſich nicht klar;
man glaubte nur zu ahnen, daß er dem Auffteigen und Verſchwinden
der Schauſpieler dienſtbar gemacht worden ſei, alſo gewiſſermaßen die
Rolle der Verſenkung geſpielt habe. Kein Wunder, daß man nun auch
unter der Orcheſtra des atheniſchen Theaters nach einem ſolchen Bau
ſpürte. In der Tat fand ſich nun neben einer alten Brunnenanlage ein
Stollen unter dem Tanzplaß, oder vielmehr, es fanden ſich mehrere teils
miteinander kommunizierende, teils iſolierte Hohlräume, die aber entgegen=
geſeßt den Funden, die man bei den anderen Theatern gemacht, ſehr
unregelmäßig verliefen. Da dieſes Werk nun ſeiner ganzen Anlage nach
unmöglich von Schauſpielern hat benußt werden können, ſo iſt die Frage
nach ſeiner Verwendung beim Bühnenſpiel eine recht prekäre geworden,
und es iſt deshalb ein etwas ſonderbarer Einfall, wenn einer unſerer
Gelehrten den Schauſpieler, der den Aias ſpielte, nach ſeinem Selbſt=
mord durch dieſen höchſt unbequemen Kanal wegklettern läßt und dieſelbe
Rolle auch dem Prometheus, als er mit dem Felſen unter Blitz und
Donner verſinkt, freigebig überweiſt. Die Phantaſie der Zuſchauer kann
vieles ergänzen, die Illuſion iſt heute wie mehr noch damals dehnbar
genug, aber ein Held darf nicht, weder vor unſeren, noch vor antiken
Augen langſam in ein Loch klettern und damit uns den ſchnellen Über=
gang vom Erhabenen zum Lächerlichen illuſtrieren. Wie freilich im
einzelnen Falle die ſzeniſchen Vorgänge, alſo z. B. das Verſinken des
Felſen mit Prometheus ſich vollzogen hat, iſt eine noch kaum zu beant=
wortende Frage, denn wir ſtehen augenblicklich erſt im Beginn der Forſchung
nach dieſen Dingen, und vorläufig iſt es nur Gewinn zu ſagen, wie es
nicht geweſen.

Auf die ältere atheniſche Orcheſtra, mit der wir es hier als dem
Schauplaße der großen Tragödien allein zu tun haben, führen nun von
rechts und links zwei Gänge oder Rampen, griechiſch Parodoi, Zugänge
genannt, von denen das Auftreten des Chors ſeinen Namen, die Parodos,
erhalten hat. Durch dieſe Gänge gelangte das Publikum zu ſeinen Sitzen
auf dem Felshange, durch ſie zog, wie bemerkt, der Chor ein, und nahten
auch neu auftretende Schauſpieler, die doch nicht jederzeit aus dem
Palaſte, d. h. der den Abſchluß der Orcheſtra bildenden Skene kommen
konnten.

Damit iſt der äußere Schauplaß des Dramas, ſoweit wir die Dinge
bis jetzt begreifen, ungefähr gezeichnet; es handelt ſich nun noch um den

ſonſtigen Apparat der Aufführung. Aus ſpäterer Zeit wird uns nun noch eine Anzahl von Ausſtattungsmitteln und techniſchen Vorrichtungen genannt, über die wir ebenfalls keine ganz klare Vorſtellung beſitzen. Daß wirklich in der Ausſtattung verhältnismäßig viel geleiſtet worden iſt, lehren uns die jetzt mehr und mehr bekannt gewordenen Einzelheiten des ſpäten griechiſchen Puppentheaters, und man könnte da vom Kleinen vielleicht aufs Große ſchließen. Aber über die Mittel der hier allein in Betracht kommenden alten Bühne ſind die Meinungen noch ſehr geteilt, und wir müſſen uns darauf beſchränken, nur das einigermaßen Geſicherte mitzu=teilen, jede längere Auseinanderſetzung mit anderen Meinungen tunlichſt meiden. Da haben wir nun zunächſt eine Art Hilfsbühne neben der eigentlichen Skene, der Bude alſo, wie wir geſagt. Man erinnert ſich, daß im uranfänglichen dionyſiſchen Feſtſpiele auch ein Schiff auf Rädern erſchienen war. Dieſe fahrbare Bühne erhält ſich nun für einige Szenen auch der hohen griechiſchen Kunſt. Mord und Totſchlag blieb im helleniſchen Theater ebenſo wie in unſerer erhabenſten Bühnendichtung, dem „Wallen=ſtein", diskret den Augen der Zuſchauer entzogen, nur ein Bote meldete das Geſchehene. Aber das Reſultat des Ganzen, der blutbeſudelte Schauplatz des Ereigniſſes, ſollte ſichtbar werden, deſſen Würdigung ſollte nicht einfach dem Ohr überlaſſen bleiben, das Auge mußte das Entſetzliche vollzogen ſchauen. Aus der Hinterwand ward ein Geſtell, das ſog. Ekkyklema, hervorgerollt, da konnte man denn Agamemnon tot unter den Maſchen des Netzes in der Wanne liegen, Aias wahnſinnig unter den getöteten Lämmern ſitzen, Klytaimeſtra geſchlachtet ſehen, Oreſt unter den Eumeniden, des Mordes Rächerinnen, zittern ſchauen. Es iſt dies ein gewaltiges Mittel, die ſonſt etwas gebundene Handlung des griechiſchen Dramas, das man um dieſes angeblichen Mangels willen langweilig zu finden geruht hat, durch das Ergebnis der gemeldeten Tat, durch blendenden Effekt zu erſetzen. Kein Zuſchauer hat damals gelächelt und kein ver=nünftiger Beobachter von heute würde lächeln über die Einfachheit dieſes Mittels, das Dargeſtellte in ſeiner grandioſen Furchtbarkeit ließ und läßt keinen ſpöttiſchen Gedanken aufkommen über die Naivität der Technik, und wenn die attiſche Komödie ihre Späße damit treibt, ſo liegt das daran, daß ſie eben unausgeſetzt parodiert und ohne dies Mittel aus=einanderfallen würde.

Schwer fällt hingegen die Entſcheidung über die Anwendung der ſog. Flugmaſchine. Sie war, wie es ſcheint, ein Kran, der dazu diente, Schauſpieler, die z. B. ſchwebende Göttergeſtalten darſtellten, auf die Orcheſtra niederzulaſſen. Hinter der Bühne hob ſich wohl, „fingergleich", wie es einmal heißt, ſich ausſtreckend, der Kran empor und ließ dann den an ihm mit Seilen befeſtigten Darſteller herunter, ein noch ſehr naives Verfahren, das aber damals, wo die Technik ſich erſt zu entwickeln begann, kaum einen ſtörenden Eindruck hervorrief, ſo ſehr die alles belachende Komödie jener Zeit ſich auch darüber amüſierte. Genaueres wiſſen wir freilich über dieſe Mechanik nicht, weder ob Aiſchylos ſie ſchon häufig angewandt

hat, noch wie sie arbeitete; solange wir überhaupt noch ganz im unklaren
über die Entwickelung der griechischen Technik sind und ihre Leistungs=
fähigkeit wesentlich nur aus dem Geleisteten, dem Tempelbau u. ä. beurteilen
können, scheint alles Vermuten zielloses Herumraten.

Ganz ausgeschlossen ist aber bei der älteren Bühne eins: der Vor=
hang, den die jüngere kannte.   Wenn man neuerdings einen solchen
gefordert hat, so ist das nur ein Postulat der Verlegenheit, weil man
wie so manches andere sich schlechterdings nicht vorzustellen vermochte,
wie der Schauplatz des Spieles vor den Augen der Zuschauer hergerichtet
werden konnte. Es hilft hier eben nichts, wenigstens vorläufig, als unsere
Unwissenheit zuzugeben, die Lücken unserer Erkenntnis dürfen wir nicht
mit Attrappen verkleiden.

Der Schauspieler nun, oder besser der Bürger als Schauspieler
hatte alle möglichen Rollen zu geben: dazu genügte sein ihm angeborenes
Äußere nicht. Die Tragödie ist aus dem Satyrspiele hervorgegangen.
Mochten nun auch die Choreuten sich ein Bocksschwänzchen anbinden,
mochten sie einen Schurz von Bockszotteln umlegen und in noch so
grotesken Tänzen toben, damit wurden sie keine Satyrn. Zum Exterieur
eines Satyrs gehörte das Aussehen eines Waldteufels, der Bart, die
aufgestülpte Nase, die spitzen Ohren. Das gab alles die Maske, jenes
Ausstattungsstück, das vom ganzen Apparat des antiken Schauspiels uns
am fremdartigsten bedünken will. Aber an diesem Eindruck tragen wir
selbst ein wenig die Schuld. Wie wir nur zu lange Zeit in der eleganten
steinernen Bühne späterer Epochen den Schauplatz der alten klassischen
Tragödien sahen, so glaubten wir auch in den verzerrten Masken der
späteren Tragödie oder besser den fratzenhaften Masken der possenhaften
Komödie ein Ausstattungsstück des antiken Dramas überhaupt zu er=
blicken, ja man ist sogar so weit gegangen, an und in modernen Schau=
spielhäusern diese greulichen, abstoßenden Larven als Dekoration gedanken=
los anzubringen. Am meisten störte dabei der weitaufgerissene Mund
der Maske, oft ein Maul, von einem Ohr bis zum anderen klaffend.
Darüber belehrte man uns freilich tiefsinnig genug, mit vielsagender
technischer Überlegenheit, die weite Mundöffnung habe den Schall ver=
stärken sollen und sei somit durchaus notwendig, darüber habe der Zu=
schauer hinweggesehen. Gottlob, auch hier hat die Wissenschaft hübsch
aufräumen dürfen. Also erstens einmal: die wirklichen Fratzen unter
den Masken sind zumeist Komödienmasken. Die ältere Komödie ist nichts
als toller Fasching, es soll und muß gelacht werden, und wie das Un=
glaublichste auf der komischen Bühne nicht nur gesagt, sondern auch getan
wird, so dienen diesem Geiste auch die unsinnigen Larven. Zweitens
beobachten wir, daß selbst beim Satyrspiel Maß gehalten wird. Wir
besitzen ein schönes Vasenbild, das uns den Chor vorführt, wie er sich
gerade zum Satyrspiel anschickt. Die Masken sind alle echte Satyrn=
masken, zeigen aber durchaus den Typus der auch in der Kunst dar=
gestellten Satyrn, ohne jegliche Verzerrung dieser überlieferten Züge. Dazu

haben faſt alle keinen weitgeöffneten Mund, nur eine einzige Maske
öffnet die Lippen weiter als die anderen, aber auch in keineswegs kari-
kierender Weiſe.　Drittens beſitzen wir noch aus ſpäterer Zeit in den
Wandbildern Pompejis tragiſche Darſtellungen und Bilder von Masken, die
ebenfalls fern von jeder Verzerrung, namentlich ohne weitgeöffneten Mund
nur die Perſönlichkeit in der ihr anhaftenden Charakterrolle uns vorführen, d. h. in dem Augenblicke, der dieſe Rolle in ihrer höchſten Entwickelung zeigte.　Trat alſo Medea auf, ſo mußte der Zuſchauer gleich,
wen er vor ſich hatte.　Die Maske, von Künſtlerhand geformt — ſie
wurde übrigens nicht vorgebunden, ſondern gleich einem Helm übergeſtülpt
— zeigte die furchtbaren, dem düſterſten Gedanken nachbrütenden Züge
der Kindesmörderin; trat die von tauſend Schmerzen gequälte Elektra
auf, ſo ſah man hier das Antlitz der ganz in ſich verſunkenen, Rache
ſinnenden unſeligen Tochter des ruchlos ermordeten Vaters.　Einmal im
Stück mußte der Augenblick ſich ergeben, wo der höchſte Affekt durch die
Züge der kunſtvollen Maske Darſtellung erhielt, dann trat dieſe Maske
in Rechte ein, die der Zuſchauer wohl nicht wieder ſo leicht vergaß.
Und weiter, wie konnte ein Bürger, auch wenn er ſich für ſeine Rolle
noch ſo trainierte, je die Züge der Gottheit, die doch als typiſch im
Bewußtſein der andächtigen Maſſe lebte, darſtellen!　Eine Athene, eine
Aphrodite auf der Bühne erforderte gebieteriſch die Maske.　Stellen wir
uns alſo einmal einen Chor von Jungfrauen, d. h. von Männern in
Jungfrauenrolle, vor, ſo trägt er die Züge der archaiſchen Kunſt, wie
die Marmorbilder jener Zeit, es ſind noch etwas ſtarre Züge, wohl-
geſcheiteltes Haar, in regelmäßige Löckchen ſtiliſiert; der Chor der alten
Perſer in dem gleichnamigen Stücke des Aiſchylos zeigt den Barbaren-
typus, wie ihn die Vaſenbilder jener Zeit aufweiſen.

　　　Bekanntlich ging der griechiſche Schauſpieler auf dem Kothurn.
Dies war aber in älterer Zeit kein wirklicher Sockel, ſondern nur ein
hochſchaftiger Stiefel, der den Schauſpieler vor dem Chore kenntlich zu
machen beſtimmt war.　Man hat geglaubt, es ſei das Einherſchreiten
dadurch ziemlich unbequem geworden, und pathetiſch, wie man nun einmal ſich vorſtellte, fabelte man von dem durch die Un-
bequemlichkeit des Schreitens bedingten würdevollen Gang der Schauſpieler.　Aber eine ſo unausgeſetzte Grandezza wäre unbedingt dem
Schickſale der Langweile verfallen, und zudem wiſſen wir auch genau,
daß auf der Bühne ſehr leidenſchaftliche Affekte, Hinknien, Niederſtürzen
u. ä. ſich vollzogen.　Demnach gilt es auch hier die Augen aufzumachen,
mit Verſtand zu leſen und nicht von auch noch ſo erhabenen Vorſtellungen
zu leben, wenn man erkennt, daß ſie jeglicher Plaſtik entbehren.

　　　Natürlich trug der Schauſpieler nicht ſein bürgerliches Kleid, ſondern
ein Prachtgewand, wie es dem darzuſtellenden Heros oder Gott geziemte.
Wir kennen ſolche Gewänder gut aus den Vaſenbildern des 5. Jahrhunderts, ſie zeigen die ſchönſte Stickerei, den reichſten Schmuck.　Das
Feſt war ja doch ein Götterfeſt; der veranſtaltende Leiter desſelben wollte

2*

damit etwas erreichen, wollte rühmend genannt sein, und so stattete er
seine Leute so reich wie irgend möglich aus. So erschienen sie denn, die
attischen Bürger, in langem, faltigem, reichgearbeitetem Gewande, die
Gestalt durch den Kothurn gehoben, das Haupt mit der nicht fabrik=
mäßig hergestellten, sondern künstlerisch gearbeiteten Maske weniger ge=
schmückt als charakterisiert, in reichen Locken wallend. So begann das
Volksfest, nicht ein literarischer Leckerbissen für die höheren Stände,
sondern allen zum Genusse, der ganze Vorgang für uns späte Nachfahren
wieder ein Schauspiel in seiner Art, ein völlig inkommensurables Stück
menschlichen Lebens, Kunst und Natur in vollendetstem Einklang bietend.

Genauer als über diese sehr wissenswerten, aber keineswegs sicher
ermittelten Einzelheiten sind wir über die Vorbereitungen und den
Gang des ganzen Festes unterrichtet. Wenn die schönen Tage des
Weingottes (Mitte März bis Mitte April) herannahten, trat das wich=
tigste Amt des obersten Jahresbeamten, des ersten Archons Athens in
sein Recht. Mehrere Bürger, die sich imstande fühlten, das Fest
durch eine längere Dichtung zu verherrlichen, also von vornherein durch=
aus keine literarisch bedeutenden Persönlichkeiten, reichten ihre Dramen
ein und „baten" — so heißt der offizielle Ausdruck dafür — „um einen
Chor". Der Archon sah sich seine Leute an und traf, indem er wohl
auch gelegentlich jüngeren, um keine Alleinherrschaft der großen Talente
zu schaffen, den Vorrang ließ, seine Auswahl; drei unter ihnen erhielten
den „Chor". Ein reicher Bürger war zum Chorleiter, zum „Choregen",
d. h. zum Unternehmer für diesen Teil des Festes bestimmt worden.
Er bezahlte z. B. die Kosten für das Spiel, hatte aber auch Anteil an
dem gewonnenen Siege. Denn das theatralische Fest ist in Athen ein
Kampf und heißt auch so: die drei Bürger, die den Chor erhalten
haben, kämpfen an drei Tagen hintereinander mit ihren Tetralogien
um den Preis. Der Unternehmer hebt nun für jeden Dichter, der
übrigens nicht Dichter, Poet, sondern „Lehrer": Didaskalos heißt, d. h.
Unterweiser des Chores ist, einen Chor von zwölf Mann aus und übergibt
sie dem Preisbewerber. Denn dieser, der Poet, der Lehrer ist selbst
Schauspieler, wie Shakespeare und Molière es waren, und erst später
ist es aufgekommen, wie es heißt, durch Sophokles, dessen Stimme zu
schwach war, daß man einen Ersatz im sog. ersten Kämpfer, im
Protagonisten, dem Darsteller der Titelrolle, wie wir sagen würden,
fand. Nun begann ein eifriges Einstudieren des Stückes, ein Werk, an
dem der Chorege wohl auch Anteil nahm; in aller Frühe und nüchtern
machte man sich an die Sache, ja man trainierte sich sogar in jeder
Weise zu dem großen Kampfe. Denn das Volk war außerordentlich
kritisch und feinhörig; so viel Illusion es auch dem Schauspiele selbst
entgegenbrachte, so leicht fühlte es sich durch die kleinsten Fehler der Dar=
stellenden verletzt. — Endlich waren dann die großen Tage des Festes
erschienen, dem alle Athener mit gleich religiöser Stimmung wie
menschlicher Neugierde entgegensahen. Die drei ersten Tage waren dem

Genüsse der attischen Lyra geweiht; lyrische Chöre zogen festlich auf und „sangen widerstreit". Dann fiel am vierten Tage ein feierliches Opfer. Danach gab es eine Vorfeier, einen Vorkampf, einen Proagon. Eine gottesdienstliche Handlung im dionysischen Heiligtum eröffnete den Tag, dann begann ein Festzug, und zum Schlusse führten die Dichter ihre Chöre ins Theater, wo sie dem Volke sich zeigten und nun die Ankündigung des festlichen Spieles geschah, d. h. also eine Art Programm feierlich gegeben wurde. Die drei nächsten Tage nun waren dem eigentlichen Zwecke des Ganzen gewidmet. Ein feierliches Opfer bereitete das Volk vor auf die höchste Weihe des Gottesfestes, das hier nie zum leeren Amüsement eines abendmüden Publikums werden konnte, sondern, ähnlich den Passionsspielen, ein integrierender Akt einer heiligen Zeit blieb. Danach wurden vielleicht die Preisrichter, fünf an der Zahl, ausgelost, das Volk begab sich auf den Burgabhang und der Dichter, der zuerst, ebenfalls durch das Los bestimmt, seinen Chor „einführen" sollte, erhielt wohl durch Heroldsruf den Auftrag dazu. Der Chor — wir wissen ja, daß die ältere Tragödie fast nur den Chor kannte — zog unter Vorantritt eines Flötenspielers durch die Parodos, einen der Orchestereingänge, ein. In drei Gliedern, vier Mann tief, also drei Schauspieler in der Front, oder in vier Gliedern zu drei Mann, vier Schauspieler in der Front, erschien der Chor in der Orchestra, um zumeist die ganze Dauer des Dramas in derselben zu verharren. Über die Musik seines Sanges, seinen Tanz, seine Bewegungen wissen wir fast nichts. Das Drama hatte also begonnen; die Zuschauer, darunter keine Frauen, saßen nun alle und verließen ihren Platz nur, wenn die Leidenschaft des Beifallspendens oder des Mißfallens den leichtlebigen Athener zu heftig ergriff. Da wurde lebhaft geklatscht, geschrien, gezischt, gepfiffen, gestrampelt, gelegentlich erhob sich das ganze Theater voller Entrüstung oder brach, wie wir noch hören werden, unisono in heiße Tränen aus, die bei solchen Anlässen eben nur der Süden kennt. Mit dieser Erregbarkeit kontrastiert für unser großstädtischtheatermüdes Gefühl nicht wenig die Fähigkeit des attischen Volkes, ein Stück nach dem anderen an sich vorüberziehen zu lassen. Rechnet man, in ungefährer Schätzung, auf jedes Drama 2½—3 Stunden, so saß man also mindestens 11 Stunden im Theater; hatte ein Stück vielleicht in Mykene gespielt, so konnte das nächste ohne Veränderung der Szene in Athen vor sich gehen; am nächsten Tage und am dritten ging es gerade so, zwölf Stücke sah der Zuschauer somit an drei Tagen: eine Leistung, die uns fast ungeheuerlich scheinen müßte, gälte es nicht zu bedenken, daß man mit Ausnahme der komischen Agone sonst im ganzen Jahre einen solchen Anblick nicht genoß und daß einem Volke auf dem Höhepunkt seiner künstlerischen Leistungsfähigkeit, dazu so völlig unverbraucht, wie die Athener es im 5. Jahrhundert waren, so ganz und gar keine Großstädter wie die späteren Alexandriner und Römer des Guten selten zuviel sein kann. Eine gewisse Parallele dazu gibt uns das auch sonst hier lehrreiche

Passionsspiel von Oberammergau. Aber von Poesie allein konnte man
freilich nicht leben, man nahm während der langen Zeit natürlich ge=
legentlich einen kleinen Imbiß zu sich und trank einen Schluck, auch der
Unternehmer spendierte: natürlich geschah das am Platze, man stürzte
nicht nach dem ersten Stücke davon auf irgendeine fliegende Bude in
der Nähe; etwas Büfettähnliches kannte das Altertum nicht. — Waren
nun die Tetralogien erledigt, so begannen die Preisrichter ihres Amtes zu
walten. Selbstverständlich wurde hier nicht hohe ästhetische Kritik ge=
macht; in einer so dem unmittelbaren künstlerischen Schaffen ergebenen,
von überquellender Produktionskraft erfüllten Zeit gab es noch kein künst=
lerisches Abwägen, sondern nur die Entscheidung des augenblicklichen
Eindruckes. Auch fiel den fünf Preisrichtern das Urteil wohl nicht
schwer, sie hatten beobachten können, welchen Anteil das souveräne Volk
an dem Schauspiel genommen hatte, und mögen danach die Rangfolge
der Dichter bestimmt haben. Aber selbst nach diesen Erörterungen muß
davor gewarnt werden, diese Dinge nach gar zu modernem Maße zu
schätzen. Zwar, daß die Perle des athenischen Dramas, die Antigone
des Sophokles, siegekrönt wurde, wird uns wohl nicht wundernehmen,
und daß derselbe Dichter 18 mal den ersten Preis erhielt, finden wir
bei der Größe seines Namens nur natürlich, daß aber eines der ge=
waltigsten Stücke des Altertums, der König Ödipus, nicht den Preis
erhalten hat, will dem Modernen so gar nicht in den Sinn. Aber hier
gilt es erstens zu bedenken, daß ja nicht sowohl Dichter gegen Dichter,
sondern Chor gegen Chor kämpfte, daß auch die ganze Ausstattung des
Dramas von schwerwiegender Bedeutung war, daß zweitens aber auch
eine Tetralogie gegen die andere kämpfte und somit die an den König
Ödipus sich angliedernden Stücke den Ausgang des Kampfes bedingt
haben werden.

Var nun der Ausspruch der Richter geschehen, dann begann die
Siegesfeier. Ein Opfer eröffnete sie, ein Schmaus, besonders für den
Chor, folgte. Der siegreiche Dichter, vom Efeukranze geziert, bewirtete
von der Summe, die ihm neben dem Kranze zuerkannt worden war,
seine wackeren Kämpfer. Bis zuletzt blieb das Ganze eine staatliche
Feier: ein kurzes Protokoll ward vom Staate aufgenommen, etwa des
Inhaltes: N. N., Sohn des N. N., war Chorege, N. N. siegte mit den
und den Stücken, als zweiter ... dritter ... Diese Protokolle, Didas=
kalien, Unterweisungen, nach dem Dichter=Lehrer so genannt, wurden
später auf Marmorplatten, von denen wir einige noch besitzen, einge=
graben.

Im Laufe der Zeit konnte es nun, wie das ja auch bei uns geschehen
ist, nicht unterbleiben, daß der Text der Stücke, die ja lebendig vor dem
Volke sich abspielten und nicht gleich durch einen schwunghaften Buchhandel
vertrieben wurden, durch die Schauspieler willkürlich geändert wurde.
Als die Tragödie ausstarb, wurden die Stücke der großen Tragöden,
die in der guten produktionsfähigen Zeit nur einmal gespielt wurden,

wieder hervorgeholt und erlebten eine Neuaufführung, die freilich für Aischylos schon bald nach seinem Tode angeordnet ward. Wieder tritt da der athenische Staat ein. Ein Gesetz bestimmte, zu der Zeit, da das jetzige steinerne Theater gebaut ward, daß die Tragödien des Aischylos, Sophokles, Euripides in einem Staatsexemplar im Archive deponiert werden sollten und nur nach diesem Muster gespielt werden dürfe. So übte Athen die Pflicht der Dankbarkeit an seinen großen Toten.

Diese Skizze mag uns die äußeren Umstände, unter denen die Aufführung eines athenischen Dramas sich vollzog, darstellen. Viele, sehr viele Fragen werden unbeantwortet geblieben sein; neue Forschungen, neue Funde können schon im Laufe der nächsten Jahre unsere Anschauungen im einzelnen völlig umgestalten. Wenn man oft über die Schnellebigkeit unserer Zeit klagt, in der Wissenschaft wenigstens müssen wir dieses Wesen mit Freuden begrüßen. Erwägen wir, was alles nur in den letzten 20 Jahren durch Verschärfung der Methode, durch den emsig schaffenden Spaten für die Aufhellung dieser Dinge geschehen ist, so dürfen wir, ohne selbstgefällige Freude darüber, wie herrlich weit wir es gebracht, in dem Sinne zufrieden mit dem Geleisteten sein, daß wir ebenso überraschende Entdeckungen von der Zukunft erwarten. Ein Leitmotiv aber soll uns auch in die nun folgenden Betrachtungen hineinführen: das attische Drama muß in erster Linie aus sich selbst heraus begriffen werden, aller Enthusiasmus, der nicht aus dem wirklichen historischen Verständnis, dem ja gewiß die Phantasie vorarbeiten darf, quillt, sondern von traditionellem Schatten lebt, muß in die Rumpelkammer geworfen werden oder darf allenfalls als historische Reliquie einen gewissen Wert der Merkwürdigkeit behaupten.

IV. Das ältere athenische Drama.
Phrynichos, Aischylos (erstes Auftreten des Sophokles).

Und nun hinein in das Drama selbst, hin zu den großen Meistern, die das Drama geschaffen, von den Dingen zu den Menschen, zu den Persönlichkeiten! Da ist es nun merkwürdig, daß das erste Stück, von dem wir etwas wissen — viele unbekannte sind natürlich vorausgegangen — „der Fall Milets" von dem Dichter Phrynichos im Jahre 494 aufgeführt, ein durchgefallenes ist: für uns ein merkwürdiges Präludium der donnertönigen attischen Tragödie! Man lebte damals in erregter Zeit. Das persische Reich hatte auf die ionischen Küsten seine Hand gelegt, die leichtsinnige Nation einen schlecht vorbereiteten Aufstand gewagt, und die Folge war gewesen, daß das tapfere Volk der Perser die stolzen Joner knechtete, ihre Städte zerstörte, ihre Söhne und Töchter ins Serail von Susa schleppte. Milet galt als Tochterstadt Athens, die Athener hatten die Joner in ihrem Freiheitskampfe unterstützt, waren jedoch vor der eigentlichen Aktion klug, aber wenig tapfer heimgekehrt. Es war darum ebenso gefährlich wie mutig, dem Volke, das sich, wie es glaubte, noch rechtzeitig

dem überseeischen Abenteuer entzogen hatte, einen so energischen Tadel
für seine Handlungsweise in einem Tendenzdrama auszusprechen. Als
die klagenden Chöre der Überwundenen — denn so etwa müssen wir
uns die Sache vorstellen — die Orchestra füllten, als die schleppen=
tragenden Jonerinnen, die Brust schlagend, ihr Elend besangen, hell auf=
jammernd über das Unglückslos, dem Meder in Susas Königsburg
Sklavendienste zu leisten, da mischten sich in die Klagen des Chores die
Tränen des Volkes von Athen, und man empörte sich über den Dichter,
der hier eine Rolle spielen wollte und die Volksstimmung zu beeinflussen
trachtete. Phrynichos verfiel einer schweren Geldstrafe, sein Drama ward
geächtet, verschwand völlig. Aber der Vorgang war nicht ohne tief=
greifende Folgen, der Anlaß zum historischen Drama war gegeben.
Oder sagen wir vielmehr genauer: zum Drama der aktuellsten Gegen=
wart. Denn alle Dramen der Griechen waren historische. Die mytho=
logischen Stoffe, die in den Tragödien zur Behandlung kamen, gehörten
alle der Vorzeit von Hellas an, lagen, nach griechischem Augenmaß
bestimmt, etwa sechs Jahrhunderte zurück, entsprachen mithin ungefähr,
wie v. Wilamowitz treffend bemerkt hat, den Königsdramen Shakespeares.
Dieses Drama aber des Phrynichos brachte durch die Hereinziehung der
allerunmittelbarsten Vergangenheit, ja Gegenwart, etwas ganz Neues.
Auch Phrynichos hat, wie wir wissen, alte Sagenstoffe behandelt, aber
seine aktuellen Stücke haben ihm besondere Bedeutung gegeben. Denn
obwohl einmal geschlagen, gab er das Spiel doch nicht verloren, er trat
nur vorsichtiger auf. Der Krieg zwischen Griechenland und Persien
begann; Athen siegte bei Marathon, durch raschen Vorstoß warf es den
nur unentschlossen anrückenden Feind auf die Schiffe zurück. Man war
von diesem Erfolge nicht wenig begeistert, denn zugleich war die Gefahr
einer neuen Tyrannis beseitigt; befand sich doch der alte Hippias, der
Sohn des Peisistratos, auf der Flotte des Feindes. Aber schwerlich hat
ein Mensch in Athen damals daran gedacht, gleich eine Epopöe auf den
glorreichen Sieg zu singen: erst die viel schwereren Kämpfe und die
Siege der Folgezeit gaben diesem ersten Waffengange seine Bedeutung.
Man haßte auch den König Darius in Hellas gar nicht, wie noch
Aischylos und Herodot zeigen, man war nur froh, sich seiner Macht
erwehrt zu haben. Da kam der zweite große Perserzug; auch er miß=
lang nach anfänglichen Erfolgen, die athenische Demokratie und Spartas
Adelsheer zeigten sich ihrer großen Aufgabe voll gewachsen. Nun kannte
der Enthusiasmus des griechischen Volkes, das vorher, als das dunkle
Wetter vom Osten heranschwoll, so verzagt gewesen war, dem die Götter selbst
trübe Orakel gegeben, keine Grenzen mehr. Das hellenische Volk, das immer
etwas auf den Schein gesehen, dem so oft seine großen Denker als Pro=
pheten der Wahrheit ins Gewissen geredet haben, bekundete seine Sieges=
freude in zwar schönen, aber sehr übertriebenen Hymnen. Die Epigramme,
die schon sehr bald zum Gedächtnis des Erfolges in Stein gegraben wurden,
fabeln schon von drei Millionen feindlicher Streiter, und der Epiker des

großen Ereigniſſes, der Joner Herodot, rechnet ein Menſchenalter nach
dem Kriege in aller Ruhe fünf Millionen Aſiaten heraus, die ſich über
das kleine Hellas hergeſtürzt hätten. Wenn aber auch ſo die geſchichtliche
Wahrheit dem Patriotismus zuliebe verfälſcht worden iſt, bis in unſere
Handbücher hinein, ſo bleiben uns dieſe hiſtoriſchen Phantaſien doch von
unſchätzbarem Werte für die Charakteriſtik jener Epoche. Der Aufſchwung,
den Hellas, von der Laſt befreit, nahm, iſt die direkte Folge jener
Ereigniſſe geweſen, alle vorher noch gebundenen oder latenten Kräfte
traten in lebendigſte Aktion. Und nun erſcheint wieder Phrynichos.
Wir haben einige Daten über ſein Stück „Die Phönikerinnen", das
ſpäter in gewiſſem Sinne von Aiſchylos benutzt worden iſt. Das Drama
wurde im Jahre 476 gegeben, drei Jahre alſo nach der großen Schlacht
bei Platää, während noch die Kämpfe der Athener gegen die heldenhaft
verteidigten perſiſchen Feſtungen in Thrakien dauerten. „Die Phöni=
kerinnen" hieß das Stück, d. h. es ſtellte den Chor der phönikiſchen Frauen
dar, deren Gatten, Söhne und Brüder auf der perſiſchen Flotte dienten.
Es iſt dies ein feiner Kunſtgriff, der hier beſondere Hervorhebung verdient,
daß der Dichter den Eindruck des Sieges auf den Feind darſtellte. Und
zwar kann es ſich nur um den Eindruck des Sieges von Salamis handeln,
weil die Phöniker nur auf der Flotte dienten. Wir wiſſen aus einer
Notiz, daß im Eingange des Stückes, das in Suſa ſpielte, der perſiſche
Oberkämmerer erſchien und, während er die Sitze für die Ratsherren
ordnete, den Prolog ſprach, ſagte, wo man ſich befände, und danach die
Niederlage des Xerxes verkündete. Wir haben hier alſo einen bedeutenden
Entwickelungsſchritt. Der Chor tritt nicht wie ſonſt, zuerſt auf, ſondern
der erſte Schauſpieler übernimmt dieſe Rolle. Die Ratsherren, die dann
Platz nahmen, waren, da ſie ſaßen, alſo nicht tanzten, ſtumme Perſonen.
Dann erſchienen die Phönikerinnen, die Angehörigen der perſiſchen Marine.
Wie ſie nach Suſa kamen, darum ſorgt ſich der Dichter, der noch alles
auf einen ideellen Schauplatz „Perſien" rückt, nicht. Die Frauen ſangen
nun in „honigſüßen" Liedern, wie ſie noch nach 50 Jahren bezeichnet
wurden, den Jammer der Wittwen und Waiſen. Umfangreich kann das
Drama kaum geweſen ſein; eine Aktion fiel abſolut nicht vor. Der
Sang des Chores war natürlich die Hauptſache, Furcht= und Erwartungs=
gedanken über den Ausgang fielen durch die bündigen Erklärungen des
Kämmerers gleich von vornherein weg; höchſtens konnte ein Bote das
Schickſal der einzelnen Führer, beſonders phönikiſcher Abkunft noch berichten.
Aber wie dem auch ſein mochte, Phrynichos hatte durch das neue aktuelle
Drama, das dem allgemeinen Hochgefühle des Volkes von Athen Aus=
druck gab, das faſt allein die phönikiſch=perſiſche Flotte überwunden, einen
glänzenden Sieg erſtritten und wirkte, wie wir noch ſehen werden, tief
auf ſeinen Nachfolger Aiſchylos ein.

Freilich läßt ſich Aiſchylos nur mit ſehr beſchränktem Rechte Nach=
folger des Phrynichos nennen, denn er wirkte gleichzeitig mit ihm. Es
iſt überhaupt eigentlich ſehr töricht, deshalb, weil uns die großen Tragiker

Aischylos, Sophokles, Euripides nach ihrem Alter in dieser Reihenfolge genannt werden, sie auch in dieser Reihenfolge abzuhandeln. Das tun die Literaturgeschichten nur so aus praktischem Bedürfnisse; wir sollten aber, wohl bewußt, daß die Dichter vielfach noch gleichzeitig tätig waren, solchem Vorgange nicht folgen und werden es auch nicht tun. Eine Literaturepoche und Literaturgattung wird nur begriffen, wenn man die gemeinsam oder gegeneinander wirkenden, auf ein Ziel gerichteten Kräfte als Ganzes umspannt. Leider ist das, solange wir die Reihenfolge der Dramen noch nicht mit völliger Genauigkeit fixieren können, nicht absolut durchführbar, aber soweit es geht, soll es hier versucht werden. Nun also zuerst von Aischylos!

A. Aischylos' Leben und Persönlichkeit.

Literatur: Teuffel=Wecklein: Ausgabe der Perser 1886. U. v. Wilamowitz= Möllendorff: Euripides' Herakles S. 92 ff.

Über Aischylos' Leben ist sehr wenig Zuverlässiges bekannt; denn als er dichtete, schrieb man glücklicherweise noch keine Literaturgeschichte, und als man begann Literaturgeschichte zu schreiben, wußte man leider wenig mehr von Aischylos' Leben. Die antike Literaturgeschichte charakterisiert, soweit sie nicht von dem äußerst nüchternen, aber gründlich forschenden Aristoteles geschrieben ward, fast durchweg dürftige Anekdotensucht und eine gewisse Sentimentalität. Darum sind auch die meisten Angaben über Aischylos zu verwerfen, wie wir denn ähnliches auch bei Sophokles erfahren werden. Sie stehen eigentlich alle auf dem Niveau der platten Legende, die den Weingott Dionysos dem jungen, gerade Trauben hütenden Aischylos erscheinen und ihm den Befehl erteilen ließ, sich zu würdigerem Dienste vorzubereiten. Sicher ist so viel, daß der Dichter in Eleusis als Sohn eines vornehmen Geschlechtes im Jahre 525 geboren wurde, daß er als reifer Mann bei Marathon stand, wo sein Bruder Kynegeiros den Heldentod bei den Schiffen fand. Tragödien hatte er schon vor diesem Jahre geliefert, schon im Jahre 497, also als 28jähriger, war er in die Schranken getreten und hatte seinen Chor erhalten, aber nicht gesiegt. Erst 13 Jahre später, im Jahre 484, also als 41jähriger, überwand er seine Gegner im tragischen Wettkampf. Dann hat er gleich allen anderen wehrfähigen Bürgern seine Pflicht bei Salamis und Plätää getan, wie später Sokrates im Peloponnesischen Kriege. Er war also kein feiner Literat, der am Schreibtische den Ruhm des Vaterlandes bequem besang, sondern der Schöpfer der attischen Tragödie hatte schlecht und recht selbst mitten im Gliede gestanden und mußte, wie nüchtern das Leben den Menschen auch in großer Zeit anfassen kann. Der Schöpfer der attischen Tragödie: das klingt so konventionell, fast phrasenhaft. Aber was hieß es nicht alles! Leicht war es für die neidische Mit= und Nach= welt, nachdem einmal das große Werk getan, nun die Einzelheiten zu tadeln und den Meister hier und da zu überholen. Aber aus der ein=

sachen, ja sogar einförmigen, gänzlich ohne Handlung sich abspielenden Kantate des früheren Dramas ein Genre zu schaffen, das den Jahrtausenden getrotzt hat und kommende Jahrhunderte stetig begeistern wird: das war ein Titanenwerk.

Genie ist Fleiß: so hat auch der Dichter des Prometheus Jahrzehnte gebraucht, um zu werden, was er war, in unablässiger Arbeit sich mühend. Wir wissen, daß er den zweiten Schauspieler eingeführt hat, daß er ferner die szenische Ausrüstung geschaffen. Das sagen die Alten, wir aber wissen noch mehr. Die tragische Sprache ist sein Werk, dieselbe Sprache, deren Ausdrücke und Bilder die späteren Jahrhunderte beherrscht hat, wie die Tragödie Schillers und Goethes unserer Sprache plastische Kraft und unendliche Fülle geschenkt hat. Wozu hatte bisher die Sprache Attikas gedient? Zu Elegien und Grabepigrammen, letztere dürftig und nüchtern. Nun rauscht durch das dürre Gefild ein gewaltiger Strom dahin, überallhin Arme und Äste entsendend, und bald breitet sich da, wo früher Öde schien, eine lachende Aue aus. Und was führte der Dichter nun der Menge vor? Mit einer einzigen Ausnahme, den „Persern", die wir später würdigen wollen, sind es die Gestalten der Sage, die seine Welt erfüllen. Die Größe jedes schöpferischen Geistes besteht darin, daß er klar voraus- oder mitfühlt, was dunkel in den Herzen der Zeitgenossen wogt und wallt, daß er aussprechen kann, was alle empfinden. Die Denker Joniens, diese übermodernen Menschen, hatten, wie wir gesehen, nichts mehr von den Gestalten Homers wissen wollen. Aber im Mutterlande, in Hellas, hatte diese Poesie gezündet, die Homerische Heroenwelt wird übernommen und zum Anknüpfungspunkt aller historischen Vorstellungen. Jede Koloniegründung wird mit den Homerischen Helden in irgendeiner Weise verbunden, ein Sagenkreis entsteht nach dem anderen. Fast die ganze ältere Geschichte Griechenlands ist von Sagen durchwoben; keiner führt uns besser in dies bunte Gewimmel hinein als Herodot, der ja eigentlich nur forschen will. Der große Dichter Pindar taucht, wenn er irgendeinen vornehmen Herrn besingen will, tief hinein in den Born der Sage; Pindar war Aischylos' Zeitgenosse. Überall noch sah der Grieche das Walten der Gottheit. Die leidenschaftlichen Stoßgebete der Sappho atmeten den Glauben an die Notwendigkeit der Gebetserhörung; die Dichterin hatte sie selbst, die Göttin der Liebe, niedersteigen sehen aus dem himmlischen Saal, noch klangen ihr die göttlichen Trostesworte in den Ohren. Wer an die Gottheit brünstig glaubt, der schaut überall ihr Antlitz, spürt ihr Wirken. Durch einen listigen Trug hatte Peisistratos von Athen die Herzen des Volkes gewinnen können. Als er in die Stadt einzog, da stand neben ihm ein hohes Weib mit Helm, Schild und Speer, und die Athener bezeigten der vermeintlichen Göttin Athene ihre Ehrfurcht. Bei Marathon hatte der bocksfüßige Pan die Perser in Schrecken gesetzt, so erzählte man sich im Athenerheere, und dem rettenden Gotte wurde das Heiligtum unter der Burg gestiftet: so war das Wunder des Glaubens liebstes Kind.

Und es war noch nicht allzu lange Zeit her, daß der Glaube des Volkes
sich durch die Theologie sublimiert hatte. In Athens Nähe lag der
heilige Ort Eleusis. Wer sich dort hatte in die Mysterien einweihen
lassen, der ward los und lebig der Angst vor dem elenden Nichts nach
dem Tode, der hörte die heilige Lehre vom Leben des Jenseits auf
blumiger Au. So wies alles in Hellas den eingeweihten Blicken eines
Gottes Spur. Aber nicht jeder Mythus taugte zur Behandlung, vor
allem nicht die dionysischen Mythen, die sich rasch abnutzen mochten.
Das Künstlerauge des Aischylos erkannte seine Vorbilder in der scharf
umrissenen Welt Homers, seiner Plastik Schüler ward er, sein genialster
Fortsetzer wie Goethe, und wenn Goethe sein Dichterlos bescheiden als
das eines letzten Homeriden pries, so soll auch Aischylos in gleicher
Ehrfurcht vor dem Meister seine Stücke Abfälle vom Tisch Homers genannt haben. Wessen Sinn aber den fruchtbaren Stoff erkennt, der
ist auch Herr dieses Stoffes und darf ihn frei ausgestalten. Wie sich
bei jedem Drama, das den Namen verdient, die Haupthandlung mit ein
paar kurzen Worten erzählen lassen soll, der Inhalt der Charaktere
aber oft Jahrhunderte der Forschung bedarf — ich erinnere nur an die
Hamletfrage —, so macht ein rechter Dichter auch nur geringe Anleihen
bei einem Vorgänger. Homer erzählte im großen; die Helden, die der
Stift des Vasenmalers mit unablässig arbeitender Phantasie auf die Schale
oder die Amphora ritzte, die ließ Aischylos leibhaftig vor den Augen
des Volkes neu erstehen, sie wurden greifbare, goldene Wahrheit. Aber
aus dem Rahmen Homerischer Poesie traten sie doch heraus, es galt,
was die Sage als Lied von großen Taten erzählt hatte, nicht nur in
Aktion verwandelt dem Volke vorzuführen, sondern nun auch den
handelnden oder auftretenden Personen Lebensfähigkeit d. h. Charakter
zu geben. Im Epos läuft Handlung und Charakter vielfach getrennt
nebeneinander her. Odysseus kommt nicht endlich nach Hause, weil er
der schlaueste aller Sterblichen ist, sondern Zufälle und der Götter Schutz
führen ihn der Heimat zu. Achilleus verliert nicht seinen Freund, weil er
in eigensinnigem Trotze nicht kämpfen wollte, sondern weil er in seinem
Fürstenstolze unnachsichtig gekränkt war, und das antike Gemüt überhaupt der Verzeihung schwer zugänglich ist. Kriemhild rächt sich
nicht so gräßlich, weil sie eine nachtragende Natur war, sondern weil
man ihr mit rohester Tat das Liebste auf Erden genommen hatte: die
eine Aktion ist nur die Vorbedingung der anderen. Im Drama aber
gilt es zu verschmelzen: hier muß die Aktion, so sehr wir sie im
großen und ganzen auch schon vorher kennen, durch die Charaktere
motiviert werden. Es war ein ganz unglücklicher Einfall, wenn man
Hamlets späte Rache, weil die Sage ähnliches berichtete, damit motivierte,
der angebliche junge Träumer habe, unsicher über die Schuld seines
Stiefvaters, erst ganz ins klare kommen, d. h. also „Recherchen" anstellen
und Belastungsmaterial sammeln müssen. Nein! Wenn die Sage ihn
den großen Racheakt langsam vorbereiten ließ, so ist's eine große Dichtertat

Shakespeares, daß er diese Fabel sich aus Hamlets Gemütszustande ent=
wickeln ließ und dadurch einen Menschentypus von einziger Wirkung
schuf. Ähnlich ist's mit dem griechischen Drama. Nennen wir einmal
den Namen Elektra: was sagte er dem griechischen Publikum? Elektra
war die Schwester des Orest, sie rettete den Knaben vor Ägisth, sie
nahm am Rachewerk des Erwachsenen teil: gut. Aber wenn uns nun
Sophokles die Elektra, durch den Gegensatz der schwachen und unklaren
Schwester Chrysothemis gehoben, in verzweifelter, selbstquälerischer Pein
darstellt, wie sie, wenn hell in ihre Kammer die Sonne schien herauf,
in allem Jammer in ihrem Bette schon aufsaß, wie ihre rasende Leiden=
schaft Motiv wird zur Teilnahme an der nimmer verzeihlichen Freveltat,
so ist hier ein unendlich Großes durch den Dichter geschehen: die bekannte
Fabel läßt er als notwendig in den Charakteren sich neu erzeugen.
Ich sage damit nicht, daß es immer in der Tragödie geschehen ist, aber
die Größten, und nur auf diese kommt es an, haben es in ihren
tiefsten Schöpfungen geleistet. Darum, weil die Charakterentwickelung
alles ist, alles sein muß, stehen uns die besten dramatischen Schöpfungen
der Griechen fast so nahe wie die unserer deutschen Kunst.

Aber solches Schaffen will gelernt sein; auch der Ahnherr des
athenischen Dramas, Aischylos, ist einen langen, nicht leichten Weg der
Erkenntnis zugewandelt. Nichts aber ist schöner als den Pfad verfolgen
zu können, den ein großer Genius geschritten ist. Und wir vermögen
dies bei Aischylos wenigstens im allgemeinen.

B. Aischylos' Dichterentwickelung bis zu den „Sieben gegen Theben".

Literatur: Von Übersetzungen nehme man immer noch am liebsten Droysen
(Berlin 1868) zur Hand, nicht die beliebten Donnerschen.

Das älteste Stück des Aischylos — 79 sind mit Namen bekannt —
„Die Schutzflehenden" besteht noch zum größten Teile aus Chor=
gesängen. Ich muß mir hier versagen, auf den Inhalt des Dramas,
das in unserem Sinne durchaus unklassisch ist, näher einzugehen und
will daher nur ganz kurz den Gang des Ganzen skizzieren.

Es handelt sich um die Flucht des libyschen Königs Danaos nach
Argos. Danaos war mit seinen 50 Töchtern von seinem Bruder
Aigyptos, der seine Nichten mit seinen eigenen 50 Söhnen vermählen
wollte, gewichen. Er findet Aufnahme im fremden Lande, der argivische
König verspricht ihm nach einigem Schwanken Schutz, und das Volk be=
stätigt seines Herrschers Entschluß. Aber da naht auch schon der Feind,
Aigyptos erscheint mit seinen 50 Söhnen, ein Herold will die klagenden
Mädchen davontreiben. Da tritt der König von Argos hemmend
dazwischen. Die Geretteten danken ihm, aber in ihre letzten Lieder
mischt sich ein Gesang ihrer Dienerinnen, der es zweifelhaft läßt,
ob nicht auch die Liebe, die Heirat etwas Schönes sei. So werden

wir sein zum zweiten Stücke der Tetralogie hinübergeführt, das ebenso
wie das letzte nicht mehr erhalten, aber seinem Inhalte nach durch die Zitate
daraus ungefähr bekannt ist. Die Hochzeit wurde vollzogen: die Danaiden
verfielen den „Ägyptern", nach denen das Stück so hieß. Wundervoll
schilderte dann das dritte Drama den Sieg des elementarsten aller
menschlichen Gefühle, der Liebe. Die Töchter des Danaos ermordeten
alle ihre Männer, nur eine, Hypermestra, schont ihren Gatten, und
in einer köstlichen, durch ein Zitat noch erhaltenen Rede schilderte die
Göttin Aphrodite, die der jungen, vor Gericht gestellten Frau helfend
zur Seite trat, die Macht des allgewaltigen Naturtriebes. So ward
der Sieg der Natur über das Gebot in denkwürdigster Weise gefeiert.

Auf fremdem Boden scheint dann Aischylos sein nächstes uns be=
kanntes Stück „Die Perser" zur Aufführung gebracht zu haben. Am
Hofe des sizilischen Königs Hieron fand alles, was in Griechenland
geistige Bedeutung hatte, ehrende Aufnahme. Unter vielen erschien hier
Phrynichos, erschien Aischylos, ja er dichtete zu Ehren des Königs
ein Stück, als dieser eine Stadt am Ätna gegründet hatte. Hier wurden
dann auch wohl „Die Perser" aufgeführt, als einzelnes Stück, dem später
(im Jahre 472) in Athen, der nationalen Sitte gemäß, die anderen
Stücke angehängt wurden. Auch „Die Perser" sind ein ganz aktuelles
Drama, wenn auch bei weitem nicht in dem Grade wie Phrynichos'
Stücke, denn Xerxes, der bei Aischylos als zerlumpter Flüchtling erscheint,
war wenigstens im Jahre 472 längst wieder ein stolzer König. Es galt
Phrynichos zu übertrumpfen, und es mag auch gelungen sein. Denn
wenn bei Phrynichos, wie wir sahen, im Prologe, d. h. in dem vor dem
Einzuge des Chores liegenden Teile, die Niederlage der Perser schon
gleich von vornherein mitgeteilt wurde, so gab es kaum eine Spannung
mehr; das hat Aischylos, wenn er auch noch in seiner alten Weise das
Drama ohne Prolog begann, doch ganz anders verstanden. Das Drama
selbst aber ist trotz der erhabenen Beschreibung der Salamisschlacht, die
uns hinreißt, wie Raouls Schlachtbericht in der Jungfrau von Orleans,
mit nichten ein klassisches. Es ist denn doch ein Tendenzstück und kann
nur historisch genossen werden. Namentlich ermüden, von sonstigen
Mängeln abgesehen, die Chorgesänge mit ihren vielen Wiederholungen.
Wir spüren, daß der 53jährige Poet noch in der Entwickelung ist, und
erkennen wieder, welche Schöpfung das athenische Drama auf seinem
Höhepunkte gewesen, welcher Gipfel nach beschwerlicher Wanderung er=
stiegen wurde!

Auf der sizilischen Reise hatte Aischylos die „Säule des Himmels",
wie die Griechen sagten, den Ätna kennen gelernt und sich von dem
letzten gewaltigen Ausbruch des Vulkans erzählen lassen. An der
blühenden Fruchtbarkeit des Landes zu den Füßen des Berges konnte
er beobachten, wie wohltätig hier oft des Feuers Macht sei. Nicht
lange danach sehen wir den Dichter in gewaltigem Anlaufe sich des
großen Mythus bemächtigen, der da kündete, wie den Sterblichen zuerst das

Feuer bekannt geworden. Zwischen 471 und 469 fällt die aischyleische Prometheustrilogie. Prometheus! Welche Vorstellungswelt erweckt nicht schon der Name! Wenn ein gewaltiger Mensch in den Banden beengender Verhältnisse, wenn ein Ewiges ersehnender Geist in den Ketten der Endlichkeit knirscht, so nennen wir sein Streben titanenhaft, pro= metheisch. Als der junge Goethe sich als Faust empfand, des Über= menschen — ich meine hier natürlich nicht im denaturierten Nietzscheschen Sinne — Kraft und ungestillte Schmerzen fühlte, als er erkannte, daß dem Schaffenden Einsamkeit nötig sei, ein völliger Bruch mit den Menschen und dem, was die Pygmäen so Gott nennen, da schuf er seinen Dithyrambus „Prometheus". Und als der korsische Imperator, der die Menschen verachtete und unter seinem Triumphwagen zerstampfte, endlich von der Masse der Feinde besiegt, auf St. Helenas Felsen hing, redete die Welt vom gefesselten Prometheus. So ist uns der Name ein schönes Symbol geworden für jede mit sich selbst, aber auch nur sich selbst einige Kraft, die dem Weltenlauf sich entgegenstemmt, das Welten= ende nicht scheut, sicher der persönlichen Unsterblichkeit des eigenen trotz= geborenen Ichs. Aber es wäre ein verhängnisvoller Irrtum, wollten wir dieses Symbols Urbild in ununterbrochener Ahnenreihe im aischyleischen Prometheus finden. Dem großen attischen Dichter, fromm wie sein Volk damals noch war, hat in seiner Trilogie nichts ferner gelegen, als den berechtigten Zorn eines unterdrückten Wesens gegen nur materiell überlegene Mächte zu symbolisieren. Er dramatisiert nur den Mythus, der den fruchtlosen Kampf des Titanen gegen das jetzt lebende und Verehrung genießende Göttergeschlecht darstellt, dramatisiert ihn in einer Form, die wunderbare Schönheiten spendet, aber als Ganzes be= trachtet gleich den anderen bisher besprochenen Stücken noch keineswegs auf der Höhe der klassischen Vollendung steht. — Der Gang der Tragödie, eines Stückes, das in seiner ganzen Ausdehnung wie so manches Drama des Aischylos den Namen „Tragödie" in unserem Sinne kaum verdient, ist kurz dieser.

Wir sehen zum Beginne des Stückes, wie Prometheus von zwei Gestalten in greulichem Aufputze, von „Gewalt" und „Kraft", an den Felsen genagelt wird. Neben beiden Schreckgestalten weilt auch Hephästos in der Orchestra und sucht durch versöhnende Worte zu wirken. Bald aber ist der Titane am Felsen allein mit seinem Grolle und seinem Schmerz. Da naht (wohl auf einem Wagen) der Chor der Okeanostöchter, und Prometheus teilt ihm mit, warum er hier oben schmachte. Zeus wolle von ihm erfahren, ob er wirklich dereinst von einem Stärkeren überwunden werden solle, und wer dieser sei. Der Chor tröstet den Dulder auf banal menschliche Weise durch seichte Moralien, die der Gefesselte bitter zurückweist. Den Chor der Meer= mädchen löst Okeanos selbst ab; er ist der zweite Schauspieler, der vorher die „Gewalt" gab; auch er sucht den Prometheus umzustimmen. Aber der Trotz des Gequälten bleibt ungebrochen, in der Erzählung von

allem dem, was er den Menschen geschenkt, bricht das leidenschaftliche
Gefühl von Unrecht, das er dulde, immer wieder hervor. Aber er wird
nicht verstanden, den Meermädchen kann niemand ausreden, daß Zeus
der Herr sei, dem man nicht entgegentreten dürfe. Da tritt ein neues
Wunderwesen auf, die in eine Kuh verwandelte Jo, die von Zeus ge=
liebte, von Hera verfolgte. Mehr als der Zuspruch der bisher Er=
schienenen kann sie, die auch, wenn auch indirekt, unter Zeus leidet, dem
Titanen Trost bringen. Sie war einst Mensch, vom großen Menschen=
freunde Prometheus verlangt sie Aufschluß über das Ende ihrer Pein.
Er tut es, erzählt ihr, wieweit sie noch irren solle, und rasend stürzt
die Unselige davon. Nach neuen Wechselreden zwischen Prometheus und
dem Chor erscheint nun Hermes, um mit dem Gefesselten noch einen
letzten Versuch zu machen. Aber auch dieser scheitert an Prometheus'
Haltung, der den Boten nur allzu deutlich merken läßt, welch unreifes
Jüngelchen er in ihm sehe. Er fürchtet den Untergang der ganzen
Welt nicht, aller Elemente Durcheinanderrasen soll ihm kein Wörtchen
abzwingen, alles, was Hermes sagen könne, dünke ihn nur wie das
Schwatzen der Welle. Nun endlich rückt der junge Gott mit der ganzen
Botschaft seines Vaters heraus; der Felsen des Prometheus soll in der
Erde versinken, dann nach langer Zeit der Titane wieder emportauchen,
um den Geier, den „geflügelten Hund" mit seiner Leber zu speisen.
Das Ende dieser Qualen solle erst dann eintreten, wenn ein Gott als
Stellvertreter diese Pein auf sich nähme und in den Hades ginge.
Dringend mahnt der Chor noch einmal zum Frieden, aber Prometheus,
dem die Vernichtung nichts anhaben kann, bleibt trotzig. Hermes ver=
sucht die Meermädchen zu warnen, aber nun kennen diese im Aufblick
zum Titanen keine Krankheit schlimmer als Verrat. Da erfüllt sich das
Verhängnis, der ganze Zorn des Zeus bricht gegen den Feind los, und
der Felsen mit dem ehernen Manne versinkt unter Donner und Blitz.

Das zweite Stück der Trilogie, von der uns wieder nur das erste
Drama erhalten ist, war der befreite Prometheus, d. h. die Erlösung
von dem zehrenden Geier durch Herakles' rettenden Pfeilschuß. Das dritte
Stück, „Prometheus, der Feuerbringer", brachte dann wie öfter bei
Aischylos die Versöhnung. Zeus, dessen Sohn das Befreiungswerk voll=
zogen, empfängt den Orakelspruch, daß er sich nicht mit der Thetis ver=
binden dürfe, weil ein Sohn aus solcher Vereinigung ihn vom Throne
stürzen würde. Der unsterbliche Kentaur Chiron geht, an unheilbarer
Wunde leidend, für Prometheus in den Tod. Der Titane stiftet das attische
Fest der Prometheen; mit einem Festzuge, einer „Pompa" schließt das Ganze.

Wie werden wir nun über das Stück denken? Zuerst gilt
es da den künstlerischen Standpunkt. Von diesem aus zeigt der
„Prometheus" noch immer große Mängel. Die Fabel ist nach unserem
Ermessen doch zu klein für die große trilogische Behandlung. Die
Reden des Chores im ersten Stücke, sein Zuspruch wiederholen sich
ebensosehr wie die unaufhörlichen Trotzreden des Gefesselten ermüden.

Im zweiten Stücke haben wir wieder dieselbe Szenerie, vielleicht mehr Klagen des Prometheus als Schmähungen, aber immerhin doch die Wieder=holung der Grundstimmung des Helden. Wir müssen so urteilen, die Empfindung, daß wir es auch hier mit einer keineswegs klassischen Dichtung zu tun haben, darf uns in ihrer Berechtigung nicht bestritten werden. Aber auf gleich gerechter Wage haben wir auch des Dichters Absicht zu wägen. Er will ja doch kein klassisches Stück für spätere Generationen, etwa gar für die Schule schreiben. Ihm gilt es nur einen großen Mythus, den alle in seinen Hauptzügen kannten, in Handlung umzusetzen, ihn lebendig, Teilnahme fordernd, Herzen be=wegend vorzuführen. Und das ist ihm in Athen, besonders durch den Schluß gewiß gelungen, der große Gott, der ebensoviel getan wie ge=duldet, er grub sich in seiner ganzen ergreifenden Gestalt noch tiefer ein in das Gemüt des Volkes, das nun seinen Kult in noch viel innigerer Weise begehen mochte. Es ist eben ein Mysterium; der Schutzheilige des Feuers ward hier poetisch verklärt und voll des Gottes, voll des Gedächtnisses seiner Wohltaten fragte das Volk von Athen nicht, an welchen poetischen Mängeln das Drama „laboriere". — In solchem Geiste müssen wir auch eine andere Frage beantworten, die man wohl aufgeworfen hat. Wie kann, ist geäußert worden, ein frommer Dichter gleich Aischylos in Zeus einen solch grausamen Tyrannen darstellen? Natürlich haben da wieder die Anhänger der Theorie von der tragischen Schuld aus Prometheus' Verhalten eine Überhebung und strafbaren Trotz herausgetüftelt; diese stellen sich also auf die Seite des etwas schwachmütigen weiblichen Chores. Das ist Rationalismus, davon kann natürlich nicht mehr die Rede sein. Aischylos ist ein Gläubiger; was geschehen ist vor Urzeiten, als die Götter noch miteinander rangen und kämpften, er nimmt es als unantastbare Offenbarung hin. Zeus herrscht jetzt im Licht, braucht keinen Gegner zu fürchten; wie alles so geworden, ganz einerlei, auf welchem Wege, so ist's dem Dichter Glaubenswahrheit. Es ist einmal Kampf und Streit gewesen unter den Himmlischen, aber die großen Mächte haben sich versöhnt, lange vor Menschengedenken: das muß uns Sterblichen genügen, deren Augen die Wege der Götter sich ent=ziehen.

Diese antike Frömmigkeit, wie sie ein Aischylos fühlt, muß überall da, wo der Mensch sich in seiner Kleinheit empfindet, tiefinnerstes Ver=ständnis finden. Darum ist uns nun auch der Prometheus des Aischylos nicht mehr ein Symbol des trotzig sich aufbäumenden Eigenwillens gegen eine Welt voll Kleinheit, Haß und grauser Mittel der Ge=walt, sondern die tiefsinnigste Offenbarung des Dichtergemütes, das kein Heil sieht als in der gläubigen, hoffenden Unterwerfung unter die Gottheit, die da weiß, was uns not tut, die alle Kämpfe in uns einmal beschwichtigen wird, weil sie auch selbst des Kampfes Mühen er=fahren hat.

Geffcken, das griechische Drama.   3

Erstes Auftreten des Sophokles.

Während nun Aischylos so in steter Arbeit an sich selbst seinen
Weg dahinschritt, hatte sich neben ihm ein jüngerer erhoben, dem eben,
weil ihm schon die Wege bereitet waren, mancher Erfolg leichter werden
sollte. Es war Sophokles, aus dem athenischen Gau Kolonos,
jener Stern der tragischen Muse, wie ihn die Späteren nannten. Über
sein Leben wird weiter unten das Nötige mitgeteilt werden. Hier sei
vorläufig darauf hingewiesen, daß er nicht mehr selbst, angeblich
wegen der Schwäche seiner Stimme, als Schauspieler auftrat; er wird
hier wohl den alternden Aischylos nachgeahmt haben, der doch un=
möglich noch in jeder seiner Tetralogien spielen konnte. Und weiter
erfahren wir von ihm, daß er schon früh den dritten Schauspieler ein=
geführt hat, wodurch der Chor natürlich noch mehr zurücktreten mußte.
Im Jahre 468 nun erschien er zum ersten Male auf dem Kampf=
platze, forderte seinen Chor, erhielt ihn und siegte über Aischylos als
28jähriger Jüngling.

Welches Stück oder welche Trilogie Aischylos gegen seinen jugend=
lichen Mitbewerber ins Treffen führte, wissen wir nicht; ein Stück aber
des Sophokles, das ihm diesen Sieg gewinnen half, kennen wir: den
„Triptolemos". Es war eine alte, uralthenische Sage, daß die Erd=
göttin Demeter ihren attischen Liebling Triptolemos ausgesendet hatte,
um die Pflege des Ackerbaues und damit milde Gesittung über die Erde
zu tragen. Mit großem Geschick hatte Sophokles in diesem Mythus, der
natürlich wieder das Gegenteil einer Tragödie in unserem Sinne war,
den Aischylos zum Muster genommen. Ich will, um die unzweifelhaften
Einzelheiten hier gar nicht zu berühren, nur darauf hinweisen, daß hier
ebenso wie im „Prometheus" ein Held der Gesittung, der Erziehung
des Menschengeschlechtes geschildert ward. Aber mit wieviel leichterer
Hand hatte der Jüngling von Kolonos seinen Stoff gewählt! Während
der Zuschauer des Prometheus von der Last, die der Götterkampf auf
seine Seele warf, erdrückt wurde, um spät erst aufatmen zu dürfen,
führte ihn nun Sophokles zwar auch durch Kämpfe hindurch, aber doch
von einem Sieg seines Helden zum anderen. Und mächtig fühlte sich
der Lokalpatriotismus der Athener geschmeichelt, wenn sie so von Attika
aus die köstliche Gabe des Brotes der dankbaren Welt gespendet sahen,
wenn der Heros, den ihre Vasenbilder darstellten, greifbare Wirklichkeit
gewann. Und so siegte denn Sophokles, nachdem man die Entscheidung
des Kampfes den gerade von einem Kriegszuge heimkehrenden Feldherren
übertragen hatte. So ernst nahm man in Athen damals nicht sowohl
literarische Ereignisse, denn die gab es noch nicht oder empfand man
wenigstens nicht als solche, sondern vielmehr das Gottesfest in seiner
höchsten Weihe, dem Drama.

Ein Jahr später, und Aischylos ist wieder Sieger: wir kennen die
Mitbewerber, unter ihnen ist schon ein Sohn seines früheren Nebenbuhlers

40

Phrynichos. Im Jahre 467 wird die große thebanische Trilogie zur Aufführung gebracht, von der wir das dritte Stück besitzen. Der „Laios" war das erste Drama. Laios, König von Theben, hat dreimal den Orakelspruch empfangen keinen Sohn zu zeugen, sonst solle er von dessen Hand sterben. Er ist jedoch ungehorsam und läßt nun seinen Sohn aussetzen, aber das Orakel erfüllt sich, auf einer Reise fällt er von noch unbekannter Mörderhand. Das zweite Stück zeigt uns im „Ödipus" Laios' Sohn auf dem Throne. Er hat, ein Findling, an fremdem Königshofe erzogen, die thebanische Sphinx besiegt, das Land von der Plage befreit, die Königinwitwe geheiratet: ein echtes Märchen, wie treffend bemerkt worden ist. Durch allerhand Fügungen wird ihm schrecklich klar, wessen Sohn er ist, wessen Weib seine Gemahlin war. Er blendet sich, seine Frau Jokaste erhängt sich, seinen Söhnen von ihr, Eteokles und Polyneikes, die an ihm freveln, flucht er. Eteokles vertreibt Polyneikes aus Theben. Das dritte Stück, uns erhalten, sind die „**Sieben gegen Theben**". Polyneikes hat sechs Bundesgenossen in Griechenland gefunden und zieht nun mit ihnen gegen seine Vaterstadt. Das Drama spielt in Theben. Ebenso wie im „Prometheus" erscheint der Chor erst später. Im Anfange des Stückes spricht Eteokles zu den Bürgern, die hier Statisten sind. Er setzt auseinander, was not tut. Die Gefahr ist ihm bekannt, aber die Aussichten auf den Sieg dünken ihm nicht gering. Das feindliche Heer soll in der Nacht — in diese Tageszeit also muß sich der Zuschauer versetzen — angreifen; nun gilt's Tapferkeit, hinauf auf die Mauern, mit Gottvertrauen ans Werk! Da kommt ein Späher, ein Bote; er meldet, in siebensachem Heerhausen nahe der Feind, der Staub steige auf, die Heereswoge brülle heran. Nun zieht der Chor, aus thebanischen Jungfrauen bestehend, ein. Er ist ganz fassungslos, weiß in seiner Angst nicht wohin; welchen Gott soll er zuerst anrufen? Draußen dröhnt der Schilde Klang, mit erregten Sinnen glaubt die Mädchenschar wahrzunehmen, wie die in den Zügeln knirschenden Rosse Mord klirren; unter lautem Wehegeschrei ruft der Chor zu allen Göttern: so haben wir das prachtvolle Innenbild der belagerten Stadt. Nichts schlimmer nun für den Mann, den die Tat ruft, als dieser hemmende Jammer, die Panik der Frauen. Mit herbem Worte fährt Eteokles die Weiber an; Seufzer und verzweifeltes Gebet können ja nichts helfen; Gehorsam ist allein vonnöten. Endlich, nach manchem bangen Wort verspricht der Chor, Ruhe zu halten und alles zu ertragen. Eteokles ist zufrieden, die Frauen sollen beten. Und gleich betet er selbst, wie ein echter Mann, eine Herrschernatur muß: er will die ganze Beute den Göttern weihen. Der zusammenhängende Chorgesang setzt ein: dem Herzen benachbart entflammen die Sorgen das Gemüt; darum sollen die Götter helfen. Denn die Stadt scheint doch dem Feinde verfallen. Wie wird es werden! Wohl dem, der vor dem letzten Sturm dahinsinkt. Schrecklich ist einer eroberten Stadt Anblick. Hier schleppt einer den anderen davon, Mord und Brand ist überall. Blutiges Kindergewimmer der Säuglinge tönt,

3*

Hellene nimmt dem Hellenen sein Gut. Da trifft ein Beutebeladener den Beutebeladenen, wer noch nichts hat, ruft einen anderen Beuteleeren als Genossen an, die Frucht der Erde wird zerstampft, bitter ist der Anblick der davongeschleppten Mädchen, die dem Lose der Sklaverei entgegensehen. Nun kommt neue Kunde, ein Bote berichtet der Feinde Aufmarsch. In sieben Heerhaufen nahen sie den sieben Toren, den bekannten Toren Thebens, die jedoch nur der Sage vertraut sind, von der Geschichte ignoriert werden. Sie nahen alle, die achäischen Ritter, vorn auf dem Schilde das Wappen und die Devise. Jedem namhaft gemachten weiß Eteokles als rechter Führer und Steuermann der schwer bedrängten Stadt einen seiner Mannen entgegenzustellen. Aber selbst diese eherne Seele kennt das Mitleid, kennt nicht nur den Feindeshaß. Als sechsten nennt der Bote den Seher Amphiaraos. Der war nur ungern in den Kampf gegen Theben ausgezogen, denn er wußte, daß der Kriegsfahrt Unheil drohe, er sah seinen eigenen Untergang voraus, er hat die Argiverhelden vergebens gewarnt. Darum trägt er auch keine Abzeichen auf seinem Schilde:

Denn nimmer scheinen will gerecht er, will es sein —

Worte, die das zuhörende Volk von Athen voll Jubel auf den gerechten Aristides bezogen haben soll. Da stöhnt Eteokles, obwohl ihm damit willkommene Kunde wird, daß die Götter ihm beistehen werden, tief auf: „Wehe, daß der Gute unter den Gottlosen weilen muß, wehe, daß aus dem Ackerlande des Verderbens der Tod als Frucht geerntet wird von dem, der mit den Bösen sich einläßt, daß, wer mit ihnen ins gleiche Schiff einsteigt, mit ihnen untergehen muß." Mit wohlerkennbarer Absicht nennt nun der Bote zuletzt als siebenten Führer den Polyneikes, des Eteokles eigenen Bruder. Über das Heldengemüt des Thebaners zieht ein tiefer Schauer, er bricht in einen stöhnenden Jammerruf aus, daß der Fluch des Vaters sich nun erfülle. Aber er kann dem Gefühle jetzt nicht nachgeben, rasch begreift er sich; es gilt zu handeln. Er selbst will dem Bruder entgegenstehen auf der Mauer, er ruft nach dem letzten Waffenstück, er muß in den Kampf. Doch der Chor beschwört ihn in heißer Angst, den Fluch nicht heraufzubeschwören. Vergebens: Eteokles weiß es besser, es muß alles eintreffen, die Götter wollen es; der Held bricht auf. Der Chor bleibt zurück, deutlich malt sich ihm das Bild vom Morde der Brüder, die der Fluch des ganzen Geschlechtes ins Grab stürzt. Aber die Stadt wenigstens ist gerettet: ein Bote erscheint mit der Kunde vom Sieg, freilich auch vom Falle des Brüderpaares. Kurz nur freut sich die Mädchenschar der Rettung, lang tönt ihr Trauerlied um die gefallenen Prinzen ihres Volkes. In diese Klagegesänge scheint dann in späterer Zeit ein Duett der Antigone und Jsmene hineingearbeitet worden zu sein, und dieselbe Mache hat dann auch noch durch einen Herold den Beschluß der Stadt verkünden lassen, Eteokles zu begraben, den feindlichen Bruder aber nicht, worauf dann notwendigerweise auch noch die Willenserklärung der Antigone folgen mußte, dem

Gebote zuwiderzuhandeln. Ein Teil des Chores ist ihres Sinnes und begleitet sie, der andere will Eteokles begraben; in dieser Teilung entfernen sich die Mädchen, und die Trilogie findet auf diese merkwürdige und befremdliche Weise ihr Ende. Man hat solch einen Schluß schon früh als unecht beanstandet und in neuester Zeit die Einzelheiten der Einarbeitung noch schärfer charakterisiert.

In der Tat ein in seiner Art bedeutendes Drama! Das Urteil des Altertums nannte es schon bald nach Aischylos „voll von Ares". Ein derartig sparsames und in seiner Kargheit wenig charakteristisches Lob kann uns natürlich nicht genügen. Unsere Bewunderung wird sich mit Recht der wundervollen Stimmung des Stückes zuwenden. Stimmung ist Aischylos' Stärke vor allem anderen. Die Angst der Mädchen, der selsige Feldhauptmann im Drange der heranflutenden Feindeswogen, der der Aufregung drinnen, dem Sturm draußen gewappnet die Heldenstirn bietet: auf kleinem Raum, mit wenigen Strichen, welch einziges Stimmungsbild! Wir aber sehen, welches Muster ihm vorschwebte, wir erkennen im ganzen die Linienführung des göttlichen jonischen Poeten, Homers, wir sehen in Theben das belagerte Troja, dem sein erster Held, Hektor, Trost im Innern, Schutz gegen die Achäer draußen mit Herz und Hand zu gewähren weiß. Aber weiter noch. Man erinnert sich des köstlich anmutigen Intermezzos, da hoch auf den Mauern Helena den troischen Greisen Namen und Herkunft der einzelnen feindlichen Heerführer deutet. Das hat Aischylos vorgeschwebt, als er den Boten die einzelnen heranrückenden Gegner charakterisieren ließ. Aber für den Dichter Athens aus dieser Periode gab es keine Nachahmung schlechthin; er tat daraus etwas völlig Neues zu gestalten gewußt. Und wenn Homer das zitternde Troja schilderte, so hat Aischylos das Bild der belagerten und auch der eroberten Stadt ins Generelle, ins Typische zu erheben gewußt: alle die grausen Szenen, die sich dem erregten Auge des Chores darbieten, in ihrer schrecklich ewigen Gültigkeit stehen sie auch uns vor Augen, von dem eroberten Karthago, dem zerstörten Jerusalem an bis auf den Fall Magdeburgs. — Den Schönheiten aber entspricht auch eine große Schwäche. Es war ein Fehler der Komposition, wenn Aischylos durch die Nachricht vom Spruche des Amphiaraos schon um die Mitte des Dramas den unzweifelhaften Sieg der Thebaner voraussagte. Die Sage schrieb es ihm wohl vor, doch das Stück verliert damit alle Spannung, büßt an Interesse ein und verläuft nun schnell und minder kunstvoll. Der Schätzung der dichterischen Persönlichkeit aber tut solch ein notwendiger Tadel nicht den mindesten Eintrag, denn wir sehen die Vorstellung von dem durch manche Unebenheiten sich durchringenden, zu einer höheren Schönheit emporstrebenden Dichters auch hier sich bewähren. Wer Raphael und Michelangelo kennt, wird jederzeit mit einer gewissen historischen Rührung einen Giotto betrachten. So ist's mit Aischylos zwar nicht ganz, in Athen lebte die Kunst schneller, ging sicheren Schrittes den höchsten Zielen entgegen. Er selbst, der alternde Dichter, hat, gewiß von jüngeren Talenten gespornt, noch das Höchste schaffen dürfen, hat seine eigene Klassizität erlebt.

Überblicken wir nun noch einmal die bisherige Entwickelung, so zeigt ihr Gang trotz der wenigen erhaltenen Dramen doch eine deutlich erkennbare Stufenfolge. Ausgehend vom Chore und seinen Gesängen, die im wesentlichen Stimmung erwecken wollen, hat das Drama dies Moment bisher fast allein festgehalten. Es ist Aischylos' Verdienst, die Stimmung auch in die Handlung, die er zuerst selbständig schuf, übergeleitet zu haben.

V. Das klassische athenische Drama.

1. Die „Orestie" (458). — (Aischylos' Ausgang.)

A. **Technische Veränderungen.** Alle bisherigen Dramen des Aischylos bedurften noch keiner Bühne, sie lassen sich gut ohne eine solche denken, sind also auch ohne sie gespielt worden. Um die Mitte des Jahrhunderts aber ist die Skene, die Bühne oder das Zelt[1]), ein integrierender Bestandteil des Schauspiels geworden. Die Personen, die sich bisher durch die sog. Zugänge in die imaginäre Stadt begaben, treten nun in einen Bau ein, der neben der Orchestra errichtet war, in ein Haus, das lediglich als Provisorium aus leichtem Material hergestellt war. Damit war das Theater von einer lästigen Fessel befreit. Nun brauchte der Schauspieler nicht mehr in die Stadt zu gehen, noch der Chor, um doch die Illusion aufrecht zu erhalten, ein längeres Lied bis zum Wiedererscheinen des Schauspielers zu singen, sondern der Darsteller konnte, nachdem er in die Skene eingetreten, diese bald wieder verlassen. Zuerst ist die Skene ein einfacher viereckiger Bau gewesen, dann ist ein zweites Stockwerk hinzugefügt worden. Aber noch weiter entwickelte sich das Theater. Wir hörten schon, wie sehr das Aufkommen des Sophokles spornend auf den alternden Aischylos gewirkt hat. Wie er einst den zweiten Schauspieler einführte, so hat, wie uns eine antike Nachricht lehrt, Sophokles den dritten hinzugefügt. Im Prolog des „Prometheus" mußte Aischylos vorübergehend einen dritten Schauspieler als Darsteller einer Nebenrolle brauchen, in der „Orestie" ist der dritte Schauspieler fest: also fällt etwa in die Zeit der Bühnenreform auch die ständige Benutzung dieses dritten Schauspielers. Durch alle diese Mittel wird der Gang des Dramas außerordentlich viel lebhafter. Trat der eine Schauspieler in das Haus, so konnte sich der andere wieder in die Stadt entfernen.

B. **Die dichterische Tat der „Orestie".** Die angeführten Dinge sind recht wesentlich, doch bleiben diese Äußerlichkeiten natürlich nicht entscheidend. Sie sind Begleitumstände, zwar viel wichtiger als die spätere Schöpfung des steinernen Theaters, aber der große Wandel, der geschieht, der Übergang von dem alten, uns nur historisch interessanten, zum neuen klassischen Drama vollzieht sich in der Neues, Unerhörtes

---

1) Vgl. oben S. 15.

ſchaffenden Seele des Dichters; nicht die erweiterte Technik ſchafft neue
Bahn dem Gedanken, ſondern der Gedanke, dem die bisherige Welt zu
klein iſt, baut ſich ſelbſt ein neues Haus. In den Jahren 467, der
Aufführungszeit der „Sieben", bis 458, wo die „Oreſtie" ins Leben trat,
hat Aiſchylos' Genius ſeine Höhe erreicht. Wie gerne wüßten wir etwas
mehr von dieſer Entwickelung! Aber dazu fehlt leider nicht weniger als
alles, wir kennen nur den Rieſenſchritt, der von den Sieben zur Oreſtie
führt. Bis zu dieſer gab es nur Anſätze der Charakterentwickelung, jetzt
wird nicht nur ein ungeheurer Mythus entrollt, der alle ſpäteren bis auf
Goethe beeinflußte, ſondern eine Feinheit der Charakteriſtik gegeben, von
der die kommenden Dichter lernen konnten. In der Mitte ſteht die
Geſtalt der Klytaimeſtra. Die alte Sage nannte als Mörder des
Agamemnon den Aigiſthos, ſeinen Vetter, bei Aiſchylos iſt es Klytaimeſtra ſelbſt. Wer ſo dichtete, wußte, was er tat: eine Fülle von Motiven
war damit gegeben. Warum alſo tötete das Weib den Mann? Das
mußte ſie ſelbſt ſagen und verſuchen, ihrem Morde eine gewiſſe Berech=
tigung der Gründe zu geben. Die Griechen erzählten viel von der ſich
forterbenden Schuld. Mit dieſer Tat aber der Klytaimeſtra, die ſelbſt
vom Rachegeiſte, der im Hauſe des Tantalus[1]) umging, völlig unberührt
war, war dem Ganzen eine andere Spitze gegeben. Es war eine poetiſche
Tat, von viel größerer Tragweite, als man gewöhnlich ahnt. Dem
Fatalismus der griechiſchen Welt war damit der Krieg erklärt. Klytaimeſtra, vom Fluche des Hauſes nicht erblich belaſtet, wie wir heute ſagen,
übte damit, daß ſie den ungeliebten Mann für ihren Buhlen erſchlug,
ihr Selbſtbeſtimmungsrecht. Und weiter. Sie mußte fallen, Oreſt rächt
nach dem Geſetze der Blutrache die ſchauderhafte Tat durch ſchauderhafteres
Beginnen. Aber er findet, nachdem er ſchwer gebüßt, Sühne durch eine
Götterhand. So ſtirbt der Frevel aus. Der Menſch iſt nicht der Spiel=
ball himmliſcher Mächte, die ihn ins Leben geſtoßen, den Armen haben
ſchuldig werden laſſen, er muß vielmehr wiſſen, was er tut; treibt ihn
aber ein böſer Zwang, ſo gibt es noch in dieſer Endlichkeit eine Hand,
die ihn vor der Verzweiflung rettet und an Abgrunds Rand dem Leben
wiederſchenkt. Und um ſo kühner war dieſer neue Glaube, als die den
Dichter umgebende Welt ja nicht etwa über ſolche Dinge wie Blutſchuld
und Rachegeiſt, nur theoretiſierte, ſondern dieſe Verhältniſſe, in Athen
wenigſtens, ſinnfällige Wahrheit heißen konnten. Das große und ſtolze
Adelsgeſchlecht der Alkmäoniden hatte vor über 150 Jahren Blutſchuld
auf ſich geladen und war danach zur Sühne eine Zeitlang aus Athen
verbannt worden Aber die eigentliche Blutſchuld war doch nicht ge=
tilgt, mehrfach hat man noch die Glieder des mächtigen Hauſes um
ihretwillen verfolgt. An dieſe Dinge zu denken lag damals jedem Athener
nahe, und wir, die wir das attiſche Drama nicht weniger mit hiſtoriſchem

---

1) Darüber vergleiche der Lehrer am einfachſten Goethes „Jphigenie auf
Tauris": 1. Aufzug, 3. Auftritt.

Maßstabe als mit ästhetischem zu messen haben, müssen uns nach Kräften in die athenische Seele zu versetzen suchen.[1])

Und noch in einer anderen Frage trat der Dichter dem gemein= griechischen Denken mit wuchtigem Nachdrucke entgegen. Die Hellenen erzählten viel vom Neide der Götter, und der liebenswürdigste Historiker, der je gelebt, Herodot, hat in jener Novelle von Polykrates dem Glück= lichen diesem Gefühle klassischen Ausdruck gegeben. Gewiß, auch Aischylos empfindet gleich allen Menschen, gleich uns allen, die wir dies Gefühl durchaus nicht von den Griechen haben, Besorgnis vor allzu großem, sich häufenden Glücke, ihm bangt vor dem Sturze, er fürchtet die Über= hebung vor dem Falle. Aber sein tieffrommes Gefühl findet keinen so gedankenlosen Schluß aus der Menge trauriger Erfahrungen wie seine Zeit. Für Aischylos gibt es nur einen gütigen Gott. Wie dieser dem schuld= beladenen Menschen endlich den Tempel der Gnade eröffnet, nach harter Strafe, schlaflosen Nächten, Gewissenspein, so kommt der Mensch ins Unglück nicht durch die Kleinlichkeit der Götter, sondern durch eigenen Willen. Wenn aber der Gott von Delphi Schlimmes befahl, ohne an die Konsequenzen zu denken, so vermochte Aischylos dem zwar nicht mit offener Anklage entgegenzutreten, aber er gab seinem Mythus, seinem Drama den Schluß, der alle befriedigte, nicht in dem gewöhnlichen Sinne eines modernen Theaterabends, sondern in dem tiefsten, den die Welt kennt, im Geiste der Religion.

Und nun wenden wir uns dem ersten Stücke der Trilogie, dem „Agamemnon" zu, den wir in der Übersetzung von U. v. Wilamowitz= Möllendorff[2]) vornehmen wollen.

Agamemnon.

Situation und Exposition des Stückes. Auf dem Dache des atridischen Herrenhauses von Argos kauert ein Wächter, von der Klytai= mestra bestellt, um ihr die Kunde vom Falle Trojas zu bringen, den nach der früheren Verabredung Feuersignale von Asien nach Europa, von Station zu Station sich fortpflanzend, melden sollen. Überaus stimmungsvoll setzt nun der Prolog das Stück an, man wird an Shakespearische Kunst, wie so oft bei Aischylos, erinnert. Es ist Nacht,

---

1) Vgl. darüber die Einleitung zu Wilamowitz=Möllendorffs Über= setzung des Agamemnon. Weidmann 1900.
2) Griechische Tragödien. V. Aischylos' Agamemnon. Weid= mann 1900. Es ist hier unbedingt notwendig, auch für den Laien hinzuzufügen, daß Wilamowitz der Neuschöpfer unserer Kunde vom griechischen Drama ist. Er hat, bevor der Spaten der Architekten und Archäologen ansetzte, die Urform des attischen Theaters aus der Literatur erkannt, er hat durch die tiefe Durchforschung der Sagenwelt die Grundbedingungen für die Kenntnis dessen geschaffen, was dem Dichter bei seinen Konzeptionen vorschwebt; er hat uns die besten Ausgaben, die reichhaltigsten Kommentare geschenkt und dazu noch durch Übersetzungen, die ich allerdings nicht immer ganz stillar finde, das Verständnis der Tragödie in weite Kreise getragen.

und wie das erwartete Fanal nur einen kurzen Schein in die Dunkelheit
werfen kann, ſo ſoll uns auch nach der Heimkehr der Helden die Ahnung
von kommender Untat umdunkeln. Die Nacht führte das ehebrecheriſche
Paar, Klytaimeſtra und Aigiſthos zuſammen, in ihrem verſchwie=
genen Dunkel ward die Tat geplant, im Schatten der Nacht wagt ſich
nun der alte Wächter mit allerhand Klagen über das Leben im Königs=
palaſte hervor, die er gleichwohl noch nicht zur offenen Anklage werden
läßt. Denn er iſt ein treuer Diener des Hauſes, ein Typus jener alten,
ganz im Dienſt der Herrenfamilie aufgehenden Faktota, wie ſie ſeit
Homers Eumaios die Dichtung aller Zeiten kennt; darum zieht er
auch nicht die notwendigen Konſequenzen aus ſeinen Vermutungen, ſondern
iſt feſt davon überzeugt, die Herrin werde auf die Nachricht von dem Falle
Trojas freudejauchzend vom Lager auffahren (V. 26 ff.). Mit dem Sinne
für die Natur, den wir Denaturierten heute ſo töricht Realismus nennen,
hat der Grieche den Wächter als einen Mann des Volkes nicht ohne
Humor geſchildert (V. 4. 16. 31 f.), wie Sophokles ſpäter in der „Anti=
gone" ſeinen Wächter. Seine biedere Ehrlichkeit aber ſoll zugleich dazu
dienen, uns auf die kommenden Dinge vorzubereiten, durch ihn erhalten
wir wie beiläufig das Bild der Königin als des Mannweibes (V. 11),
das zu grauſer Tat wohl gerüſtet iſt. Und wie bei den Leuten aus
dem Volke folgt auf das laute Klagen um die Plackerei auf dem Dache
nun plötzlich der tolle Jubel über die Erlöſung: wirkungsvoll beginnt
eine Freudenbotſchaft das Stück, das ſo grauenvollen Jammer bringen
ſoll. Solch eine Expoſition wird man nicht leicht in der Poeſie wieder
finden.

Einzug des Chores (Parodos). Der Chor, 15 Greiſe aus dem
argiviſchen Volke, zieht in Marſchrythmen unter dem Klange der Muſik
ein. Nachdem wir den alten Diener vernommen, ſoll uns jetzt der Chor
die Stimmung des Volkes malen und dadurch zugleich ein Vorgefühl
der kommenden Ereigniſſe geben. Die Schar der Greiſe weiß natürlich
noch nichts von dem Feuerzeichen, aber die erwartungsvolle Stimmung
zu vermehren, beſchäftigt auch der Chor ſich in ſeinen Gedanken mit
Ilion. Er gibt durch den Mund ſeines Führers das wunderbare Leit=
motiv des Stückes, gibt die Grundanſchauung des edlen Dichters an:
„einmal kommt es, wie es kommen muß" (V. 72), einmal muß
Vergeltung für das Böſe nahen (V. 59). Der Chor bezieht alles auf
Troja, unſere innere Ahnung auf das ganze Drama. Und wie in
dieſer Parodos Aiſchylos' ganze Seele klingt, ſo ſpricht der hohe Sech=
ziger auch die Verſe auf das Alter (73 ff.) aus eigenſter Erfahrung;
freilich iſt er Grieche genug, um einen alten, auch in jenem berühmten
Sphinxrätſel vom Menſchen wiederkehrenden Spruch zu verwenden.

Die Erwartung des Chores wird durch der eben aufgetretenen
Klytaimeſtra ſtummes, dunkles Gebaren beim Opfer zu quälender
Ungewißheit (V. 99 ff.), und da die Königin trotz der Fragen der Greiſe
immer noch weiter ſchweigt, ſo wird unter der Laſt dieſer drückenden

Unsicherheit das Siegeslied des Chores unwillkürlich mehr und mehr zum Stoßgebet um den Sieg des Guten über die bangen Vorzeichen. Namentlich graut ihm nach Kalchas' Spruche vor dem Grolle der Artemis: die Opferung Iphigeniens als Ursprung des ganzen Zwistes wird in ihrer für Klytaimestras Schuld entscheidenden Bedeutung schon jetzt eingeführt (B. 148—158). So ist das Glück mit dem Unglück stets gepaart, aber ebendarum kann auch der Ausgang der Dinge nie Unglück allein sein. Vor allen Zweifeln aber sucht der Dichter Zuflucht bei Zeus. Das Schönste, was das Alter ihm gebracht, ist die unbedingte Ergebung in Gottes Willen. Das ist nicht Müdigkeit, nicht Bequem= lichkeit, wie der Skeptizismus meint, sondern das Ergebnis langen Ringens mit den Rätseln dieses Daseins. Hart und erbarmungslos ist das Welten= regiment (B. 181), aber Gott ist doch gütig. Zu dieser Erkenntnis wird in wundervoller Reihenfolge — erst die Ahnung des Kommenden, dann die allgemeine theosophische Betrachtung, dann das konkrete Beispiel — die Illustration durch die herrliche Erzählung von Iphigenias Opferung geboten. Agamemnon, in dem schrecklichsten Dilemma zwischen Fürsten= pflicht und Vaterlandsliebe, sieht keinen Ausweg, sieht in jeder Hand= lungsweise ein Verbrechen (B. 211): er stellt alles Gott anheim. Und nun vertieft sich der Dichter mit der Rührung, die das Alter beim Anblick der leidenden Jugend empfindet, in die Vorstellung von der gefesselten, vom Opfermesser bedrohten Jungfrau: es ist, als ob wir Shakespeares Darstellung von der Ermordung der Söhne Eduards vor uns hätten. Aber die Rettung der Iphigenie wird natürlich nicht erzählt; das gehört nicht in den mythologischen Zusammenhang des Dramas.

Erster Dialog.[1]) Hat der Chor uns verkündet, was alles in den Herzen des argivischen Volkes an Hoffnungen und Befürchtungen lebte, so wird jetzt die Stimmung der Greise und damit auch die Stimmung des Dramas selbst erhöht durch die Mitteilung vom Falle Ilions. Durch die Königin erfährt der Chor, bzw. der Chorführer, was geschehen ist. Er kann die Kunde zuerst kaum fassen, die Stichomythie (Rede zu je einem Verse. B. 268—280) bringt dies gut und natürlicher, als sonst wohl dies Stilmittel der Griechen auf uns wirkt, zum Ausdruck. Dann gibt Klytaimestra selbst in prächtigster Darstellung die Schilderung von der Fackelpost, wie sie von Berg zu Berg fliegend endlich als „des Idaseuers Ururenkelkind" (B. 311) Argos erreicht habe. Es ist wahrhaftig eine Stelle von einziger Schönheit, Aischylos' Feuermuse hat wirklich im Wechsel des poetischen Ausdruckes den hellsten Himmel der Erfindung erstiegen. Und doch, sie stimmt nicht ganz zur Klytai= mestra; diese Schilderung mit ihrem verhaltenen Jubel paßt nicht zu dem dämonischen Weibe, das nach Mord dürstet. Dem entspricht auch

---

1) „Dialog" ist, wie mir wohl bewußt bleibt, nicht der richtige Ausdruck für das, was der Grieche Epeisodion nannte, aber er wird nicht allzusehr in die Irre leiten. Unter Epeisodion wenigstens kann sich der Nichtphilologe nichts denken.

das Nächste. Auch hier gibt mehr Aischylos selbst, der den Jammer
des Krieges besser kennt, als die Königin davon wissen kann, ein typisches
Bild vom Elend in der eroberten Stadt (V. 320 ff.), wie wir ja ähnliches
oben in den „Sieben" lasen (S. 35), und sehr richtig bemerkt Wilamowitz, daß Klytaimestra auch nicht vor den Übergriffen des Siegers
(V. 345 f.), die den Sturm auf der Rückkehr hervorriefen, warnen
durfte. Aber alles dies soll eben wieder Stimmung schaffen: dem Heere
leuchtet der Fackelbrand voraus, alles ist voller Erwartung; aber der
Sieger hat unrecht getan und die Rache kommt.

Erstes Standlied des Chores (Stasimon). Das gewaltige Weib
hat sich entfernt, nachdem der Chor des Wächters Urteil über seine
Herrin (V. 11) wiederholt hat (V. 351), und nun werden wir in unvergleichlicher Entwickelung durch den Gesang des Chores auf den Gedanken geführt, welches Elend ein böses Weib stiften kann. Nur kurz
dankt der Chorführer dem Zeus, daß er das Netz über Troja geworfen —
ahnungslos, aber wohlverständlich braucht er das Bild von dem Netze,
das auch Agamemnon umstricken soll. (Vgl. unten V. 868.) Es sind die
allertiefsten Gedanken, die der Dichter hier über das Böse aus seiner
Brust hervorholt, und es hieße sie profanieren, wollte ich sie hier länger
umschreiben (V. 370—398). Die Meinung des Chores, dieselbe, wie
sie Herodot hatte, wenn er die höchsten Bäume vom Blitz am ehesten
getroffen sah, ist, daß an den Fürstenhöfen am leichtesten das Elend sich
niederlasse, daß die Verantwortung der Herrscher schwer sei (456 ff.),
darum sei das Leben in der Stille das beste (vgl. V. 772 ff.). Diese
Anschauung des Greisenalters wird an dem konkreten Falle der Helena
und dessen, was sich an ihren Raub schloß, entwickelt. Von dort wird
der Übergang zur Unzuverlässigkeit des Weibes, zur Unsicherheit der
Botschaft vom Falle Ilions mit leicht arbeitender Meisterhand gefunden
und das Erscheinen des Heroldes vorbereitet (493).

Zweiter Dialog. In ungemein natürlicher und dennoch künstlerischer
Weise läßt der Dichter das große Ereignis, die Heimkehr des Atriden,
allmählich eintreten: zuerst haben wir die Fackelpost, dann den Bericht
des Heroldes, endlich den Einzug des Siegers selbst. — Der Herold
ist nun eine ganz einzige Gestalt. Er hat gar nichts Konventionelles,
ist durchaus kein Stabstrompeter des Sieges, sein Botenstab „ergrünt"
auch nicht „von frischen Zweigen". Er ist ebenso kriegsmüde, wie der
Wächter des Wachens und Wartens überdrüssig war. Dreimal (506,
539, 568) spricht er ohne besondere Veranlassung vom Grabe, vom
Sterben, von den Toten; es ist die wahre, die natürliche, jedes Theater-
pathos ausschließende Stimmung nach allem Erlebten; ist er selbst doch
auch äußerlich kein frisierter Bühnenherold, sondern (V. 495) mit Staub
und Schmutz bedeckt, der Mann des prosaischen Lebens, das den Menschen
nirgends plumper und nüchterner anfaßt als im harfenbesungenen Kriege
(V. 551 ff.). Diesen „Realismus", den moderne Dichter erst künstlich
sich anzueignen suchen durch allerhand ekle Studien im Schmutze, hat

der antike Dichter als Gabe der Natur mit auf die Welt gebracht. — Wieder deutet der Chorführer, gar nicht verstanden vom ruhebedürftigen Soldaten, an (V. 550), daß es auch im Hause zum Sterben übel stehe. Nun erfolgt ein kurzes Zwischenspiel: die Königin erscheint auf einige Zeit wieder. Mit großer Kunst rechtfertigen ihre ersten Worte (V. 587 ff.) das Vorgehen des Dichters, der den Unglauben des Volkes bei der ersten Siegesbotschaft braucht, um die Häufung der Nachrichten zu motivieren. Und zugleich wird der Kaltsinn der Königin vortrefflich begründet: ich habe mich, sagt sie, gewissermaßen schon zu Ende gefreut und kann jetzt von diesem Gefühl nicht mehr viel zeigen. Aber gleich danach verrät sich ihr böses Gewissen (V. 606 ff.) durch ihr Selbstlob, das eine Art Antwort auf die Bemerkungen des Wächters und die Seufzer des Chores bildet. Nun geht es an ein Fragen über das einzelne. Nach Agamemnon bekümmert den Chor natürlich zunächst Menelaos' Schicksal. Die Antwort des Boten ist echt aischyleisch. Wie des Dichters Grundanschauung von der Welt eine sozusagen dualistische ist, so sieht der Bote in dem Siege über Ilion Böses und Gutes gemischt, denn die Flotte der Hellenen ist zerstreut, Menelaos verschwunden (V. 624—680). Damit tritt er ab.

Zweites Standlied des Chores. Mit Menelaos' Namen findet der Chor wieder einen Übergang zu Menelaos' Weib, zu Helena, deren Person als Pendant zu der ihrer Schwester Klytaimestra immer aufs neue durchspielt (797. 1455), bis Klytaimestra endlich aus sehr nahe= liegenden Gründen die Nennung dieses Namens abweist. Von un= vergleichlicher Wahrheit und also auch Schönheit ist dann der Vergleich mit dem Löwenjungen, der eine alte Sentenz hier zur feinsten indivi= duellen Ausmalung bringt (V. 717—735). Dann aber wendet sich der Chor wieder zur Betrachtung der Probleme des Daseins, die den sinnenden alten Dichter unaufhörlich bewegen. Er bekämpft die Skepsis, die damals, wenn auch noch unbeholfen und lange noch nicht so rück= sichtslos wie im dritten Jahrhundert v. Chr. ihre steinigen Wege ging, mit einfacher Lebensweisheit, den Pessimismus mit dem erlaubten Optimismus des Greises (V. 750—771), daß nicht Böses von Gutem abstamme, sondern nur Böses von Bösem, Gutes von Gutem. Aber müde bleibt der Greis doch; das Leben in der Stille der rauch= geschwärzten Hütte gilt ihm mehr als der Palast des Fürsten (V. 773 bis 782).

Dritter Dialog. Der Herrscher nimmt nun seinen Einzug auf dem Wagen. Eigentümlich berühren aber die Worte, mit denen ihn der Chorführer begrüßt. Doch erklärt sich leicht die Kühle seines Tones. Zu lange haben bange Fragen und Zweifel den Chor bewegt, zu viel Trauriges hat er auch im Hause gesehen, da fehlt ihm die Stimmung. Aber gerade dadurch schafft er Stimmung, und die Offenheit, mit der er nach so langer Zeit den Beweggrund zum Trojazuge tadelt, verdirbt auch dem geraden Soldaten Agamemnon, dem Offenheit das liebste ist, keineswegs die Stimmung. Der König ist ernst, sehr ernst, denn ein

böſer Sturm liegt hinter ihm. Aber ein Shakeſpeareſcher König, dem
ſein Amt gewiſſermaßen immanent iſt, auch ein Sophokleiſcher König
Theſeus, dem das Wort gleich zur Tat wird, iſt er nicht. Auch er
findet Zeit, tiefe Worte menſchlicher Erfahrung zu reden. Nicht ohne
Abſicht läßt ihn der Dichter, während er von unzuverläſſigen Freunden
redet, auf Odyſſeus und ſein Schickſal übergehen: mancher zieht dabei
wohl ſchnell eine Parallele zwiſchen der ſo grundverſchiedenen Heimkehr
beider Helden!

Klytaimeſtra naht: die Gatten ſtehen ſich gegenüber. Die innerliche Fremdheit und das böſe Gewiſſen verrät ſich ſchnell durch viele
Worte. Die Königin, böſer Luſt gewohnt, entſchuldigt ſich mit der
ſchlimmſten Heuchelei, mit dem Vorwande, von ihren Gefühlen über-
wältigt zu ſein. Dabei entſchlüpft ihr doch ein wahres Wort: derſelbe
Grund, den ſie dem Schwerte ihres Sohnes gegenüber im zweiten Stücke
der Trilogie ausſpricht (V. 920: „Des Mannes Fernſein wird
dem Weibe Qual, mein Kind"), kommt auch hier (861 f.) zum un-
verhohlenen Ausdruck, und er liegt in der Natur der Sache ſo tief begründet, daß wir hier der verbuhlten Frau Glauben ſchenken dürfen.
Auch die weiteren Folgen, die ſie an das Halbwitwentum anknüpft, die
vielen Unheilsbotſchaften paſſen in die Darſtellung dieſer Leiden hinein.
Aber Klytaimeſtra hebt die gute Wirkung dieſer Worte ſelbſt auf durch
die Floskeln, die ſie im folgenden ſpinnt, unter denen wieder der Vergleich mit dem Netze (V. 868) eine tragiſche Anſpielung auf Kommendes
enthält (vgl. V. 358). In dieſem Tone verlogener Geſchwätzigkeit geht es
weiter, aber doch haben wir es mit einer gewaltigen Frau zu tun, der
dieſes Gerede im Grunde nicht ſteht. Mit welch treffendem Satze
(V. 884 f.) weiß ſie die ſonſt nur dürftig erklärte Abweſenheit des Oreſt
zu begründen, und wie menſchlich wahrſcheinlich klingt die Darſtellung
ihres geradezu nervöſen Zuſtandes (V. 891 f.) während der Abweſenheit
ihres Gatten (V. 887—894)! In ihrem böſen Gewiſſen wiederholt
ſie das Bild vom treuen Haushunde (V. 607 = 895), ſie klammert ſich alſo
an Worte, die ſie ſich vorher ſicher überlegt hat. Auch durch die gehäuften
ſchönen, aber doch in der jetzigen Situation nichtsſagenden Vergleiche
(898 ff.) verrät ſich ihre tiefe innere Unwahrheit, und je Gefährlicheres
ſie gegen den Gatten ſinnt, deſto glänzender ſoll der äußere Empfang
ſein (V. 905 ff.). Wieder bewegt uns gerade dieſer Empfang zu tiefſter
Bewunderung vor der tragiſchen Kunſt des Dichters, der damit uns den
zum Tode beſtimmten Helden noch einmal im vollſten Königsglanze vorführen will. Und weiter: es iſt der erſte Zwang, den Klytaimeſtra
ihrem widerwilligen Gatten antut, bald folgt der zweite. — Auf die
unwahre Zärtlichkeit der Frau hat der wahrhafte Mann nur kühle Worte
zu erwidern. Die Entfremdung der Gatten iſt groß: wir ſind nun, wo
beide ſich nach langer Trennung ſo begegnen, auf alles gefaßt. Und
doch weiß der Dichter unſer Gefühl noch zu ſteigern. Denn die Worte,
die Agamemnon ganz im Sinne der Zeit (vgl. Herodots Novelle von

Kröjus und Solon!) über das menschliche Glück (V. 929 f.) spricht, passen wieder, obwohl nur auf den nächsten Augenblick gemünzt, un= heimlich genug auf die ganze Situation. Und als sollte uns der Held, der so mitleidslos am eigenen Herde geschlachtet wird, immer teurer werden, so spricht er noch, bevor er zur Schlachtbank eingeht, Worte echt griechischer Menschlichkeit zugunsten der unglückseligen Ge= fangenen, der Priamostochter Kassandra. Welcher Gegensatz zu dem bald folgenden herrischen Wesen Klytaimestras gegen die Sklavin!

Triumphierend geleitet die Königin, wieder in die phrasenhaften Reden verfallend, den angeblichen Triumphator ins Mordhaus (V. 958 bis 971). Der Chor bleibt im dritten Standliede beängstigt, mit immer steigendem Grauen zurück. Er spricht aus, was uns der Dichter, der seinen Helden vor dem Falle schmückt, seine Zuhörer empfinden lassen will: die Besorgnis vor dem jähen Sturz von der Höhe des Glückes. Wunderschön psychologisch erkennt der Chor das Dämonische seiner eigenen bangen Gedanken, die ihm unbewußt nahen, die in der Situation wenig begründet scheinen (V. 987 ff.). Aber schon verdichten sich seine Befürchtungen fühlbar für den Hörer, schon gedenkt der Chor, wenn auch noch ganz allgemein, eines in seinem Blute schwimmenden Mannes. Da will die Königin, zum vierten Dialog mit dem Chore auf kurze Zeit heraustretend, mit den herben Worten der Hausherrin und der hochmütigen Griechin die Kassandra holen. Wir bemerkten schon eben den Kontrast: Agamemnon scheute sich, wie ein üppiger Barbar in seinen Palast einzuziehen: sein Weib zeigt ihre Verachtung des Barbarischen auf eine andere, niedrige Weise (V. 1050 f.).

Kassandra und der Chor. Die Handlung des Dramas ent= wickelte sich bisher in den beiden Botschaften des Wächters und Herolds wie in dem Einzug des Königs. Wir ersteigen jetzt ihren Höhepunkt in der berühmten Kassandraszene. Es ist die äußerste Kraftentfaltung des Dichters, alles Bisherige erscheint nur wie eine Vorbereitung dieses Auftrittes. Die Begleiterin des Helden, Kassandra, hat bisher immer geschwiegen; ein Gefäß der Gotteskraft gleich Schillers Jungfrau von Orleans im Vorspiel, läßt sie wie diese die Menschen um sich her reden und harrt der gebietenden Stunde. Und die Stunde kommt, wie ein Krankheitsanfall schüttelt sie der göttliche Wahnsinn, um dann nachzulassen und nach einer Pause wieder einzusetzen.

Als echte Prophetin in griechischem Sinne erweist sich die Seherin, indem sie zuerst die Bilder der Vergangenheit erblickt, die grausen Schatten der dem Thyestes zum Mahle vorgesetzten Kinder. Kein gräß= licheres Gespenst ist ja denkbar als die Erscheinung blutender Kinder. Zweimal naht die Vision der Kassandra (V. 1093 ff. 1217 ff.), zweimal ist damit der Gedanke an Klytaimestra verknüpft. Das aber rührt den Chor trotz seiner früheren selbsttätigen Ahnungen wenig; so eingehend er, nach echt griechischer Tragödienweise, die Prophetin ausforscht (V. 1204 ff.), ein wirkliches Verständnis ihres Wesens, ihrer Worte geht ihm nicht auf (vgl. 1252), höchstens, daß er endlich an das traurige Schicksal der Seherin selbst zu glauben lernt (1295 ff.). Und so erfüllt sich denn dieser Fluch des Unglaubens aufs neue vor unseren eigenen Augen an der Seherin, und wir erkennen neu auch die hohe Kunst des Dichters: die Seherin, der es auferlegt ist, allgemeinen Unglauben zu finden, wird hier eingeführt, nicht nur um durch ihre Sprüche neue Spannung zu schaffen, sondern um durch den Unglauben des Chores das Ganze desto packender zu gestalten.

Noch einen Blick auf die Kassandra selbst. Sie bleibt im eigent= lichen Sinne Seherin, sieht das erst Kommende. Agamemnon fällt erst später, nachdem Kassandra (V. 1115 ff. 1129 f.) seine Ermordung im Bade vorausgeschaut, sie erblickt also nicht etwa durch die Wand hindurch das Gegenwärtige. Nach echter Prophetenweise mischt sie Bild und Realität (V. 1125—1129). Die Anfälle wiederholen sich, werden aber — auch dies mit genauer Beobachtung der Natur — immer schwächer. Aber obwohl die Seherin aus einem jammervollen Leben scheidet, obwohl sie des Todes Bitternis in der Phantasie, die für die Prophetin ja schon eine Art Wirklichkeit ist, gekostet hat, packt sie doch an des Todes Schwelle noch einmal der physische Ekel vor allem, was mit dem Tode verbunden ist. Und noch einmal wendet sie sich um, (V. 1316), und in ihr zuckt das ganze Menschengeschlecht, dem noch nie der Tod ein ganz willkommener Gast gewesen.

Während der Chor im **vierten Standliede** den Gedanken vom alten Fluche in sich bewegt, dem er später doch widerspricht (V. 1508 f.), geschieht drinnen die Tat. Agamemnon stößt den Todesschrei aus: die Greise rufen durcheinander; es ist fast eine shakespearesche Volksszene. Da erscheint, während zugleich die Hinterwand sich öffnet und die Opfer des Verbrechens zeigt, die Königin zum **fünften Dialoge**. Wieder spielt sie eine falsche Rolle. Ihre erheuchelte Liebe zu Agamemnon ist einem Trotze gewichen, der ebensowenig echt heißen darf; sonst wäre ihr späterer Umschlag unverständlich. Ihre Rede ist daher geradezu gewollt megären= haft (V. 1385 ff. und besonders 1391 ff.). Darum, weil wir in ihren Worten eine gewisse Unsicherheit fühlen, empfinden wir auch trotz allem gegen sie nicht den tiefen Abscheu wie gegen eine vertierte Natur, und vollends können die Gründe ihrer Abneigung gegen Agamemnon (V. 1412 bis 1447) nicht ganz erheuchelt heißen. Aber sie genügen natürlich doch nicht, um das Gräßliche ihrer Tat zu entschuldigen, und während sie diese Gründe ausspricht, mag sie, wie das so oft im Menschenleben geschieht, innerlich an ihnen irre werden. Darum, wie nun der Chor, dessen Führer zuerst in der Rede des Jambus mit der Königin gesprochen, dann in den Gesamtsang, ein oft unterbrochenes **Klagelied** fällt und von dem Dämon redet (V. 1469 ff.), greift sie dies auf, und nun klammert sie sich, schon an der Berechtigung ihrer Tat selbst irre werdend, an diese Idee des Schicksals an. Der Chor aber, Aischylos' innerste Über= zeugung predigend, will davon nichts wissen (V. 1508 f.). Da geht die

Königin einen Schritt weiter. Jetzt sieht sie auch in Agamemnons Handlungsweise, in der Schlachtung der Iphigenie keine Greueltat, sondern nur das Recht dessen, dem jetzt auch Recht geworden sei (V. 1323 ff.), und bald (V. 1553 ff.) malt sie sogar freundliche Bilder des Hades. Die neue Klage des Chores läßt sie danach fast noch weicher, ja reuig werden, wie es Orestes im zweiten Stücke werden soll. „Vielleicht wird alles gut": dieses Bedürfnis der Selbstberuhigung des Königs im Hamlet wie aller, die in tiefer Sünde stecken, paßt auch auf die Königin, die durch die Tat nun alles ausgeglichen, beigelegt und abgeschlossen sehen möchte (V. 1567—1576).

Mehr ein Nachspiel bedeutet Aigisthos' Auftreten. Er erzählt hier die Vorgeschichte des Ganzen, die allein in seinem Munde Sinn hat, berichtet von dem grausen thyestischen Mahle. Wir brauchen also gar keine Vorkenntnisse für das Stück mitzubringen, alles findet sich in ihm beschlossen. Aigisthos' Worte sind sehr unverschämt; während er selbst, nach Aischylos' Darstellung nichts getan, sondern alles dem Weibe über= lassen hat, prahlt er, stolziert er, spielt er den Machthaber. Er droht den Chor kirre zu machen (V. 1642 f.) und kommandiert zum Angriffe, als Klytaimestra, noch in derselben, wenn nicht noch gedrückteren Stimmung dazwischentritt und Friede gebietet. Unter Drohungen scheiden die Kampfbereiten, Klytaimestra spricht zum letzten Male, und dies Wort ist entsprechend ihrem gleich im Anfang (V. 11) skizzierten Wesen ein energisches Herrnwort.

Aufbau und Charaktere.

Wir haben zwar durch unsere Ausführungen schon einen Einblick in den Aufbau des Stückes und seine Charaktere gegeben, gleichwohl aber ist es notwendig, daß wir noch einmal das Ganze, nachdem wir es synthetisch haben entstehen lassen, in kurzer Analyse uns vergegenwärtigen. Das Drama gliedert sich von selbst in drei Teile: die Ereignisse vor dem Einzug des siegreichen Helden, das Erscheinen Agamemnons selbst, die Ermordung und ihre Folgen. Es ist ungemein viel Handlung in dem vorgeführten Stoffe entwickelt, obwohl dieser selbst in seinem geringen Wechsel von Ereignissen, die nur die Heimkehr des Agamemnon und seine Ermordung zum Gegenstande hatten, nicht gerade sehr viel Masse bot. Eine ungleich reifere Kunst als in den „Persern" oder den „Sieben" ist hier tätig; unsere Spannung, geweckt durch die Herzensergüsse des armen Tropfes auf dem Königsschlosse, wird stetig gesteigert und zum atemlosen Lauschen, als der Wagen des Siegers, des sobald Besiegten heranrollt, sie wird endlich zum bebenden Bangen, da die Seherin vor unseren Augen ihre Visionen empfängt. Nur wenige Unvollkommenheiten oder, sagen wir besser: Naivitäten erinnern daran, daß wir es mit einem Dichter zu tun haben, der die Anfänge der dramatischen Kunst tätig miterlebt hatte und die Fundamente der Tragödie gelegt, ohne ihre absolute Vollendung schaffen zu können. Wie Phrynichos sich nicht

darum kümmerte, auf welche Weise seine „Phönikerinnen" nach Susa
kamen (vgl. oben S. 25), sondern allem einen ideellen Schauplatz
„Persien" gab, so ist auch im Agamemnon eine rein ideelle Zeit anzu-
nehmen. Kaum ist die Fackelpost, die Trojas Fall verkündet, verglommen,
so kommt schon der Herold als Vorbote des Einzuges und ihm folgt,
wie auf Windesflügeln dahergetragen, Agamemnon selbst. Das sucht die
Griechen nicht an, und soll auch uns, trotzdem wir es nicht unbemerkt
lassen können, nicht anfechten. Ganz ähnlich steht es auch, wie wir schon
gesehen haben, mit der Kunde Klytaimestras von Dingen, die sie unmöglich wissen kann (vgl. S. 43). Das ist also noch archaische Kunst,
naive Unbesinnlichkeit, das sind Fehler, wie sie nicht etwa jedem Dichter
passieren konnten — auch bei Sophokles werden wir Irrtümer finden —
sondern wie sie die Entwickelung des Dramas selbst charakterisieren.

Sonst atmet alles eine Kunst, die mit unglaublicher Triebkraft reift.
Dem furchtbaren Drucke der Begebenheiten nimmt die Darstellung der
Charaktere seine beugende Last. Das Stück heißt „Agamemnon", mit
vollem Recht; denn so kurz auch der Bezwinger Trojas in der Orchestra
verweilt, so zielt doch alles, was geschieht, geplant und geredet wird,
nur auf seine Person ab, gerade so wie in der Odyssee alles sich um den
Ithakerkönig gruppiert, der in vielen Gesängen gar nicht zu persönlicher
Betätigung kommt. Agamemnon ist ein kurz angebundener Soldat, der
im rauhen Kriegesleben manches hat tun müssen, was er lieber ver-
mieden hätte, der manchen Hieb empfangen und ausgeteilt hat, er kennt
die Welt (V. 838) und nimmt sie von der sachlichsten Seite. Er ist
des Dichters kriegerisches Ideal. Wie der griechische Vasenmaler die
Gestalt des Paris wohl in das Gewand der Perser kleidet, so spricht
Agamemnon von den Barbaren, wie die Helden der Perserkriege von
ihren asiatischen Gegnern redeten: barbarisches Wesen ist ihm verhaßt
wie den Kameraden von Marathon alle asiatische Pracht und Liebe-
dienerei. So fällt der tapfere, gerade Soldat, der dem Feinde im Feld-
lager mißtraute, am eigenen Herde der Arglist seines Weibes, arglos selbst,
zum Opfer. Aber Klytaimestra ist wie bemerkt keine Megäre. Auch sie
sollen wir nicht achten, wenn wir sie doch verstehen lernen. Dies gewaltige
Weib hat, mit kräftigen sinnlichen Instinkten ausgerüstet, daheim fern
vom Gatten viel entbehren müssen und dazu auch den Kummer um ihre
geopferte Tochter gelitten, der ihr den Gatten verhaßt machte. So
wandte sich Herz und Sinn einem anderen zu, dem Aigisthos, einem
elenden Schwächling, wie so oft die starke Frau sich einen unbedeutenden
girrenden Seladon zum Günstling wählt. Aber so finsteres sie brütet, so
bitter sie den Agamemnon haßt, so widerwärtig ist ihr trotz des Ehe-
bruches, in dem sie lebt, der Anblick der Nebenbuhlerin, der Kassandra:
in diesem Gefühle ist sie ganz Weib. Und das bleibt sie; sie vermag
die Rolle der Mörderin nicht bis zum rücksichtslosen Behagen an der
Tat durchzuführen, sie erweicht sich doch am Schlusse des Stückes und gibt
die Schwere ihrer Schuld offen zu.

Geffcken, das griechische Drama.   4

Kassandra ist eine „Sibylle". Die Sibyllen tragen nach der An=
schauung des Altertums ihre Unglücksrufe weit in alle Welt hinaus;
eine Raserei erfaßt und schüttelt sie, ihr Los bei dem stets nach Frieden
und Behaglichkeit verlangenden Philistervolke der Erdenbürger ist, daß sie
immer nur Unglauben finden. Die Sibylle hat mit Apollon gekämpft
und ist von ihm bestraft worden. Die Widerspiegelung der Sibylle ist die
Gestalt der Kassandra, deren Liebe Apollo vergebens begehrt, der er zur
Strafe für die Weigerung den Unglauben der Menschen an ihre Propheten=
sprüche gegeben hat.[1]) Dieser Fluch betätigt sich denn auch hier aufs neue.

Neben den Hauptpersonen finden die Nebenrollen liebevollste Be=
handlung. So kurz der Wächter zu sprechen hat, er steht doch vor uns in ge=
sundester Plastik als der echte Mann des Volkes und die natürliche, jedem
Bombaste ferne Art des Heroldes haben wir oben schon gekennzeichnet.
Desgleichen ist uns auch der Chor eine Persönlichkeit, nicht etwa nur der
Sänger stimmungsvoller Arien, sondern die rechte Gemeinde von Argos,
der Repräsentant des Volkes in seinen besten Vertretern. Es sind echte
Menschen in ihren Vorzügen und Schwächen. Sie ahnen alles mögliche
Unheil, sie sehen sehr schwarz, aber als es zum letzten, zum äußersten
kommt, als sogar die Stimme der Gottheit aus dem Sehermunde ertönt,
da sind auch die erfahrenen Greise nur schwache, stumpfe Sterbliche. So
ist denn das ganze Stück, so tiefe Frömmigkeit, so ernster Glaube es durch=
zieht, getragen von der Idee des Menschlichen, in allen seinen Irrtümern,
in seinen Verfehlungen, in seinen Sünden. Die endliche Befreiung kann nur
durch die Gottheit erfolgen.

So weit sind wir aber noch lange nicht; erst muß auf die grauen=
volle Tat neues, viel schwereres Elend folgen. Davon lesen wir in dem
zweiten Stücke der Trilogie, den **Spenderinnen des Trankopfers,**
oder, wie man es neuerdings genannt hat, im „**Opfer am Grabe**",
das ich hier in kurzer Besprechung vorführe.[2])

Es spielt vorläufig in der Orchestra; die Fassade des Herrenhauses,
die an der Tangente der Orchestra steht, wird zunächst ganz vernach=
lässigt. In der Mitte des Tanzplatzes erhebt sich das Grab Agamemnons,
nachher wird von diesem ganz abgesehen, und die Szene spielt bei der
Hinterwand. Es ist nach der Fiktion des Dichters Morgen, da finden
wir den Orestes in Reisekleidung, das Schwert an der Seite, neben
Pylades auf dem Grabe des Vaters. Er bringt dem Gemordeten,
den er rächen soll, eine kärgliche Gabe dar, legt ihm eine Locke seines
Haupthaares aufs Grab. Da sieht er einen Zug von Frauen einher=

---

1) Mit Recht ist bemerkt worden, daß Aischylos sich hier bewußt gegen Apollo
wendet, der ja nachher auch in den Eumeniden eine klägliche Advokatenrolle spielt.
Aber durch die Sage, die den delphischen Apollon schon früh zum Feinde der Sibylle=
Kassandra macht, ist dem Angriffe doch in etwas seine Spitze genommen worden.

2) Die Übersetzung hat v. Wilamowitz im VI. Bändchen der griechischen
Tragödien im gleichen Verlage wie den Agamemnon geliefert. Voraus ging sein
Buch: Aischylos' Orestie. Griechisch und deutsch. Zweites Stück. Das
Opfer am Grabe. Berlin 1896, dessen Einleitung ich hier vielfach benutze.

ſchreiten, unter ihnen erkennt er am Trauergewande Elektra. Es iſt der Chor der Sklavinnen der Klytaimeſtra, nach denen das ganze Stück heißt, ſie tragen Krüge mit Opferſpenden. Ihr Geſang erzählt vom Auftrag, den die Herrin ihnen erteilt hat, die Seele des Gemordeten und ihren unheimlichen Einfluß zu verſöhnen. Der Chor vergißt nicht, daß Rache notwendig iſt, aber Sklavenlos bringt es mit ſich, daß man nur Wünſche ausſprechen kann, nichts weiter; denn die Befehle müſſen vollzogen werden. Faſt in gleicher Lage befindet ſich das herab= gewürdigte Herrenkind Elektra; ihr fehlen die Worte: was ſoll ſie hier ſagen, zwieſpältigen Sinnes, unſchlüſſig, ob ſie der Mutter Auftrag voll= ziehen ſolle, der ihr Frevel dünkt, oder nicht! Endlich, nachdem ſie mit dem Chore verhandelt, gelingt ihr das Gebet, ein ſo rührendes, frommes Auftun des Jungfrauenmundes, wie gewiß mancher, den die Antike bisher nur aus ſtarrem Marmor= oder gar Gipsauge angeſehen, ſolches kaum für möglich halten mochte (V. 125). Der Chor fällt ein, um Hilfe betend. Da findet Elektra die Locke. Sie gleicht ihrem eigenen Haare: tiefſte Aufregung bemächtigt ſich des Mädchens. Nun tritt Oreſtes vor und gibt ſich zu erkennen, in einfachen und ergreifenden Worten begrüßt ihn die Schweſter, und beide flehen zu Zeus um Hilfe. Oreſtes enthüllt dann ſeinen Auftrag, bei ſchwerer Strafe, ja unter Ächtungsandrohung hat ihm der delphiſche Gott Rache zu nehmen be= fohlen. Er erzittert unter dem Spruche des Apollo, die Laſt iſt zu ſchwer für ſeine jungen Schultern: das fühlen wir wohl heraus. Der Chor faßt Mut, ihm liegt ja nur das Schickſal des ganzen Volkes am Herzen, was kümmert ihn Oreſtes' Seelenpein! Den zaudernden Jüng= ling, der ſich lieber in Phantaſien verliert, wie viel ſchöner es ſei, wenn der Vater vorm Feinde gefallen, bringt er von ſolchen Abſchweifungen wieder zur Sache: drunten liegt der Vater, die blutvergießenden Mörder regieren, ruft er. Oreſtes ermannt ſich, um bald wieder zuſammen= zuſinken, die Rolle des Bluträchers wird ihm immer laſtender. Nun ſchildern ihm Elektra und der Chor, was ſie in der Zwiſchenzeit er= duldet haben. Die Königstochter, deren Gebet zwar nach Erlöſung ſchrie, die aber mit keinem Worte und Gedanken ſich die Notwendigkeit des Muttermordes klar machte, fühlt ſich durch Oreſtes' Botſchaft ge= ſtärkt, durch ſein Zaudern aber in ihren Hoffnungen getäuſcht und treibt den Zagenden durch die Darſtellung ihres Loſes vorwärts; mit antiker Draſtik nennt ſie ſich einen biſſigen Hund, der in einen Winkel geſperrt war. Endlich entſchließt ſich der Bruder, tun will er's, wenn er auch an der Tat vergehen ſollte. Vereint beten nun alle zum Geiſte des toten Königs und beſchwören ihn. Wem fällt da nicht die Beſchwörung des Darius in den 'Perſern' ein! Aber wieviel mehr iſt hier ge= leiſtet worden! Dort ſtieg der Schatten des Königs ſelbſt aus der Gruft hervor, um ſich in ſehr griechenfreundlichem Sinne vernehmen zu laſſen, gewiſſermaßen dem Chauvinismus als Sprachrohr dienend. Hier haben wir ein anderes, ein Größeres. Die Geſchwiſter beſchwören den

4*

Geist des Vaters, aber das Grab bleibt stumm, keine Stimme antwortet aus der Tiefe; dem delphischen Gotte bleibt allein die Verantwortung. Jetzt erst fragt Orest, warum die Mutter diese Grabesspenden geschickt. Er erfährt, ein grauser Traum habe Klytaimestra geschreckt: sie habe eine Schlange am Busen genährt und sei von ihr gebissen worden. Dieses Gesicht gibt den letzten Ausschlag: Orest weiß nun auch schon, wie er sich benehmen soll. Als Wandersmann will er mit Pylades um gastliche Aufnahme bitten; dann soll im Palaste die Rachetat geschehen. Beide, Orest und Pylades, entfernen sich; der Chor betrachtet in längerer Ausführung, wie oft schon ein frevelhaftes Weib Unheil gestiftet. Orest und Pylades kehren zurück, als Wanderer verkleidet, sie pochen ans Tor, der Pförtner hört's und ruft Klytaimestra herbei: die Mutter steht vor dem Sohne. Mit antiker Unmittelbarkeit entwickelt sich das Nächste; da gibt es bei Orestes kein: Was seh ich, meine Mutter! o, wie wird mir, Pylades! wie ein moderner Dichter das etwa ausdrücken würde, nein, Klytaimestra fragt nach dem Begehr der Fremden und ruhig erzählt ihr der Sohn ein Märchen, daß Orest gestorben sei. Klytaimestra empfindet einen Augenblick die Gewalt der Natur, die auch den verbrecherischen Sinn überwindet, sie klagt, aber nicht zu lange. Orestes soll dem Kummer wenigstens nicht entgelten, als Gastfreund wird der auf Mord sinnende Sohn im Hause der Mutter aufgenommen. Der Chor setzt um Gelingen der Tat; alles ist in ängstlicher Spannung. Aber der antike Dichter kennt keine eigentliche Sensation; ihm ist wie bisher, so auch jetzt, die Stimmung alles. Es ist noch nicht genug, was der Chor, was Elektra über ihr Elend erzählt haben, es naht auch noch die alte Amme des Prinzen, Kilissa, mit dem Auftrage den Aigisth zu rufen betraut. Aber das Alter hat es nicht so eilig; das Mütterchen, das uns an Odysseus' Amme, Eurykleia erinnert, muß uns noch allerhand vorplaudern, welche Not sie früher mit der Wartung des kleinen Orest gehabt[1]) und wie nun alles umsonst gewesen sei. Der Chor ergeht sich in längerem Gesange voll Hoffnungsfreudigkeit, er sieht wie Goethes Iphigenie den Tantalus:

> So sangen die Parzen;
> Es horcht der Verbannte
> In nächtlichen Höhlen,
> Der Alte, die Lieder,
> Denkt Kinder und Enkel,
> Und schüttelt das Haupt —

so den Agamemnon:

> Und tief aus dem Grabe
> Aufschaue zur Heimat
> Der Vater, der Fürst.
> Und gnädigen Auges
> Erschau' er im Hause
> Aus nächtigem Schatten der Knechtschaft
> Auflodernd die Freiheit.

---

1) Diese Stelle hat Heyse in seinem „Merlin" besonders bezeichnend für den gesunden Realismus des Altertums gefunden.

Aigiſthos kommt, um den Boten, der von Oreſtes' Tode Kunde bringt, zu hören und geht hinein in den Palaſt, während der Chor in Erwar-tung zittert. Da dringen, wie im erſten Stücke die Todesrufe des Heer-fürſten, jetzt die Schreie ſeines Feindes aus dem Hauſe hervor, ein Diener ſtürzt heraus und hämmert an Klytaimeſtras Tor. Die Königin erſcheint voll banger Ahnungen, Oreſtes und Pylades kommen aus der Haupttür: Mutter und Sohn ſtehen ſich nun zum zweitenmal, beide ohne Truggedanken, anders als vorher, gegenüber. Der unglückſelige Sohn, vom delphiſchen Fluche gejagt, ſpricht in gepreßten Worten, die ihm — wir fühlen es — nicht aus wirklich empfindender Seele kommen, die Mutter verteidigt ſich, doch ſo — wir merken auch dies —, daß ſie ſelbſt nicht an die Macht ihrer Worte glaubt. Und ſo entfernt ſich das unſelige, ſo ungleiche Paar, ſo ungleich und doch ſo gleich, beide mit Mordſchuld oder Mordplänen belaſtet, beide die Tat bereuend und ſcheuend, Mutter und Kind in grauſeſter Harmonie, wie ſolches mit ſo einfachen Mitteln nur der erhabenſte Genius zu ſchaffen vermag. Aufjauchzt des Chores Jubellied: die Ketten ſind gefallen. Die Hinterwand öffnet ſich; man ſieht die Leichen. Oreſtes tritt heraus, noch ganz benommen von der Tat, bald an ihrer Gerechtigkeit zweifelnd, dann nach Entführung ver-langend; endlich erblickt er die Erinyen und ſtürzt verzweifelt davon; der Chor beklagt das große Elend des Herrſcherhauſes.

So endet das zweite Drama der Trilogie. Wir täten der Wir-kung Schaden, wollten wir unſere Eindrücke gar zu eingehend analyſieren. Darum nur wenige Worte noch. Wir ſehen, Aiſchylos hat den Mythus, der kurz und karg nur von dem Faktum des Muttermordes berichtete, in vollendetſter Weiſe individualiſiert und verſittlicht. Klytaimeſtra mag ſo ſchlimm wie möglich geweſen ſein, ihre Reue und Gewiſſensängſte wecken neben dem Gefühl, daß auch Agamemnon die Gattin in ihr verletzt hat, ein gewiſſes Mitleid für ſie, und immerhin bleibt ſie die Mutter. Oreſt iſt kein ſtarrer Prinzipienmenſch, er erliegt nur dem Dräuen des unnachſichtigen, aber auch einſichtsloſen delphiſchen Gottes, über dem Zeus, der einzige Gott, den Aiſchylos' große Seele kennt, waltend ſteht. Aber ein Verbrechen iſt geſchehen, ſo grauenhaft, daß ein Menſch es nicht allein vollbringen kann. Die dämoniſche Klytaimeſtra tötete ihren Gatten; die Sünde wider die Natur zu begehen, konnte nur ein Gott befehlen, deſſen Einfluß als ſchädlich, als dämonenhaft hier geſchildert wird. Die Sünde wider die Natur! Es iſt die tief-ſittliche und ſittigende Bedeutung der größten antiken Dichter und Denker, vielleicht überhaupt der griechiſchen Antike, immer wieder auf den Wert der urſprünglichſten Lebensverhältniſſe und Lebensbedingungen, immer neu auf die Gewalt der Natur hin-gewieſen zu haben. Die Begriffe Vater, Mutter, Kind, Gatte und Gattin, Bruder und Schweſter, Familie und Vaterland, ſie werden mit einer Energie, einer Urſprünglichkeit, einer Vielſeitigkeit behandelt und vertieft, wie ſie keine Folgezeit wieder hervorgebracht hat. Gewiß dunkeln auf der griechiſchen Volksſeele, wenn wir ſie einmal als Ganzes nehmen

dürfen, schwarze Flecken, und da hilft kein Reiben und Putzen ober=
flächlicher Enthusiasten; aber diese Seiten des griechischen Lebens sind
hell und klar: im Nötigsten, im Elementaren werden wir uns mit den
antiken Menschen finden, uns stärken an ihnen immerdar. Blasierter
Jugend mag solche Erkenntnis langweilig scheinen; der gereifte Mensch
aber weiß, daß, was die Natur gegeben, stets neu und herrlich wie am
ersten Tage ist, daß die einfachsten Verhältnisse immer die heiligsten sind,
daß jede Verletzung dieser Fluch auf sich lädt. Aus den Tiefen der
Mutter Erde, mit der der antike Mensch sich inniger verbunden fühlte
als unser Geschlecht, steigt der ursprüngliche Quell solchen Lebens und
Fühlens empor, und wir irdischen Menschen von heute, die die Sophistik
unserer Zeit jenseits von gut und böse zu führen verheißt, sollen uns
in seinem Naß die fiebernden Stirnen kühlen. — Was Aischylos in
diesem Drama geschaffen, ist nicht wieder in gleichem Stoffe von den
Griechen erreicht worden. Der Meister, der mit ihm und nach ihm
strebte, der große Kündiger weiblicher Herzen, Sophokles, hat den
Mythus in der „Elektra" behandelt. Großes ist ihm gelungen, ein
Charakter wie der der Elektra, eine solche Ausmeißelung des Wesens der
Unglücklichen, eine solche Ausmalung ihres Elends, der kunstvolle Gang
der Handlung — all das liegt Aischylos noch fern. Aber wir scheiden
doch nicht befriedigt von dem Sophokleischen Drama; groß, düster, erhaben
liegt es vor uns, aber unversöhnlich bleibt der Eindruck bis zuletzt.

Versöhnung! das ist's, was Aischylos' Glauben uns bieten will. Ver=
söhnt schauen wir Prometheus, gesühnt sollen wir die Greueltat des Orestes
sehen. Diesem Zwecke dient das dritte Drama „Die Eumeniden".[1])

Eine jener läppischen Anekdoten aus der Tradition antiker Literatur=
historiker erzählt, daß bei der Aufführung der „Eumeniden" zuschauende
Kinder vor Schreck über die furchtbaren Erscheinungen gestorben seien
und Frauen Nervenzufälle bekommen hätten. So viel ist indes sicher,
daß der Dichter mit der Vorführung dieser unheimlichen und gewaltigen
Gestalten, mit der furchtlos eingehenden Behandlung dieses sonst von den
Dichtern gemiedenen Mythus wieder einen seiner großen Würfe tat.
Auch unserer Zeit, die in der Abkehr vom Klassischen leider auch von
historisch notwendiger Geistesbildung Abschied zu nehmen scheint, stehen
diese Gestalten wenigstens noch in blassen Farben vor Augen; man
nennt sie mit nichtssagendem lateinischen Ausdruck „Furien", kennt sie als
Wahnbilder von Gewissensqualen aus Goethes „Iphigenie" und plastischer
aus dem schönen Bilde Böcklins in der Schackschen Galerie. Aber damit
dürfen wir uns nicht begnügen. Der antike Poet, dem wir hier in
seiner letzten Schöpfung nahetreten, spann sich keine Abstraktion zurecht,
er sah, er fürchtete der Gottheit Strafe, er erhoffte der Gottheit Schutz.
In seine, in seines Volkes Seele sollen auch wir uns hier versetzen.

---

1) Übersetzung von Wilamowitz Heft VII der Griechischen Tragödien,
dessen Einleitung ich hier wie oben natürlich vielfach zugrunde lege.

Die Erinyen, die Rachegöttinnen, hatten noch einen anderen Namen, die „Eumeniden", die Wohlwollenden. Die antike historische Forschung, auf diesem Gebiete stets oberflächlich und schnellfertig, hat das für eine euphemistische Bezeichnung erklärt, und moderne Gelehrte haben ähnlich gemeint, es sei eine vom inneren Grauen diktierte versöhnende Ab= schwächung des furchtbaren göttlichen Waltens damit beabsichtigt gewesen. Aber in neuerer Zeit sind wir etwas weiter in der Erkenntnis der religionsgeschichtlichen Probleme gekommen. Viele Gottheiten der Griechen zeigen ein doppeltes Antlitz, ein segnend mildes, ein furchtbar schadendes, strafendes. Und vor allen steht es so mit den Gottheiten der Erde. Die Erde ist den Griechen noch viel mehr als uns, die wir das schöne, von den Griechen entlehnte Wort „Mutter Erde" nur als glatte Phrase bedeutungslos anwenden. Einst war es anders; noch vor weniger als drei Jahrhunderten berührte sich der Glaube unseres Volkes näher mit dem hellenischen. Aus der Erde kamen die freundlichen Heinzelmännchen, die es nach eines liebenswürdigen Dichters Ausdruck besonders den Ein= wohnern der guten Stadt Köln so bequem machten, sie wohnten in manchem Hause und wirkten Gutes, bis sie der Menschen Schlechtigkeit vertrieb. Aber aus der Erde grub man auch das höllische Wesen, die furchtbare Alraunwurzel, die unheimlichen Segen spendete, ihren Besitzer aber, wenn er sie nicht rechtzeitig verkaufte, mit hinab zur Hölle riß. Das giftige Tier ferner, das noch heute sprichwörtlich für alles Wider= wärtige und Dämonische ist, die in der Erde lebende Schlange, auch sie war, wie manches Märchen es uns kündet, ein freundlicher Hausgeist unserer Altvorderen und wehe dem, der sich an ihr vergriff. Die Mächte der Tiefe sind nicht sowohl Götter als Dämonen, d. h. Wesen, die die gleiche Kraft zum Schaden wie zum Frommen besitzen. So war den Griechen die lebenspendende Erde die Allmutter, die nicht nur die Früchte aus dunklem Schoße emporsandte zum Licht, sondern auch die Gebärerin des Menschen war. Viele Stämme, die sich nicht mehr auf ihre Abkunft besinnen konnten, rühmten sich, aus der Erde ge= kommen zu sein. Das neue Menschengeschlecht, das nach der großen Sintflut über die neugeborene Erde dahinschritt, stammte nicht, wie die Tradition der Israeliten wollte, von dem einen frommen Menschenpaare ab, das sich vor den Fluten hatte retten dürfen, sondern von der Scholle, die die Geborgenen hinter sich geworfen. Die Erde war und blieb göttliche Person; ihre Felsen nannte die Poesie ihr Gebein. Aber sie läßt nicht nur keimen; hinab zu ihr, in die dunkle Tiefe muß das Menschengeschlecht wieder zurücksinken. Und die Ehrfurcht der Griechen vor den Toten ist ursprünglich ebenso wie bei uns keineswegs ideale Pietät, sondern bange Scheu. Um die Gräber der Verstorbenen wehen ahnungsvolle Schauer. Der Tote kann schaden, kann denen, die sich im Lichte freuen, unheimliche Störung bringen. Dar= um gilt es den Geistern Frömmigkeit zu erweisen, auf daß sie nicht zu Gespenstern werden.

So sind auch die Erinyen, deren Schlangenhaar auf das Tier der Erde hinweist, Erddämonen. Dem Griechen war das eigene Haus, das auf der Scholle stand, heilig. Ein heiliges Herdfeuer flammte den Geistern des Hauses. Wer den Frieden des heimischen Herdes, wer den Frieden des größeren Gemeinwesens, des Staates, durch Frevel mit blutiger Hand vollbracht, störte, der war den unterirdischen Mächten verfallen. Sie schützen den Frieden, sie strafen den Bösen, der ihn verletzt. Das ist die Weiterbildung ihres Wesens. Früher, in wilder Zeit, konnte man sich von der Strafe für die Mordtat loskaufen oder man floh die Blutrache und ging außer Landes. Aber allmählich trat der Staat ein und verfolgte sein Recht gegenüber dem Störer des öffentlichen Friedens. Aber wenn der Staat menschliche Mittel zum eigenen Schutze, wie zur Behütung des häuslichen Friedens brauchte, der Gottheit, die seine Hände leitete, seine Gedanken richtete, konnte er doch nicht entraten. Auf dem Areshügel in Athen tagten die Ratsherren, der sog. Areopag in Sachen des Mordes; drunten in einer Höhle des Hügels ist der Sitz der Gottheit der Eumeniden, der „Ehrwürdigen", wie sie in Athen heißen. Alljährlich zog eine Prozession zu den Göttinnen der Nacht, um ihren wohlwollenden Schutz zu erbitten. Die Einsetzung des Areopags durch Athene, die Stadtgöttin selbst, hat der fromme Dichter mit vollendeter Kunst in sein Drama verschlungen. — Orestes hat die Mutter getötet; er hat sich gegen das erste Gebot aller Natur vergangen. Den Töchtern der Allmutter Erde geziemt es daher, den Frevler zu verfolgen. In ihrem eigensten Berufe also zeigt sie uns des Dichters Hand.

Die Entwickelung des ganzen Stückes scheint ziemlich einfach. Es wird eigentlich nur die Rettung des Orestes vor der Rache der Erinyen dargestellt; Orest entflieht aus Delphi und findet in Athen durch die Stadtgöttin Entsühnung. Einmal, wie in einem Vorspiele, geschieht diese Rettung im Tempel zu Delphi, dann, nach einem Szenen- und Zeitwechsel — so etwas haben wir hier zum erstenmal — wird von den Göttern des Lichtes, Apollon und Athena, der zweite Versuch gemacht, den schuldigen Muttermörder dem Banne der Erdgöttinnen zu entreißen. Aber welche Bilder stellen sich uns dabei wieder dar! Nichts gewaltiger, für das Auge wie das Gemüt gleich erhaben, als die um Orestes schlafenden Rachegöttinnen, wie sie dann vom Schatten der ermordeten Mutter aufgescheucht, gleich einem träumenden Raubtier im Schlafe, nach ihrem Opfer schnauben. Und danach nun die Szene in Athen. Hören wir denn, nachdem wir lange vom Grauen und den Schreckensliedern der Erinyen gehört, endlich ein solches Lied, das ich hier einmal in der Übersetzung von J. Schultz zum Teil einlege:

Wohlauf, wohlauf nun, schließt den
　　　　　Reihn!
Denn ein grausiges Lied will gesungen
　　　　　sein,

Verkündet unser Walten!
Verkündet auch, wie unser Schritt
Zu den Menschen tritt —
Recht müssen wir behalten.

Wer reine Hände zeigen kann,
Nicht faßt ihn unſre Rache an,
Frei darf er die Welt durchwallen;
Doch wer wie dieſer mit Mord ſich befleckt
Und die blutbeſudelten Hände verſteckt,
Iſt unſrer Rache verfallen;
Wir genügen den Toten mit Fug und Recht,
Und denen, die freveln am eignen
            Geſchlecht,
Verderbend nah'n wir allen!

O Mutter, die mich geboren!
O Mutter Nacht,
Die zur rächenden Macht
Mich für Wache und Tote erkoren:
Höre mich an!
Phöbos Apoll
Raubt mir den Zoll,
Der mir gebührt!
Aus meinem Bann
Hat er entführt
Dieſen verruchten, flüchtigen Mann,
Der ſeine eigne Mutter erſchlug,
Der nun unſer mit Recht und Fug!
Unſerm Altare
Nie er entflieht,
Wo er auch fahre,
Tönt unſer Lied!
Wahnſinn klingt's,
Ohnmacht bringt's,
Geiſt zerſprüht,
Herz verglüht,
Seelenkraft
Stirbt in dumpfer, würgender Haſt,
Harfenmelodie verhallt,
Wo der Erinnyen Lied erſchallt.

Eh' wir Schweſtern noch geboren,
Ward uns dieſes Amt erkoren,
Uns der Himmelsſitz verwehrt!
Haben keinen heil'gen Herd,
Haben keinen Opferbrand
Und kein feſtlich weiß Gewand —
Folgen nur dem einen Ruf,
Niederzureißen,
Da wo das Eiſen
Brudermord ſchuf!

Hetzen den blutigen, flüchtigen
            Mann!
Packen ihn an!
Packen ihn gut!
Bis ſeine Kraft
Sterbend erſchlafft —
Blut will Blut!

Männerruhm, der geſtrahlt zum
            Himmelslichte,
Wird in namenloſem Grab zunichte,
Wenn wir düſter uns und verſtörend
            zeigen,
Schlingen den Reigen —:
Auf und nieder
Setz' ich mit raſchen
Schritten der Füße
Donnernde Wucht!
Weiß zu erhaſchen,
Daß jeder mir büße,
Hurtigſter Glieder hurtigſte
            Flucht.

Kann es erlauern,
Werd' es erſchleichen,
Werd' es erreichen —
Rache muß dauern!
Keiner ſoll wähnen,
Mich rührten Tränen!
Tu' ohne Grauen
Grauſige Pflicht;
Werk gottgemied'ner,
Niemand darf's ſchauen,
Kein Abgeſchied'ner,
Keiner im Licht!

Und ſcheu vor uns beben
Muß, wer vernimmt,
Welch Schickſalsamt uns ernſt und
            groß
Die Götter beſtimmt!
So bleibt uns gegeben
Uralte Macht,
Und hauſen wir auch im Erdenſchoß
Und in der tiefſten Nacht!

Dieſer Eumenidenchor zeigt uns nun wieder etwas außerordentlich
Großes. Wir haben oben, beſonders bei Gelegenheit der „Schutz=

flehenden" (S. 29f.), gesehen, welche Rolle naturgemäß in den ältesten Stücken des Dichters der Chor spielt, er ist dort einfach handelnde Person. Später in anderen Dramen tritt er mehr zurück, er scheint schon fast die Bedeutung zu haben, die ihm Gelehrte früherer Generationen anwiesen, „die Reflexion von der Handlung zu sondern, den idealen Zuschauer darzustellen". Hier aber, in seinem letzten Stücke hat ihm nun der Dichter eine geradezu überwältigende Rolle gegeben. Hier fällt alles historisch Verbindliche und damit Gebundene ab, die Eumeniden sind der natürlichste Chor, der jemals die griechische Bühne beschritten, und darum wirkt auch heute noch das Stück so elementar. Und dieser poetischen Kraft, die den Höllenchor seines furchtbaren Amtes walten und den Mörder nach Delphi und nach Athen verfolgen läßt, versagt der Atem auch im weiteren Verlaufe des Stückes nicht. Auch bei der Gerichtsverhandlung, wo Apollon ähnlich wie der törichte Hermes vor Prometheus eine ziemlich klägliche Rolle vor den uralten Erdgöttinnen spielt und gegenüber denen, die der Natur Satzungen verteidigen, mit Advokatenkniffen seinen Klienten zu schützen sucht, auch da bleibt unser Interesse, so modern athenisch die ganze Verhandlung uns bedünken will, der Szene erhalten, ja, wir verstehen den Jammer der alten Gottheiten, die sich durch die jungen zurückgedrängt glauben (V. 807 ff.), völlig. Je tiefer aber anfänglich ihr Schmerz war, desto reicher muß nachher, da Athen sie versöhnt, ihr Segen sein. Nichts großartiger endlich, als wie sich die Stadtgöttin selbst an die Spitze des Zuges setzt und die Eumeniden zum Schoße der Erde geleitet. Es ist uns, als hätten sich damals alle Zuschauer mit anschließen, als hätte das ganze Volk von Athen in dem ernstesten, erhabensten Schauspiel, das es je gegeben, aufgehen müssen.

Wir erkennen den Dichter in seiner ganzen Größe. Zwar hat es ihm natürlich fern gelegen, die scheinbaren Widersprüche in dem Wesen seiner düsteren Gottheit so aufzulösen und zu erklären, wie wir das jetzt durch die Mittel vergleichender Religionswissenschaft vermögen: Aischylos war noch selbst religiös und wer das ist, glaubt, aber spintisiert nicht über den eigenen Glauben. Aber wenn er so aus den rächenden Gottheiten Athen wohlwollende Dämonen schuf, so vollzog er damit alles mehr als eine flach optimistische Umformung des alten grauenvollen Mythus. Denn Athene, dieselbe, die den heiligen Rächerinnen mildes Wesen abzwingt, sie mahnt (V. 699), nicht alles Schaudern zu verbannen. Ein unendlich tiefer Spruch, so kurz er klingt. Denn das religiöse Leben des Menschen will in heiligem Schauer empfangen und geboren sein. Mag nun dem Sterblichen die Gottheit nahen in der Sturmwolke, im berstenden Felsen oder im stillen sanften Sausen: immerdar, heftig oder gelinde, soll unser Wesen sich verwandelt fühlen von der Nähe des Überirdischen. Es war gewiß eine eindringliche Mahnung an dies Athenervolk. Noch war es ja gläubig, noch wußte der fromme Dichter die Vielheit der Götter, ihren Kampf unter-

einander, die ſchädlichen Folgen eines delphiſchen Spruches, alle dieſe
Rätſel im Zeusglauben aufzulöſen und die Zweifel zu bannen. Auch
Sophokles gelangte noch, ſo ſchwer er unter dem großen Sterben, der
Peſt, und dem Doriſchen Kriege litt, zum Frieden ſeiner Seele. Euripides
hat das nicht mehr vermocht, und viele mit ihm verloren den Glauben
daran, daß die Gottheit am Ende alles herrlich hinausführe. Erſt die
Philoſophie, erſt Sokrates hat nach der Skepſis, nach der Verzweiflung
wieder dem Athenervolk Halt gegeben.

Und noch ein Letztes hat Aiſchylos geſchaffen. Er iſt hier weit über den
Chauvinismus ſeiner „Perſer" hinausgediehen. Athen wird für Oreſtes eine
Stätte, da er ſein ruheloſes Haupt niederlegen kann. So übt die Stadt,
die damals ſich noch mit vielen Feinden herumſchlug und die Beſiegten oft
mit furchtbarer Grauſamkeit beſtrafte, im Mythus wenigſtens die höchſte
Menſchlichkeit. Das hat Sophokles, der viel von Aiſchylos gelernt, in
ſchönſter Form noch weiter auszubilden verſtanden. Auch ſein Held, der
unſelige Ödipus, hat im Lorbeerſchatten Athens erſehnte Ruhe gefunden.
Und ſo wird und bleibt Athen Aſyl für die Mühſeligen und Beladenen.
Und weiter: das attiſche Reich zerfällt, aber Athen bleibt eine Zuflucht
für alles Hohe und Schöne, mögen makedoniſche oder römiſche Waffen
auf der Akropolis blinken. Der Arm iſt müde geworden und zieht
nicht mehr das Schwert, das Haupt aber denkt für ganz Hellas; unauf=
hörlich forſcht man in den Hainen der Philoſophen nach dem höchſten
Gut; hier findet der Menſch, den der Lärm des Tages übermüdet, die
Ruhe der Betrachtung wieder. Und auch für uns kann das ideelle
Athen der Dichter und Philoſophen noch jederzeit eine Stätte des
Friedens werden, auch uns lächelt nicht nur die Sonne Homers, uns
ſäuſelt Platane und Lorbeer am Iliſſos!

Aiſchylos' Ausgang. Man hat in alter und neuer Zeit viel zu
erzählen gewußt von Aiſchylos' Zorn über die politiſche Entwickelung
ſeiner Vaterſtadt; verſtimmt über die Beſchränkung des hohen Blut=
gerichts, des Areopags, dem man in jener Zeit ſeine politiſchen
Rechte genommen hatte, ſei der Dichter nach Sizilien gegangen. Mit
Recht iſt neuerdings darauf hingewieſen worden, daß Aiſchylos den
Areopag ja nur als Blutgericht, nicht als oberſte Behörde der Stadt,
d. h. ſo, wie ihn die Zeit des Dichters kannte, darſtellt. Und auch die
warmen Worte über Athen und Argos (V. 765 ff.) zeigen, wie ſehr er
die Politik Athens billigte, das damals gerade mit Argos ein Bündnis
geſchloſſen hatte. Aber wie der Dichter mahnt, das Schaudern nicht
aus dem Herzen zu verbannen, ſo hat er auch, fürchtend, die Demokratie
werde bald in Zuchtloſigkeit ausarten, vor dem Übermaße der Freiheit
gewarnt.

Wenn über die Handlungsweiſe eines bedeutenden Menſchen viele
Motive verlauten, ſo kann man ſicher ſein, daß niemand ſie kennt. Und
ſo wird in der griechiſchen Pſeudo=Literaturgeſchichte noch weiter berichtet,
Aiſchylos ſei aus Ärger über Sophokles' Erfolge oder auch über eine

andere literarische Niederlage aus Athen gewichen. Mit 67 Jahren nach solchen Erfolgen einem jüngeren voll Grimm zu weichen, voll Verstimmtheit das eben noch verherrlichte Athen zu verlassen: unmöglich; das hieße von Aischylos klein denken, dem großen Dichter, der selbst gegen Darius, den Feind von Marathon, keinen rechtschaffenen Haß aufzubringen vermochte. Wir wissen eben nicht, warum der Dichter Athen verließ, und wollen das ruhig eingestehen. Genug, er suchte wieder Sizilien auf und ist hier im Jahre 456 in Gela gestorben. Eine jener albernen Literaturfabeln des Altertums, die ich am liebsten ganz und gar verschwiege und hier nur als Kuriosum mitteilen will, erzählt den Hergang seines Todes so: ein Adler, der in den Krallen eine Schildkröte getragen, habe sie auf den Kopf des Dichters fallen lassen. Solche Geschichtchen sind wirklich und wörtlich unter jeder Kritik.

Aber die Liebe und Bewunderung der Nachwelt folgte ihm. Die Griechen pflegten ihren Angehörigen und auch berühmten Bürgern ihrer Stadt ein paar kurze Verse aufs Grab zu setzen. Von derartigen Epigrammen sind uns viele Hunderte erhalten, oft von unendlicher Schönheit. Viele freilich sind auch zu rein fiktiven Zwecken erdacht, haben nie auf dem Steine gestanden und zeigen ein leblos konventionelles Gepräge. Dies gilt besonders von den Buchepigrammen auf Dichter und Künstler, die sich oft in der albernsten Pointenhascherei gefallen. Unter dieser großen Zahl macht eine Ausnahme das Epigramm, welches die Einwohner der sizilischen Stadt Gela auf Aischylos' Grab gesetzt haben sollen:

> Seht Aischylos, Euphorions Sohn,
> In Gelas reicher Weizenflur:
> Und rühmt ihr mich, sprecht: Marathon!
> Sprecht von den lock'gen Persern nur!

Es ist sehr unwahrscheinlich, daß Aischylos ganz ohne persönliche Beziehung zur Wahl gerade des Ruhmestitels von Marathon gestanden habe: irgendwie müssen die Einwohner von Gela über das, worin der Dichter seines Lebens Inhalt sah, unterrichtet gewesen sein. Ein spätes Epigramm kann es nicht sein, dann hätte man seine Dichtertaten gerühmt. So sieht es danach aus, als ob der Genius den Wert seines Lebens in dem Anteil am Perserkriege gesehen, und mit dieser Betrachtung würde er sich selbst neu ehren. Unbewußt, wie er seine Tragödien schuf, machte er, wie echte Größe immer tut, von seinem Dichterruhme nicht viel Wesens. Der Sieg von Marathon prägte ihn zum steten Kämpfer auf seiner Lebensbahn. Er stritt in den Tragödien um den Ruhm, das Götterfest verschönern zu dürfen, er stritt sich durch die Düsterkeit alter Mythen, uralter Traditionen hindurch zum Glauben an die Gottheit und ihre Güte, er schuf, selbst noch mit unvollkommenen Werken beginnend, den Athenern und damit der Welt eine neue Kunst. Eine alte Biographie drückt dies nüchtern, aber treffend so aus: „Wem Sophokles ein vollendeterer Tragödiendichter geworden scheint, denkt recht, aber er soll erwägen, daß es viel schwerer war von Thespis, Phrynichos und Choirilos die Tragödie auf diese Höhe zu bringen, als von Aischylos' zu Sophokles' Vollendung zu gedeihen." Ähnliches haben wir öfter hervorgehoben; Aischylos hat dem antiken Dichter, dessen Klassizität ohne ihn nicht denkbar ist, die Wege gebahnt, und es war ebenso schön wie recht, daß man in neuerer Zeit an die Stelle der ewigen schlechten Aufführungen der Antigone einmal die Orestie setzte, und daß diese Aufführung durch kunstvolle Vorbereitung und durch die allgemeine Teilnahme ein erhabenes Fest werden konnte, vergleichbar den tragischen Festaufführungen Altathens.

2. Sophokles. Leben und Wesen.

Über Sophokles' Leben, über sein ganzes Wesen wird in den Literaturgeschichten viel erzählt. Es hat wenig Zweck, dies hier ausführlich zu wiederholen. Schon mehrfach haben wir bemerkt, daß die meisten literarischen Nachrichten der Antike, wo sie nicht einfach Daten und Fakta geben, Phantasiebilder und zudem meistens Bilder einer sehr dürftigen Phantasie heißen müssen. Diese Geschichtchen haben oft eine ganz bedenkliche Ähnlichkeit untereinander, oder es läßt sich ihr Werden auf andere Weise leicht erklären. Ein wirklich kritischer Literaturhistoriker fehlt den alten Völkern mit alleiniger Ausnahme des Aristoteles, und dieser war wieder viel zu nüchtern, um die Poesie ganz empfinden zu können. Was gleichzeitig mit den berühmten Dichtern an Erzählungen über ihr Wesen entstanden ist, bleibt ebenso wahrheitsgetreu wie Bettinas Buch über Goethe: wohl erkennt man die Wirkung des Genius auch in solchen Fabeleien, aber Wirklichkeit steckt nicht darin. So hören wir denn durch die früh, schon zu Lebzeiten des Sophokles einsetzende Mythenbildung, der Dichter sei allen erotischen Tändeleien ebenso wie seine Zeitgenossen ergeben gewesen, eine Angabe, aus der Spätere sogar das Bild eines Bruders Liederlich entwickelt haben; so redete man im Hinblick auf die klassische Klarheit seiner Schöpfungen, auf die abgeklärte Anmut seiner Poesie von der alles bezaubernden Liebenswürdigkeit des Dichters. Dementsprechend war der Poet, dem so viele Siegeskränze zuteil wurden, auch ein von den Göttern geliebter Sterblicher wie wenige zuvor; den Seinen gab Gott es auch damals im Schlafe, und so läßt ihn die Tradition einen gestohlenen goldenen Kranz durch ein Traumgesicht wiederfinden. Da der Dichter ferner erst mit 91 Jahren starb, so lag es nahe, seine wunderbare Kraft bei so hohem Alter hervorzuheben, und so erfand man die für antike Anschauung so charakteristische Geschichte, sein Sohn habe ihn wegen Marasmus entmündigen wollen, aber der alte Herr habe durch Rezitation seines Ödipus den Kläger widerlegt. Aber die Zeitgenossen wußten nichts davon, wie es sich noch kontrollieren läßt. Natürlich muß der Priester des Dionysos an den Gaben des Gottes oder in seinem Dienste sterben; da fabelten die einen, er habe sich an einer Weinbeere verschluckt und daran den Tod gefunden, die anderen, er, der 91 jährige, sei vor Freude über den Sieg eines seiner Dramen gestorben, andere endlich, er sei inmitten der Rezitation eines langen, pausenlosen Gesanges erstickt. Genug davon; diese Anekdötchen richten nach Quantität und Qualität die antike Literaturtradition. Und noch weiter darf man gehen. Der Geist, der in diesen Geschichtchen waltet, ist auch noch ein wenig in der Meißelführung sichtbar, die die berühmte idealisierende Statue des Lateran geschaffen. Man hielt sie früher für ein sprechend ähnliches Porträt und hat sich an ihr begeistert. Aber betrachten wir sie genauer: der Dichter posiert, das ist gar keine Frage. Vergleiche man einmal die ganz ähnliche Haltung der Aischines = Statue. Die posiert auch; aber warum? Sie stellt einen Redner dar; der muß posieren, das gehört zu seinem Handwerk. Aber der Dichter hat das nicht nötig; nur der pathetische Sinn der Zeit, aus der das Original nach dem Urteil der bewährtesten Kenner stammt, zwischen 350 — 330 v. Chr., gab ihm diese äußere Haltung. Man kann darum auch in der Statue nicht den ungezwungenen Anstand des harmonisch durchgebildeten Atheners erkennen, und daß das Gesicht, wie manche Kunstkritiker rühmen, so außerordentliche Liebenswürdigkeit zeigt, ist gerade im Hinblick auf die literarischen Fabeln erst recht verdächtig. Das Antlitz trägt vielmehr stark idealisierte Züge, die bei genauerem Zusehen an Asklepios erinnern, den Gott, dessen Kult Sophokles in Athen einbürgerte, wie auch der zierlich gelockte Bart dem stilisierten Götterbarte entspricht. Der Unterleib ist ein wenig gewölbt, er ist das Bäuchlein des Lebemannes. Damit hat man den Ausdruck, den der Künstler dem traditionellen literarischen Bilde gegeben. Liebenswürdigkeit, häufiges Naschen von manchem verbotenen Apfel im Garten der Liebe, das sagte das späte literarische Anekdotenbuch dem Dichter nach: daraus mag man in Anlehnung an ein Götterideal die Statue geschaffen haben, freilich ein bedeutendes Werk, so anspruchsvoll es auch dasteht.

Fest steht für uns nun so viel aus Sophokles' Leben. Er war im vorstädtischen Gau Kolonos, den er nachher selbst so herrlich im „Ödipus auf Kolonos" besang, wahrscheinlich im Jahre 496 v. Chr. geboren und erhielt eine gute Ausbildung durch seinen Vater, den wohlhabenden Waffenfabrikanten Sophillos. Er beteiligte sich am Staatsleben, war im Jahre 443/2 Schatzmeister der Bundesgenossenkasse, im Jahre 440 Stratege, zu diesem Amte, wie eine ziemlich unglaubwürdige Nachricht mitteilt, berufen, weil ganz Athen von seiner Antigone so entzückt gewesen wäre. In einer solchen Stellung hatte er natürlich mit Perikles zu tun; daß er aber darum mit diesem in einer Art Bonmotsaustausche gelebt habe, ist müßige Erfindung. — Im späteren Leben scheint der Dichter noch mehrfach seine Pflicht als Staatsbürger getan, auch ein geistliches Amt, eine Priesterstelle bekleidet zu haben. Athen selbst verließ er nie; so ist er der absolute athenische Normal= und Idealmensch in einer Person geworden, der Prophet seines Volkes. Im Jahre 406/5 ist er dann im hohen Alter gestorben.

Enorm nach unseren Begriffen, nach antiken eigentlich nur normal war die Anzahl seiner Dramen, sie belief sich auf 123. Darunter zählte er 18—20 Siege, oft errang er den zweiten, nie nur den dritten Preis. Seiner Hinterlassenschaft ist es ebenso wie der des Aischylos gegangen. Als in Byzanz, im mittelalterlichen Konstantinopel ein verderblicher, bildungsfeindlicher Wahn im 7.—8. Jahrhundert das trübe Feuer, das noch auf einigen zerbröckelnden Altären dürftig glomm, zu löschen begann, wurden des Sophokles und Aischylos Dramen ver= nichtet. Aber seit der Mitte des 9. Jahrhunderts fing man an, wieder den alten Idealen sich zuzuwenden, suchte, was man finden konnte, zu= sammen und rettete aus der großen Vernichtung noch sieben Dramen jedes der beiden Dichter.

Von Sophokles kennen wir keine Tetralogien. Das heißt nicht, daß er solche nicht geschaffen, sondern die Sache ist vielmehr so, daß jedes Drama in seiner Tetralogie eine gesonderte Stellung einnahm, mit den anderen Stücken nicht mehr inhaltlich verbunden war. Von den erhaltenen Dramen scheint das älteste, ca. 440 v. Chr. aufgeführt[1]), also von dem Dichter als einem Fünfzigjährigen geschaffen, die hoch= berühmte Antigone zu sein, die wir jetzt vornehmen wollen.

A. Antigone.

Literatur: Da in neuerer Zeit die Frage nach dem Charakter der Heldin des Dramas auch andere Kreise als nur die der Philologen bewegt hat, so gebe ich ein paar Titel mehr an. Die Neubehandlung der Frage ging aus von G. Kaibel (De Sophoclis Antigona. Gottingae 1897). Darauf folgte eine Flut von Schulprogrammen und Schriften für und wider Kaibel, die beste, ge= diegenste Arbeit darunter ist die von P. Corssen: Die Antigone des Sophokles, ihre theatralische und sittliche Wirkung. Berlin, Weid= mann, 1898. — Übersetzungen, die das Original mit philologischer Richtigkeit und poetischer Kraft wiedergeben, fehlen. Bei diesem Dilemma nehme man Wilbrandt: Sophokles' Tragödien, München 1903, zur Hand. Freilich ist diese Arbeit, die aus begreiflichen und sehr achtungswerten Gründen den Chorgesang durch die Rezitation eines „Sprechers" ersetzt, nur ein Surrogat, aber immerhin versucht doch hier ein Dichter die Gestalten= und Gedankenwelt eines anderen Poeten darzustellen, und das ist immerhin schon etwas.

Die Sage. Der behandelte Vorgang, die Fabel, ist uns aus dem Schlusse des aischyleischen Stückes: „Die Sieben gegen Theben", den man für unecht hält, bekannt: es handelt sich um die Bestattung der Leiche des Polyneikes, der im Kampfe gegen seine Vaterstadt gefallen draußen vor der Stadt unbeerdigt liegt und nach Kreons Gebot auch liegen bleiben soll. Der alte Mythus kannte die Antigone nicht als Kind aus der Ehe zwischen Mutter und Sohn. Das hat erst die Tragödie so gedichtet. Gar nicht bekannt ist der älteren Sage Haimon, Antigones Verlobter. So hat die Tragödie manches um= gestaltet und neu erfunden, vor allem aber ist ihre reinste und größte Schöpfung die Gestalt der Antigone selbst.

---

1) Sicher ist dies Jahr allerdings nicht.

Die **Situation und Exposition** wird im Prolog mit ebenso leichter Hand wie künstlerisch tiefem Sinne geschaffen. Wir befinden uns vor Kreons Palast. Zwei Mädchen stehen vor uns, Antigone und ihre Schwester Ismene, die letzten Überlebenden aus dem verfluchten Geschlechte des Ödipus. Das Brüderpaar ist im Doppelmorde gefallen, das Schwesternpaar trauert ob dieses Geschickes. Aber die Trauer der beiden ist sehr verschieden. Die sanfte Ismene hat sich müde von all dem Jammer in sich selbst zurückgezogen, so kann sie denn auch noch nichts von dem neuen Gebote des Königs vernommen haben, von dem die stärkere, herbere, regere Schwester schon weiß, vom Gebote des Kreon, daß nur Eteokles, nicht aber der Feind Thebens, Polyneikes, ein Grab erhalten solle, daß, wer diesem aber doch die letzten Ehren erweise, dem Tode verfallen sei. So hat der „wackere Herrscher" (V. 31) befohlen. Doch schon jetzt ist Antigone entschlossen, nicht zu gehorchen, und macht nur noch den Versuch, die Schwester für das Werk der Bestattung zu gewinnen. Aber Ismene ist noch ganz gebrochen durch das Geschick ihres Hauses, ihr fehlt der Mut; diese Empfindung stützt sie durch den Hinweis auf die Schwäche des Weibes und die Stärke der Regierenden. Aber sie verkennt nicht, daß die Schwester im sittlichen Rechte ist, sie bittet die drunten unter der Erde sind, ihr selbst zu vergeben, wenn sie dem Gesetze gehorsam bleibt: so wird der Grundakkord des Stückes, das Recht der Natur gegenüber dem Gesetze des Staates, schon jetzt angeschlagen. — Die schnell entschlossene, herbe Antigone hat mit dieser Antwort genug, nun dankt sie für jede Hilfe der Schwester ein für allemal. Der Gedanke, im Tode mit dem geliebten Bruder vereinigt zu sein, dünkt ihr süß, die Tat ist ihr ein „frommer Frevel" (V. 74). Mit echt griechischer Freude an der Pointe findet sie noch einen Grund dafür. Die Zeit drunten im Grabe wird für sie ewig dauern, länger soll sie den Toten dienen als den Menschen auf der Erde. Nun ihres Planes völlig sicher, schüttelt sie jede treugemeinte Mahnung der Ismene schroff ab, ja sie beginnt die Schwester, die sie doch zuerst (V. 1) liebevoll begrüßt, schon zu hassen; sie selbst will eines ruhmvollen Todes sterben: so verläßt Antigone die Orchestra und entfernt sich nach der Stadt. Seufzend fügt sich Ismene, sinnlos dünkt ihr der Schwester Vorhaben, aber wie schwesterlich bleibt es doch! Dann tritt auch sie zurück und geht in den Palast hinein. — Damit haben wir zunächst alles, was wir wissen sollen: der Charakter der Schwestern ist unvergleichlich rasch und klar entworfen, vom Könige hören wir durch ein einziges Wort, welch ein faux bonhomme er ist, die Situation ist gegeben, das sittliche Urteil durch die innere Anerkennung der Schwester vorgezeichnet.

Einzug des Chores (Parodos). Der Chor, der in die Parodos den Tanzplatz betritt, gibt die Stimmung der von der Belagerung endlich befreiten Stadt wieder, ein Gegenstück zum Chor der „Sieben". Die Bürger feiern den Sieg über den Feind, dessen Übermut durch Zeus

gestürzt sei; es handelt sich dabei wesentlich um den vom Blitz ge=
troffenen frevelhaften Prahler Kapaneus. Dann gedenkt der Sang
auch der unseligen Brüder und wendet sich endlich zum Preise der Nike
und des Stadtpatrones Bakchos.

Erster Dialog. Kreon erscheint; er ist als König an die Stelle
des Eteokles getreten und entwickelt eine Art von Regierungs=
programm vor den Greisen. Freilich merkt man, daß dieses, so all=
gemein es auch klingt, vorläufig nur auf den einzelnen Fall zugeschnitten
ist, um den sich das ganze Stück dreht. Denn wenn der König
(B. 178 ff.) den Mann zu hassen vorgibt, den Furcht veranlaßt, nicht
frei herauszusprechen, wenn er den verachtet, der seinem Vaterlande
einen Freund vorzieht, so denkt der Sprechende nur an seinen ersten
Regierungsakt, den er furchtlos vollziehen will, und an etwaige Über=
treter, die er zu strafen gesonnen ist. Den also allgemein gehaltenen
Sentenzen folgt denn auch gleich das Spezialgesetz, die Achtung des
feindlichen Leichnams, die Strafandrohung gegen den Zuwiderhandelnden.
Zweimal also hören wir davon, einmal durch Antigone, dann durch
Kreon: der Befehl soll sich uns somit in voller Schärfe einprägen.
Der Chor hat nun die Ausführung des Gebotes zu überwachen; er
empfindet jedoch keine Lust dazu, das könne ein jüngerer tun (B. 216);
auch werde ja niemand solch ein Tor sein, um sich nach dem Tode zu
sehnen. Da erscheint ein Bote in atemlosem Laufe. Er ist gerade so
wie der Wächter im Agamemnon, gerade so wie viele Shakespearesche Ge=
stalten ein echter Mann des Volkes: er erzählt in breiter Behaglichkeit
von seinem Selbstgespräch, wie er Angst gehabt mit böser Kunde hier=
her zu kommen, wie lang ihm der kurze Weg geworden. Schließlich
aber will er's doch sagen, denn seinem Schicksal kann er ja nicht ent=
gehen. Selbstverständlich aber sagt er's nun gerade nicht, sondern bemerkt
nur vorbauend, er sei „es" nicht gewesen, sei nicht schuldig. Kreon wird
ungeduldig und heftig, da platzt der Bote endlich mit dem ganzen Unheil
heraus (B. 245—247): der Leichnam hat die herkömmliche Staubspende
erhalten, der Täter aber ist entkommen. Die biederen Wächter am
Grabe sind nach Volkssitte alle bereit gewesen, sich einem Gottesurteile
zu unterwerfen, um ihre Unschuld zu beweisen. Schließlich aber mußte
doch wohl oder übel einer dem Könige Meldung bringen, und da hat
denn das Los unseren armen Teufel von Wächter getroffen. Der Chor
erkennt aus der Ferne hier ein göttliches Walten. Da aber fährt
Kreon zornig auf. Er enthüllt jetzt schon ganz sein verstandesdürres,
nur auf Order parieren gerichtetes Despotenwesen. Er denkt augen=
blicklich an eine durch Bestechung bewirkte Tat und peroriert gewaltig
mit banaler Moralistik über den Fluch des Geldes. Dann aber wendet
er sich zum Boten und bedräut ihn mit vielfachem Tode, mit Folter=
qual, wenn sie dort am Grabe nicht den Frevler ausfindig machten;
auch dem einfachen Manne aus dem Volke gegenüber schließt er mit
einer Sentenz, freilich einer recht trivialen (B. 313 f.). Der Bote

entfernt ſich, nachdem er Kreon unter allerhand Winkelzügen belehrt, er
ſelbſt habe ihm doch eigentlich nichts getan; Kreon tritt in den Palaſt
zurück. —

Erſtes Standlied des Chores. Und nun folgt ein berühmter
Chorgeſang: „Viel Gewaltiges lebt, doch nichts iſt gewaltiger
als der Menſch!" — Des Menſchen Vernunft vermag, wie es ſcheint,
alles, aber er ſoll ſich nicht überſchätzen, denn bald ſchlägt ſein Können
zum Böſen, bald zum Guten aus. Es gilt die Geſetze der Erde, das
Recht der Götter nicht zu verletzen: vor ſolcher Tat ſtehe Kreon, mag
der Chor für ſich denken. Aber die Greiſe hemmen ihren Geſang, denn
ſie ſehen, wie der Wächter die Antigone heranführt.

Zweiter Dialog. Eifrig fragt nun der Wächter nach Kreon,
der eben wieder aus dem Hauſe hervortritt, und erzählt ihm, natürlich
nicht ohne humoriſtiſch weitſchweifige Einleitung, daß er das Mädchen
ertappt habe. Auf die haſtigen und faſt noch ungläubigen Fragen des
Königs (V. 403) gibt er ſeinen Bericht, nicht einen jener ſtiliſierten,
oft recht langweiligen Rapporte, wie ſie die immer konventioneller
werdende Tragödie der ſpäteren Zeit liebt, ſondern eine unvergleichlich
plaſtiſche Darſtellung des Erlebten. Dies Erlebte iſt ſo groß, daß
es den armſeligen Knecht über ſich ſelbſt hinaushebt. Wir fühlen, daß
etwas Gewaltiges, Gottgewolltes ſich vollzieht: ein furchtbarer Sturm=
wind bereitet auf ein bedeutſames Ereignis vor, nachdem er vorüber,
ſehen die Wächter die jammernde Jungfrau bei ihrem Liebeswerke tätig.
Sie hat ſich ruhig gefangennehmen laſſen, trou ihrem vom Dichter oben
ſchon exponierten Charakter. Da ſteht ſie nun, während all dieſer
Reden das Haupt zur Erde geneigt (V. 441): Weib und Mann treten
in den Streit ein, deſſen Gründe tief in beider Geſchlechter Natur
wurzeln.

Antigone iſt der Anwalt der ungeſchriebenen Geſetze (V. 454 f.) der
Götter gegenüber menſchlichen Satzungen. Der Tod bedeutet für ſie
nichts, denn ſie leidet für die Götter, und — ſetzt ſie mit neuem Ar=
gumente (vgl. oben S. 64) hinzu — in ihrem Leide iſt der Tod Gewinn.
Solches Torheit zu nennen vermag nur ein Tor (vgl. oben S. 65). Der
Durchſchnittsverſtand des Chores findet das etwas ſtark und wird dabei
an den harten Vater des Mädchens erinnert. Kreon antwortet nun
zuerſt, treu ſeinem bisherigen Auftreten, mit den banalen Sentenzen des
Doktrinärs, wie Wilamowitz ihn neuerdings treffend genannt hat.
Dann ereifert er ſich aber über den Trotz der Übeltäterin, und nun, wo ihm
dies Weſen im Weibe entgegentritt, erwacht in ihm die kleinliche Eiſer=
ſucht des geringen Mannes gegen das hohe Weib (V. 484 f.), nun wird
der Streit bei ihm rein perſönlich. Er vergißt ſich ganz, auch Ismene
ſoll jetzt mit Antigone ſterben. Von der Höhe ihres ſtolzen Sinnes ſieht
Antigone verächtlich auf ihn herab: ſchreite doch raſch zur Tat, denn
wir verſtehen uns doch nicht. Ruhmvoll aber — wieder betont ſie den
in ihrem, wie in tauſend antiken Herzen wohnenden Ehrgeiz — bleibe

ich, und jeder deiner Genossen würde mich, wenn sie nicht solchen Sklaven=
sinn trügen, preisen. Und als ihr nun Kreon vorhält, auch der andere,
Eteokles, sei ihr Bruder, warum sie denn gegen diesen lieblos sei, so
meint sie, Eteokles werde schwerlich gegen sie zeugen, der Hades mache
alle gleich, den Landesfeind mit dem Verteidiger des heimischen Herdes;
sie erschlägt endlich sieghaft alle schwachen Gegengründe des Königs mit
dem göttlichen Worte, das stets eins der edelsten, innigsten des Alter=
tums bleiben wird: „Nicht mitzuhassen — mitzulieben kam ich
in diese Welt!" — Daraufhin bleibt Kreon nichts anderes übrig, als
sich in seinen Eigensinn zu verbohren und auf sein borniertes Selbst=
gefühl zurückzuziehen: mir soll kein Weib je etwas gebieten. Zur rechten
Zeit, weil er Antigone gegenüber keine Waffen mehr besitzt, sieht Kreon
nun Ismene nahen, die in Tränen gebadet aus dem Hause der Schwester
entgegeneilt; nun kann der König auf diese losfahren und ihr das
Schicksal der Antigone androhen. Ismene hat sich mittlerweile fest ent=
schlossen, einen Anteil an der Schuld Antigones zu übernehmen. Schroff
und scharf untersagt Antigone ihr das, entschlossen zu sterben, will sie
keine Gemeinschaft mit der Schwester, deren nachträgliche Todesbereitschaft
ihr widerwärtig ist; sie ist lange schon in ihrer Seele tot (V. 559 f.),
das stolze Bewußtsein, was ihr dieser ganze Kampf gekostet, ist der Bitte
der Schwester unzugänglich. Kreon hat so etwas noch nicht gesehen; in
solcher Seelenerhebung erkennt er pure Verrücktheit. Noch versucht
Ismene ihn zu rühren, aber umsonst ist ihr Hinweis auf den Bräutigam
der Antigone, den Sohn Kreons, Haimon[1]), der König wird immer roher
(V. 569) und schließt mit dem gemeinen Worte eines abgebrühten Prak=
tikus, die Nähe des Hades mache auch die Kühnen kirre.

Der Wendepunkt ist da, eine Versöhnung der Gegensätze aus=
geschlossen, das Schicksal der Antigone scheint besiegelt. Da tritt das
von Sophokles so meisterlich verwendete retardierende Moment in die
Handlung ein. Der Dichter handhabt es, wie wir noch sehen werden,
auch im „König Ödipus", aber auch an unserer Stelle waltet seine
lebendige Kunst. Antigone ist zum Tode bestimmt, da kommt noch einmal
ein Aufschub des Verhängnisses. Das zweite Standlied des Chores
bereitet darauf vor, indem es nach der Klage um das Haus des Ödi=
pus auch leise auf die Hoffnung, ihren Wert, freilich auch ihren Unwert
hindeutet. Und nun erscheint im dritten Dialog Antigones Verlobter,
Haimon.[2]) Dem Könige ist nicht ganz wohl bei seinem Anblicke, er
erwartet den Sohn zornig ob des Verlustes der Braut zu sehen (V. 633).
Haimon aber antwortet kindlich ergeben mit kurzem Worte. Der Vater
fühlt sich von einer Last befreit: das sagt seine lange, über 40 Verse
zählende Rede. Natürlich beginnt diese gleich mit den bei Kreon gewöhn=

---

1) Wilbrandt gibt wie viele V. 571 unrichtig der Antigone. Antigones
Gefühle für Haimon kommen individuell gefärbt nirgends zum Ausdruck.
2) Dargestellt durch den Schauspieler, der den Wächter und die Ismene
gegeben.

5*

lichen flauen Sentenzen über brave Kinder und schlechte Frauen. Diese Weisheitssprüche, mit denen er seinen schwachen Standpunkt verbollwerkt, drängen sich auch gleich wieder hervor, als er endlich zum konkreten Falle selbst kommt (V. 661 ff.), und schließlich bricht dann auch noch die ultima ratio durch: ein Mann darf nicht dem Weibe unterliegen (V. 678 ff.). Damit sind wir wieder am alten Punkte, schlimmer kann sich Kreon gar nicht selbst charakterisieren.

Der wackere Chorführer mit seinem Alltagsverstande findet das recht hübsch gesagt (vgl. auch V. 724). Haimon ist anderer Meinung; dem Sentenzenschwall des Kreon setzt er die schlichten Worte einer doppelten Pietät entgegen: er will des Vaters Worte nicht auf ihren Wahrheits= gehalt prüfen, anderseits aber ist er in reinster kindlicher Liebe ernstlich um den Ruf Kreons besorgt. Denn überall, wohin der Blick des jetzt schon gefürchteten Königs nicht dringt, flüstert man sich zu, daß Antigone völlig unschuldig eine der edelsten Taten büße. Haimon liegt alles an dem guten Rufe seines Vaters, den er nun, unterstützt von wirk= sameren Sentenzen, als wie Kreon sie brauchte, auffordert, den Bogen nicht zu überspannen. Es sind Worte aus einem ähnlichen Vorstellungs= gebiet wie oben (V. 473 ff.), aber der Unterschied ist doch klar; oben soll ein starrer Sinn, der das Rechte will, gebrochen, hier die verrannte Hart= näckigkeit zum Besseren gelenkt werden. Das jugendlich altkluge Wesen seines Sohnes aber ärgert den kleinlichen Vater: erst meisterte ihn das Mädchen, jetzt kommt noch dieser grüne Junge (V. 726 f.). Beide, Vater und Sohn, werden nun mit jedem Augenblicke immer heftiger, auch Hai= mon verliert alle Haltung, gelegentlich vergessen beide im Affekte, um welche Sache es sich handelt, und verhöhnen (V. 742—745) gegenseitig ihre Worte, bis Haimon endlich dem Vater Wahnsinn vorwirft und ihm dadurch jenes charakteristische, aus tief beleidigter Seele kommende: „Wahr= haftig!" und die rasende Drohung abnötigt, Antigone solle gleich vor ihres Verlobten Augen sterben. Da endlich stürzt Haimon in voller Wut davon. Ein gewisser Eindruck aber von der Szene ist doch in Kreon zurückgeblieben, denn er entschließt sich nun auf eine bescheidene Einwendung des Chores hin, nicht beide Mädchen, sondern nur die eine hinrichten zu lassen, wozu er gleich mit bitteren Worten Anweisung gibt (V. 773—780).

Drittes Standlied des Chores. Der lyrische Reichtum des Dichters erstrahlt in einem neuen herrlichen Liede, dem berühmten Sang auf den unbezwinglichen Eros, dem niemand entrinnen könne, der des Menschen Sinn verwirre, Vater und Sohn jetzt entzweit habe. Aber welche Illustration zu dem Liede naht nun in Antigone, in der der Chor schon gleich jetzt die Braut des Todes erkennt (V. 804 f.). Die Königs= tochter singt in der Szene des **vierten Dialogs** ein Klagelied, sie beseufzt ihr Los, unvermählt zum Hades hinabsteigen zu müssen. Der Chor sekundiert ihr und beide singen sich nun in echt antiker, uns Nord= ländern schwer verständlicher Kunstform Klage und Trost zu. Aber

Antigone ist nun, wo ihr der Tod in verzweifelter Nähe steht, dem Troste nicht zugänglich, der Hinweis auf den Ruhm, den sie selbst früher (B. 97, 502) gebraucht, kommt ihr jetzt wie Spott vor (B. 839 f.). Aber der Chor tadelt auch, er findet es unrecht, das Recht zu verletzen, und sieht die Schuld der Väter sich an Antigone erfüllen. Das trifft Antigone ins Herz, in hellaufjammernder Klage ergießt sie sich in Verzweiflungsrufen über die unselige Ehe ihrer Eltern. Der Chor aber bleibt bei dem seinen Verstand beruhigenden Verdikt: du warst ungehorsam. So muß denn Antigone im Gefühle, von allen verlassen zu sein, in den Tod gehen. Da kommt Kreon wieder, dem die Klage schon viel zu lang gedauert hat. In der letzten höchsten Not faßt Antigone noch einmal alles zusammen, was sie empfindet. Sie hofft von ihren Lieben drunten freundlich empfangen zu werden, von Vater, Mutter und dem Bruder, denen allen sie die letzten Ehren erwiesen. Für den Bruder hat sie ja alles getan, und in der äußersten Not, an der Schwelle des Grabes, sucht sie ihr Gefühl noch vor sich selbst zu rechtfertigen durch jene eigenartige Argumentation, die wir weiter unten noch zu besprechen haben, daß ein Bruder ihr mehr sein müsse als irgend jemand auf der Welt; Kinder und einen Gatten könne sie wieder erhalten, aber da Vater und Mutter im Hades ruhen, könne ihr ein Bruder nicht wieder erstehen. So will sie denn gehen, unvermählt, ohne je ein Kind zu eigen gehabt zu haben, in tiefster Verlassenheit, Strafe büßend für fromme Handlungen; bitter fügt sie hinzu, wenn den Göttern dies recht sei, so müsse sie ja wohl büßen, doch seien ihre Gegner schuldig, so würden diese noch Schlimmeres zu leiden haben als sie. Auf Kreons Geheiß legen nun die Diener Hand an, und mit einem letzten Aufschrei, der an Prometheus' Jammerruf erinnert, verläßt Antigone die Orchestra, auf der Kreon mit den Greisen zurückbleibt.

Viertes Standlied des Chores. Der Chor begleitet Antigones Abtreten mit dem Hinweise auf allerhand ähnliche Fälle aus der griechischen Sagenwelt, an eingekerkerte Heroinen und Heroen, die ihr Geschick ertragen mußten. Da naht zum **fünften Dialog** mit Kreon Teiresias. Mit ihm tritt nun sowohl das zweite retardierende Moment wie auch schon der Vorbote der Katastrophe auf. Der Seher hat ungünstige Vogel- und Opferzeichen erlebt, alle Altäre und Herde sind ja durch Hunde und Vögel, die sich an Polyneikes' Leichnam gesättigt, entweiht. So mahnt er denn den König nachzugeben und nicht den Toten zu befehden. Aber Kreon bleibt verstockt; wieder wie oben in der Szene mit dem Wächter hält er nun auch den Teiresias für bestochen, wenn er dies auch zuerst in allgemeinen Worten mehr andeutet als ausspricht. In heftiger Rede und Gegenrede rücken sich beide, König und Seher, ebenso wie im König Ödipus und überhaupt fast überall da, wo Königtum und Geistlichkeit sich begegnen, erbittert näher, bis endlich Teiresias seinen bannenden Seherspruch, den er bis dahin zurückgehalten, verkündet, daß bald ein Toter aus Kreons Blute Sühne sein werde für jenen Toten, dessen Mißhandlung ein Fluch für die Stadt sei: mit diesem Pfeil im Herzen (B. 1084 f.) soll Kreon zurückbleiben. Der Pfeil hat getroffen. Kreon ist ebenso verstört wie die Greise und berät sich — denn Titanentrotz lebt nicht in ihm — nun mit dem sonst so wenig geachteten Chor, was er tun solle. Nach kurzem Zögern fügt er sich der Notwendigkeit und will nun selbst, immer rascher sich um= stimmend (B. 1123 f.), das Unrecht gut machen und die Gefangenen befreien. Der Chor, voll Hoffnung, daß die nach Teiresias' Spruch an der Stadt haftende Besudelung von ihr genommen werde, läßt im **fünften Standliede** ein Gebet an Thebens Schutzpatron, Bakchos, emporsteigen (B. 1115—1152). Aber schon ist es zu spät, zur **Exodos** erscheint ein Bote und nach ernsten einleitenden Worten über die Schnelligkeit des Wechsels vom Glück zum Unglück berichtet er dem Chor und der nachher erscheinenden Eurydike von dem eben erlebten Un= theil, von der schon an Antigone vollzogenen Strafe, von Haimons Selbstmord nach dem Mordversuche gegen seinen Vater. So sind Braut und Bräutigam im Tode vereint. Die Königin entfernt sich still, der Chor und der Bote machen sich bange Gedanken darüber. Und nun naht Kreon, nach der Weise des antiken Theaters eine Trauerarie singend, voller Selbstvorwürfe, über die ihn der Chor, der nun auf einmal alles so hat kommen sehen, nicht hinwegzubringen sucht (B. 1270). Aber noch nicht genug, ein zweiter Bote erscheint, um dem Könige Nachricht von dem Selbstmorde auch noch seiner Frau zu bringen. Jammernd, wieder in einer Arie, fragt der König nach den Einzelheiten, und als er hört, daß Eurydike sterbend ihn als den Urheber des ganzen Leides verwünscht habe, ist er völlig gebrochen und irrt unter Klage= tönen wimmernd auf der Orchestra umher. Mit dem ergreifenden Aus= blick auf das Alter, in dem der Mensch vielleicht Besonnenheit lernen könne, schließt der Chor das Drama.

Aufbau, Technik. Wir haben schon kurz berührt, daß der Dichter, wie es so oft in der griechischen Tragödie der Fall ist, eine verhältnismäßig einfache Fabel vorfand. Antigone begräbt wider das Verbot ihren gefallenen Bruder: daraus hat der Dichter das wild= bewegte Hin und Her seines Dramas geschaffen. Während Aischylos lange ringt, ehe er wirklich eine Fabel von einer gewissen Fülle und Körperlichkeit auf die Bühne bringt und selbst bei dem großen Stoffe der Orestie trotz reicher Handlung doch noch mehr Stimmung als Aktion schafft, während er auch dem Mythus zuliebe einen Szenenwechsel vor= nimmt, so hat Sophokles mit souveräner Freiheit über den dargebotenen Stoff verfügt. Es setzt fortwährende Handlung da ein, wo bei Aischylos vielfach noch Stimmung waltete, er ist der Sohn einer jüngeren, er= regteren Zeit. Indem der Dichter, was ein Schwächerer sicher nicht getan hätte, es vermeidet, den Entschluß zur schweren Tat in Antigones Seele erst **reifen** zu lassen, sondern die Jungfrau mit ihrem todesernsten Wesen uns gleich von vornherein vor die Augen stellt, versteht er

weiter diese Tat selbst nicht nur durch die Folie des Verbotes in ihrer
Größe uns vorzuführen, nicht nur durch das Wunderzeichen des Sturmes
zu erhöhen, sondern in erster Linie durch das lange vergebliche Spähen
nach ihrem Urheber. So werden wir zugleich durch den Bericht des
Wächters wie durch den immer heftigeren Zorn des Königs in
Spannung gehalten. Und weiter: die Katastrophe vollzieht sich nicht
schnell, um durch nachfolgende lange Chorgesänge kommentiert in unseren
Augen endlich fast zu verbleichen, sondern auch hier treten aktive Personen
ein, die den Vollzug der Strafe noch hinausschieben und anderseits
wieder die Rache der Gottheit an Kreon vorbereiten: es sind dies die
beiden retardierenden Momente, eingeführt durch das Auftreten des
Haimon und des Teiresias. Wir sehen also, wie unbedingt nötig auch
hier der schon von Aischylos gebrauchte dritte Schauspieler ist, wie
seine Einführung in der geschichtlichen Entwickelung des Dramas lag, das
vom einfachen „Mythus", vom Mysterium sich wie von selbst zur Dar=
stellung des Menschenschicksals weiterdichten mußte. Die ernste Würde des
Dramas hat sich durch die Entfaltung größter Lebhaftigkeit immer mehr
dem Leben selbst und seiner Veranschaulichung — man denke an den köst=
lichen Wächter und seine Gesellen — genähert. Alles atmet jetzt die Reife
der Kunst, keine Spur mehr von altertümlichen Resten, wie sie, wenn auch
nur dem schärferen Auge sichtbar, doch noch in der „Orestie" zu finden sind.

Charakter. Das innere Verständnis aber des Stückes hängt an
der Auffassung der Hauptheldin selbst. Da gilt es nun in erster Linie
einer Stelle gerecht zu werden, die seit langer Zeit die Freunde der
edelsten Frauengestalten der antiken Poesie mit gerechtem Befremden er=
füllt hat: jene Überlegung, die die Heldin an der Schwelle des Todes
anstellt, warum ihr die Sorge für den Leichnam des Bruders so viel
wichtiger sei, als wenn es sich etwa um ein eigenes Kind, um einen
Gatten handelte. Diese Stelle hat schon früh die Geister stutzig ge=
macht: sie stieß Goethe heftig ab und er sprach seinem Eckermann die
Hoffnung aus, ein tüchtiger Philologe möge sie mit überzeugenden
Gründen aus der Welt schaffen. Das aber war schon vor Goethes
Ausspruch geschehen. Man hatte nämlich entdeckt, daß bei Herodot
(III, 119) sich eine ganz ähnliche Stelle fände. Ein persischer Großer,
Intaphernes, erzählt uns der Joner, soll wegen Hochverrates mit seinen
Söhnen und allen seinen männlichen Anverwandten hingerichtet werden.
Da kommt seine Frau weinend zum Könige Dareios gelaufen. Der Herrscher,
durch ihre Klagen erweicht, verspricht ihr einen der Gefangenen zu schenken.
Sie fordert nun zur größten Verwunderung des Königs das Leben ihres
Bruders; denn, sagt sie, einen Mann und Kinder bekomme ich immer wieder;
da aber meine Eltern nicht mehr leben, ist mir ein Bruder unersetzlich.
Aus dieser Geschichte hat man denn angenommen, sei in etwas späterer
Zeit[1]) die der Antigone wenig geziemende Vernünftelei in Sophokles'

---

1) Aristoteles las unsere Stelle schon in ihrem jetzigen Zustande, also wäre
die Einschiebung ziemlich frühen Datums gewesen.

Text geraten, man glaubte in dieser Überlegung um so weniger fehlzu=
gehen, als ja bei Herodot die Geschichte sich mutatis mutandis ganz
natürlich zu entwickeln scheine, da die Bittstellerin ja mit Wirklichkeiten
rechne, während für Antigone das Räsonnement ein ganz künstliches sei.
Dieser Erwägung ist nun in neuerer Zeit widersprochen und der Versuch
gemacht worden, unter Beibehaltung der strittigen Verse den Charakter
der Antigone in eine ganz andere Beleuchtung zu rücken. Man hat
dabei nicht ganz mit Unrecht das allgemeine Urteil, die vox populi über
die Antigone als unverbindlich für die wirklich historische Erfassung des
Charakters bezeichnet und daraufhin in der Heldin völlig neue Züge
entdecken wollen. Sie denkt nicht an schwesterliche Liebe, sie verteidigt
nur die Rechte ihres Hauses; von Dankbarkeit weiß sie nichts, sie ist
eine Art Anarchistin, die mit Recht in den Tod geführt wird. Sie
lehnt sich als Kind ihres alten ruchlosen Geschlechtes gegen niemanden mehr
als gegen den Feind ihres Hauses, den Angehörigen eines fremden Ge=
schlechtes, in ungerechtem Zorne auf. Damit, mit dieser Erklärung
müßten wir also von der Gestalt, die uns bisher als Ideal nicht nur der
antiken Weiblichkeit erschien, die wir bisher der Goetheschen Iphigenie
zur Seite stellten, als von einer schönen Illusion Abschied nehmen und
der modernen Umwertung für ihr Werk historischer Erleuchtung noch
reichen Dank wissen. Gegen diese Auffassung ist nun auch sogleich
Protest erhoben, ja, sogar etwas zuviel Protest, also daß man mit be=
rechtigtem Spott darauf hat hinweisen können, daß der Programmzwang
zu Ostern seit einiger Zeit ganze Scharen von Seelenkündigern ins Feld
riefe, die für das Problem eine neue befreiende Lösung gefunden. Eine eigene
Auffassung hier entwickeln zu wollen, könnte also mehr als bedenklich
heißen. Aber an dieser Frage hängt nun einmal so viel, daß wir sie
hier unmöglich unerledigt lassen können. Versetzen wir uns also nun
noch einmal an die Seite der Antigone, denken wir ihre Worte noch
einmal durch.

In welcher Lage befindet sie sich doch? Sie geht zum Tode, ein
Mädchen; Vater, Mutter und Bruder hat sie verloren, ihr Bräutigam,
von dem sie übrigens nie redet, kann ihr nicht helfen. Sie hat bisher
dem Tode getrotzt; nun aber rückt das Bild, unter dem, wie Schiller
sagt, die Menschheit erschlappt, in greifbarste Nähe. Sie hat nichts vom
Dasein gekostet; mit antiker Offenheit spricht sie aus, was jedes Mädchen
in solcher Lage empfände, sie jammert, daß ihr des Weibes Los nicht
beschieden gewesen. Von niemandem beklagt, in der Einsamkeit des
Daseins, die dem Weibe das Schwerste auf Erden ist, wandelt sie, die
sich keiner Schuld bewußt ist, den letzten Gang. Sie hat Männertat
geleistet, weiblichsten Sinnes voll; das Zagen auf dem letzten Wege ist
das natürlichste Recht des Menschen. So schaudert auch Agnes Bernauer,
zum Tode bereit, zurück vor dem Sprunge ins feuchte Element, so
Hauptmanns „Hannele" vor dem düsteren Geist mit dem Schwerte.
Zwischen zwei Klageliedern faßt sich Antigone nun noch einmal zur

Rede. Der Gedanke an den Hades bringt ihr unter anderen Ge=
stalten wieder die des Bruders herauf, um den sie leidet, für den sie
alles getan hat. An Haimon, den Lebenden, denkt sie nicht, sie
erwähnt ihn niemals. Man hat dies dadurch zu erklären ge=
sucht, daß ein attisches Mädchen seine Liebesgefühle überhaupt nicht
auf der Bühne profanierte. Richtig ist jedenfalls so viel, daß Antigone
in der Versagung der Ehe nur das Gesetz der Natur, nicht ein indivi=
duelles Bedürfnis unerfüllt sieht. Aber daß die Mädchen, Antigone und
ihre Schwester, von Haimon oft gesprochen haben, bezeugt doch Ismenes
Ausruf (B. 571). Nur jetzt hat Haimon hier gar keinen Platz, in Antigones
augenblicklicher Zwangslage kann der Dichter ihre Gedanken nur fast
hypnotisch auf ihren Bruder bannen. Und weiter. Wir haben oben
(S. 64) gesehen, daß Antigone, entschlossen ihren Bruder zu begraben
(B. 71 ff.), diesen Entschluß noch mit Vernunftgründen unterstützt. Wir
kennen das antike, d. h. das griechische Herz noch viel zu wenig, um zu
sagen, welche Gefühle damals möglich waren und welche nicht. Man
hat mit vollem Rechte auf eine Stelle in Euripides' Alkestis aufmerksam
gemacht. Das wackere Weib, das für ihren Schwächling von Gatten
sterben will, hält ihm dies Opfer mit eigenartigen Worten vor:

> Ich sterbe, freilich tat's mir wenig not,
> Denn leicht wohl hätt' ich manchen guten Mann
> Bekommen können in Thessaliens Land
> Und mit ihm einen stolzen Herrschersitz.

Eine solche Betrachtungsweise ist uns mindestens fremdartig, wo es sich
um heiße, zum Tode für den Mann bereite Gattenliebe handelt. Hier,
in der Antigone, argumentiert ebenfalls ein fühlendes Weib sehr akademisch.
Aber wir können diesen Anstoß, den unser modernes Herz empfindet,
das von der Antigone sich deshalb einen modernen Begriff gemacht hat,
weil so vieles in ihr sich mit unserem innersten Fühlen deckt, nicht ent=
fernen noch ausgleichen; die Stelle ist einmal da und muß als Ganzes
in das Wesen der Antigone aufgenommen, darf auch nicht nur
aus unserem eigenen psychologischen Fühlen erklärt werden. Vor allem
aber darf die Stelle des Herodot, und wenn Sophokles sie noch so sehr
vor Augen gehabt hat, nicht zu intensiv mit dieser verglichen werden.
Für jeden, der die Herodotstelle nicht kennt, bleibt Antigones Wort nur
ein ihm nach seinem Empfinden unsympathisches Räsonnement, nicht
eigentlich unlogisch. Die Vergleichung mit Herodot erst ergibt, daß des Inta=
phernes Weib zu ihrer Entscheidung berechtigter ist als Antigone. Aber
welcher Zuhörer mußte denn gleich diesen Vergleich ziehen, und die Stelle
sofort vor Augen haben? Für Kommentatoren schrieb doch Sophokles
nicht! Und ferner, konnte Sophokles denn nicht die Geschichte etwas
umbiegen und ihr eine andere Pointe geben? Der antike Mensch, dem
viele, die sich sonst wohl für die Antigone begeistern, „Herzens=
härtigkeit" vorwerfen, ist eben ein so eigentümliches Gemisch von Ge=

müt und klarster, kühlster Überlegung, von erhabenen Empfindungen und
Freude an Pointen, daß wir erst noch sehr viel mehr Beobachtungs=
material sammeln müßten, ehe wir eine solche Stelle für absurd erklären.

Man hat nun auch schon früher, treu der alten Tradition von der
unumgänglichen tragischen Schuld, bei Antigone nach der Schuld ge=
fragt und sie mit erhabenem pädagogischen Stirnrunzeln richtend erkannt.
Auflehnung gegen die Staatsgewalt! so lautete das Verdikt.   Mit ähnlichem
Rigorismus hat man auch die Emilia Galotti, hat man Hamlet straf=
fällig befunden, ohne zu ahnen, daß das Kunstwerk eine Welt für sich
bleibt und nur aus sich selbst beurteilt werden muß. Eine solche Anschauungs=
weise ist demnach hier ganz verfehlt. Mehr als Sophokles für die Anti=
gone kann ja kaum ein Dichter für die selbsterwählte mythische Gestalt,
für die selbstgeschaffene Gestalt eintreten. Retten kann die Gottheit
freilich das fromme Mädchen, die der ungeschriebenen Gesetze Anwalt
ist, nicht; aber durch den Mund ihres Priesters, des Teiresias, spricht sie
indirekt ihren Segen aus über die heldenhafte Tat. Und sollen wir denn
wirklich annehmen, der Dichter habe mit solcher Objektivität die Hals=
starrigkeit der Antigone geschildert, derselben Antigone, die er später im
„Ödipus" auf Kolonos in unendlich ergreifender Erscheinung, den blinden,
verstoßenen Vater leitend und tröstend, uns vorführt! Dann hätten wir es
doch mit einer Art von poetischem Widerruf, d. h. in diesem Falle mit
einer vollständigen Abnormität des literarischen Lebens zu tun, die den
Zeitgenossen und der Nachwelt schwerlich hätte entgehen dürfen. Gewiß
sollen uns ja nicht an sich achtbare und liebenswürdige Gemüts=
gründe verhindern, liebgewordene Vorurteile aufzugeben, aber ich glaube,
auch auf dem Wege ruhigen Denkens kommen wir hier zurück zu der
alten Beurteilung der Antigone, zur Begeisterung für die Gestalt, die
besonders edlen deutschen Frauen zu allen Zeiten teuer gewesen ist —
und hoffentlich in Zukunft nicht minder teuer bleiben wird. Die An=
schauung, die ein großer Dichter vertritt, die Rolle, die er in der Mit=
und Nachwelt spielt, erreicht er nicht durch tendenziöse Sentenzen, sondern
durch die einfache Wirkung seiner Charaktere, allein durch ihre Hand=
lungsweise. Wie Homer das Weib ansah, das sagt er uns weder in
tadelnden Sprüchen noch in Lobeshymnen, das zeigt er uns durch die
Tat des Dichters, die geschaffene Gestalt. Helena, die leichtsinnige, lieb=
reizende, durch Schwäche versöhnende, Andromache, die, gleich wie Antigone
im Bruder, in ihrem Gatten, da sonst alles ihr Teure gestorben, alles besitzt,
die duftige Jungfrau Nausikaa, Penelope, die zwanzig Jahre ihrem Gatten
nachweint, derweil der schlaue vielseitige Eheherr mit schönen Zauberweibern
kost, Hekabe, die treue Mutter, die dem geliebten Sohne voll süßer Mutter=
zärtlichkeit mit höchst ungeeigneten Stärkungsmitteln naht, Eurykleia, die
gute alte Duenna: sie bleiben ewig wahre Gestalten aus unmittelbarster
Anschauung weiblichen Daseins. Hier, in dieser glänzenden Welt, ist
das Weib dem Manne gleich, wie es sein soll. In Hellas, im Mutter=
land ist das später vielfach anders geworden. Dem guten Vater Hesiod,

dem schwer arbeitenden, dem widerwilligen Boden mühsam die Früchte
abringenden Bauernpoeten, will das schwache Weibervolk zum besten Teile
nur den Eindruck unnützer Drohnen machen. Die Schätzung der Frau
geht in Hellas zurück. Da schafft die attische Tragödie erfreulichen
Wandel. Aischylos behandelt in seinen Danaiden die Sage, die in eines
Weibes Seele die Liebe stärker sein ließ als das strenge Gebot des Vaters,
und die Gottheit tritt gegen menschlich willkürliches Rechtsetzen für das
natürliche, das göttlich immanente Recht der Liebe in die Schranken (vgl.
S. 30). Unendlich viel Höheres ist in der Darstellung eines ähnlichen
Konfliktes Sophokles gelungen. Er wußte oder ahnte, daß zwischen dem
Recht-Beschließen des Mannes und dem dunklen Rechtsgefühl des Weibes
eine unüberbrückbare Kluft sich öffne, daß die Frau nicht sowohl weniger
Logik als der Mann besitze, nur eine andere, eine innerliche Logik, die
der Mann zumeist nur dann versteht, wenn sie ihm bequem ist. Es
ist das Recht des Individualismus gegenüber der kalten Herrenmoral,
das Antigone sieghaft vertritt und noch sterbend schützt. So geht sie
ihren schweren Gang, in ihrer Verlassenheit beispiellos leidend, aber Beispiel schaffend. Denn was der große attische Tragöde in dem Phantasie-
gebilde der Dichtung als ewige Wahrheit hingestellt hat: die ungeschriebenen
Gesetze des Herzens, das Gefühl vom Recht sind stärker als die Waffen
der Macht, darum: ihr sollt Gott mehr untertan sein als den Menschen!
das ist in Sokrates, wie schön bemerkt worden ist, und in allen denen
Tatsachen-Wahrheit geworden, die für der Menschheit innerste Güter
ihr Leben vor dem Richterstuhle der Gewalt verwirkt haben. Denn lebend
siegen ist nur halber Sieg. „Gibst du nicht auch dein Leben hin, so
wisse, daß du nichts gegeben", sagt Ibsen in einem seiner ältesten,
seinem tiefsinnigsten Drama.
　　Alle anderen Gestalten sind nur Folie zu dieser einzigen königlichen
Erscheinung. In erster Linie Ismene, die holde, zarte Schwester, die
„Rose ohne Dornen, eine Taube sonder Gallen", dann aber auch Haimon,
der heftige, aber doch schwache Bundesgenosse seiner Braut. Wir hören,
wie mehrfach bemerkt, kein Wort der Liebe zu ihm aus Antigones Munde:
wer dies vermißt, versteht des Dichters Absicht nicht. Aber er liebt die
Braut, er zeigt durch seinen jugendlich verfrühten Selbstmord, wie teuer
sie ihm ist. Und Folie ist schließlich auch Kreon. Er, der eben König
gewordene Herrscher, der Parvenu aus der Seitenlinie, der gleich durch
harte Maßregeln zeigen will, daß jetzt ein anderer Geist in Theben
regiert, der überall seine Augen und Ohren hat, der seinem Sohne
Haimon schmeichelnd, voll bösen Gewissens entgegentritt: wie versinkt sein
Herrschergrimm und seine Staatsweisheit vor der göttlichen Torheit der
wahren Königin des Dramas! Den besten Hintergrund aber schafft die
Gestalt des Teiresias. Der Greis, der der Gottheit Geheimnisse erforscht, der überirdischer Offenbarungen gewürdigt wird und das Mädchen,
das davon nichts ahnt, das nur dem inneren dunklen Drange der Natur
folgt: welch einzig große Komposition!

Das ist Antigone! Ich schmeichle mir hier nicht, des Dichters Linienführung völlig erkannt zu haben, denn ein echtes Kunstwerk bleibt bekanntlich wie ein Naturwerk für unseren Verstand immer unendlich. Aber vor modernen Angriffen ihr Bild nach besten Kräften geschützt zu haben, das will ich hier wenigstens versucht haben. Denn es hängt, wiederhole ich, so unendlich viel daran. In der Antigone stellte der große Athener seinem oft so leichtsinnigen Volke ein Bild höchster Weiblichkeit und eines ganzen Menschen dar. Es war dem Athenervolke wie eine Warnung, nicht mit banalen Sentenzen über das andere Geschlecht sich abzufinden, und zum Teil ist die Warnung befolgt worden. Die Tochter aus dem verfluchten Geschlechte des Ödipus, „die Blume aus dem Moder", wenn ich mich eines Immermannschen Bildes bedienen darf, die Hüterin der heiligsten ursprünglichsten Menschenrechte, sie ist die Ahnherrin geworden aller jener köstlichen Frauengestalten der Dichtung bis auf Goethes Frauengestalten. So plastisch in seiner antiken Geschlossenheit Sophokles vor uns steht, so dunkel in seinem vieldeutigen Symbolismus der alte Goethe, es ist doch, als wäre auch in die Seele des antiken Dichters ein Strahl der Ahnung von dem gefallen, was Goethe das viel mißbrauchte, unbegreiflich hohe Wort: das Ewigweibliche auf die Lippen legte. So ist Antigone über die Zeit und ihren Wechsel erhaben, wenn der Dichter sie auch mitten in die thebanischen Kämpfe hineingestellt hat. Sie ist zum leuchtenden Symbol der um Haß und Streit der Parteien unbekümmerten Gefühlssicherheit, der nur der Natur gehorchenden Weiblichkeit, sie ist die Interpretin geworden der Gesetze des Herzens, der Gerechtigkeit, die vor Gott gilt.

B. Aias.

Vielleicht erst als 56jähriger Mann brachte Sophokles seine Antigone zur Aufführung. Alle anderen erhaltenen Dramen fallen in sein Greisenalter. Man hat dies zwar vom „Aias" bezweifeln wollen und aus sehr äußerlichen Gründen für eine frühe Aufführung des Dramas plädiert. Um von ganz nichtigen technischen Einwendungen abzusehen, hat man hervorgehoben, das Stück passe, weil es durch versöhnenden Ausgang die Wucht der ersten Hälfte breche, nicht in die reife Zeit des Dichters. Ja, dann durfte Goethe auch nicht die „Pandora" nach der „Jphigenie", nicht Schiller die „Maria Stuart" nach dem „Wallenstein" dichten. Daß aber der „Aias", den schon die alten Kritiker nicht tragisch genug fanden, einen versöhnenden Schluß hatte, daß die Geschichte mit dem Selbstmorde des Helden nicht aus war, ist gar kein Beweis gegen eine späte Datierung des Stückes. Der Dichter behandelt einen Mythus, den er erschöpfen will. Sophokles wußte wohl, was eine Tragodia war, aber noch gar nicht, was tragisch heißt. Diese Begriffsformulierung im ästhetischen Sinne ist erst ein Resultat späteren Nachdenkens über die Gesamtheit der Dramen, die am Dionysosfeste zur Aufführung kamen. Wenn im „Ödipus auf Kolonos", dem allerspätesten Stücke des uralten

Dichters, der Held einen versöhnenden Lebensabschluß findet, so ist das doch auch mitnichten tragisch zu nennen, ebensowenig wie der geheilte Philoktet eine Tragödie in unserem Sinne ist. Überlegen wir ferner, daß im „Aias" sehr viel mehr Sentenzen als in der Antigone vorkommen, der Dichter hier also wie auch sonst in späten Stücken unter dem Einflusse dessen, der in Sentenzen schwelgt, des Euripides zu stehen scheint, so kann einer späteren Ansetzung schwerlich viel im Wege stehen.

Wann das Drama nun in der Orchestra gespielt worden ist, vermag ich freilich noch nicht genau anzugeben. Aber ich möchte es in nicht allzu weite Entfernung von der Antigone rücken. Es handelt sich hier zum Teil um einen ähnlichen Konflikt. Dies zu verstehen, wollen wir den Gang des Stückes in Kürze an uns vorüberziehen lassen. Aias ist aufs schwerste in seinem Ehrgefühle gekränkt: beim Streite um die Waffen des toten Achilleus hat man nicht ihn, sondern den Odysseus als würdig des Besitzes erkannt. Finsteres brütend ist der Held davongegangen, er will die Atriden töten, vor allem aber Rache an Odysseus nehmen. Aber Pallas Athene verwirrt ihm die Sinne, er stürzt sich auf eine Schafherde, und im Wahne, seine Feinde vor sich zu haben, zerfleischt er die unschuldigen Tiere mit Geißelhieben. Pallas Athene zeigt ihn nun in diesem Zustande ihrem klugen Liebling Odysseus. Aber gegenüber der Göttin, die da findet, das süßeste Lachen sei das über einen Feind, ist Odysseus der milde, edle Mensch geblieben, wie ihn schon Homer kennt, der maßvolle Held, den sein Sieg über den großen Vorkämpfer der Achäer vor Troia gereut. Endlich erwacht Aias aus seinem Wahnsinn, und wie er nun sieht, daß er, an dessen Händen das Blut unzähliger Feinde klebt, sich an Lämmern vergriffen hat, da findet er nur einen Ausweg aus solcher Schmach, den Tod durch eigene Hand. Von seiner Lieblingssklavin, der Tekmessa, die hier als nichts weniger denn eine Sklavin und Dienerin, sondern als vollberechtigte Gattin erscheint, treu und liebevoll, wie sophokleische Frauen es fast immer sind, von ihr läßt er sich seinen kleinen Sohn bringen. Wieder atmen wir homerische Luft, wenn wir nun den Helden gleich Homers Hektor in dem unsterblichen Sange „Hektor und Andromache" das unmündige Kind zum Abschied segnen sehen, wenn wir das Wort hören, das ja aus jedem Vaterherzen als erster, letzter, als einziger Wunsch sich auf die Lippen drängen muß:

> O werde, Kind, beglückter als der Vater einst!

Tekmessa ist in schwerer Sorge, sie ahnt, was der Finstere will, ihn aber zurückzuhalten wagt sie nicht. Aias tötet sich nun, nachdem er vom himmlischen Lichte Abschied genommen, mit dem Schwerte, das ihm einst Hektor geschenkt. Herbei eilt sein Halbbruder Teukros, um die Leiche vor Mißhandlung und Schimpf, die ihr drohen, zu schützen. Doch gegen Menelaos und den später als Verstärkung nahenden Agamemnon scheint er zu schwach: zwei Brüderpaare gegeneinander, hier Teukros, der den toten Bruder schützen will, dort die beiden haßentflammten

Atreusſöhne, welch ein prachtvolles Bild! Da, als der Streit böſen Ausgang nehmen will, als der widerwärtige Haß zu ſiegen ſcheint, tritt Odyſſens auf die Seite ſeines toten Feindes. Was das Altertum nach dem gangbaren Dogma nicht kennt, was man höchſtens einem ſtillen Denker wie Platon zugibt, die Lehre von der Feindesliebe, vom Ver=zeihen, es vollzieht ſich als göttlichſtes Beiſpiel in der Orcheſtra des attiſchen Theaters und wird ewig ſchönes Ereignis: Odyſſeus gibt den Leichnam des Feindes den Seinen zur Beſtattung zurück. Und noch mehr iſt geſchehen: wenn in der Antigone die Gottheit durch den Mund ihres Sehers die Schändung der Leiche verhinderte, hier tut es ein Menſch, den der natürliche, aber niedrige Rat der Athene, des Feindes zu ſpotten, ungerührt läßt. Das iſt atheniſche Humanität, das iſt der Menſch, wie er ſein ſoll. Und dieſen Schluß, den der Dichter frei, nicht nach irgendeinem Mythus geſchaffen, ihn ſollten wir, wie man neuer=dings gewollt, aus dem Drama tilgen! Eins aber erkennen wir nun unſchwer: das Stück in ſeiner Neubehandlung des Konfliktes, in ſeiner ganz einzigartigen Löſung kann nur einer ſpäteren Entwickelungsperiode des Sophokles angehören. Gewiß iſt es darum nicht ſchöner als die Antigone, über die hinaus es im attiſchen Drama keine Erhebung gibt; aber da nächſt dem unmittelbaren Eindrucke einer dichteriſchen Schöpfung die Frage nach den Wandlungen im Dichtergemüte von hoher Wichtig= keit bleibt, ſo darf dem Aias hier an dieſer Stelle der gebührende Platz nicht fehlen, wir dürfen den Stücke nicht, wie die Atriden dem Leichnam des Helden, ohne Ehrfurcht gegenüberſtehen.

3. Euripides. Sein Leben und ſeine Perſönlichkeit.

Literatur: Wilamowitz: Euripides' Herakles 1. Aufl. Bd. I, S. 1 ff. Gomperz: Griechiſche Denker. Leipzig 1902. Bd. II, S. 8 ff. Über= ſetzung: Bruch: Ausgewählte Dramen des Euripides. Minden i. W. 1883.

Wir erwähnten ſchon oben den Namen des Euripides und redeten vom Einfluſſe des Dichters auf den alternden Sophokles. In der Tat wird man, wie wir ſchon öfter betonten, dem griechiſchen Literatur= leben jener Zeit, der Entwickelung der Tragödie nicht gerecht, wenn man die Kapitel: Aiſchylos, Sophokles, Euripides hintereinander abhandeln wollte. Wir ſahen, daß und wie Aiſchylos und Sophokles gegenſeitig aufeinander gewirkt haben; auch Sophokles lernte von der Form des Euripides: das iſt eine ſeit langem bekannte Tatſache. Es war die einzige Konzeſſion, die der alternde Dichter der Neuzeit Athens machte, ſonſt blieb er von dem, was dieſe ſpäte Epoche bewegte, faſt unberührt. Traurige Stimmungen und bange Gedanken konnten ſich auch ſeiner be= mächtigen, den man ſich ſo gern wie falſch immer in heiterem klaſſiſchen Glanze vorſtellt, ſolche Stimmungen gewannen denſelben Ausdruck wie bei jedem Phantaſiemenſchen, aber wildleidenſchaftliche Sentenzen als ein „Säemann der Zerſtörung" auszuſtreuen, mit der Gottheit, die dieſe ſchlechteſte der Welten geſchaffen, zu hadern, das lag nicht in ſeiner

hohen Natur: das war des jüngeren Meisters Stärke, von dem wir jetzt
eine Zeitlang zu reden haben.

Euripides war etwa um 480 v. Chr. auf Salamis geboren
worden; dort lag das Gut seines Vaters. In der Einsamkeit der Insel
wuchs er heran, einsam, wie es Inselbewohnern so leicht geht, ist er
durchs Leben geschritten. Für ihn haben die Freiheitskriege seines
Volkes nicht den Wert mehr, wie für den alten wackeren Marathon=
kämpfer Aischylos und für den, der das Werden der attischen Großmacht
mit den zukunftsgläubigen Augen des Jünglings ansah, für Sophokles.
Euripides nimmt das Erworbene als Besitz, den es nicht mehr zu er=
weitern gilt, hin. Die antiken Literarhistoriker, deren Wert hier schon
öfter charakterisiert worden ist, wissen nun viel von dem jämmerlichen
Familienleben des Dichters zu erzählen. Da soll sein Vater ein athenischer
Höker gewesen sein, die Mutter eine Art Gemüsehändlerin, die ihre
Kunden betrog; auch in der Ehe hatte der Dichter nach den angeführten
Quellen Unglück, seine erste Frau hinterging ihn, die zweite auch. Wir
vernehmen hier den Spott der urteilslos giftigen, in diesem Falle nicht
einmal besonders witzigen Komödie, die sich nie genierte, das Privatleben
eines bekannten Mannes anzugreifen oder, wenn dieser eigentlich nicht
zu bemäkeln war, die Freiheit der eigenen, nicht immer sehr reinlichen
Phantasie unumschränkt walten zu lassen und munter darauflos zu
fabulieren. Aber irgendeinen Anhalt mußten sie doch haben, wird man
einwenden. Gewiß, und der Anhalt war, daß Euripides' Dichtung an
Stelle der erhabenen Frauengestalten des Sophokles in unendlichem
Wechsel das Weib setzte, wie der Dichter es im Leben sah, d. h. durch=
aus nicht immer in der erhabensten Erscheinungsform. Die lockere
Komödie fragte aber nicht, ob sich unter den vielen Frauen, die der
Poet schilderte, auch solche fänden, des höchsten Preises wert, wie die
Alkestis, die wir noch kennen lernen wollen, sondern sah nur auf die
vielen, die der Dichter mit Schärfe gekennzeichnet hatte, und entnahm
diesen Gestalten fröhlich das Recht, Euripides einen Weiberfeind zu
nennen, der wohl durch fatale Erlebnisse im eigenen Heim zu solcher
Anschauung gediehen wäre. Uns geht das hier nur vorübergehend an.
Euripides, dessen Tage nicht mehr der Ruhmesglanz von Marathon und
Salamis vergoldete, sah eben die Menschen wie sie sind, sah keine Helden
mehr, sondern Sterbliche mit allen Fehlern, deren unser armes Geschlecht
fähig ist, er hatte keine Lust am Manne noch am Weibe. Denn auch
seine Helden sind oft höchst dürftige Gestalten, und auch dafür hat ihn
der Spott der Komödie in reichstem Maße getroffen, diesmal unseres
Erachtens nicht ganz mit Unrecht.

Euripides hatte Muße, sich selbst zu leben; seine Vermögensverhält=
nisse waren reichlich. Aber wenn ich ihn oben einen einsamen Menschen
nannte, so bedeutet das nicht, daß er ein vergrämter Einsiedler war.
Jedes seiner Stücke zeigt uns, wie unendlich reich und tief seine
Menschenkenntnis entwickelt war. Er sagte seinen Zuhörern, was er

vom genus „Mensch" hielte, und sie verargten es ihm nicht wenig,
wenn er die schonungslose Sonde in ihr Gemüt führte, wenn er seine
Forscheraugen ihnen recht ins Innere kehrte und Flecken zeigte „tief und
schwarz gefärbt, die nicht von Farbe lassen". Und so gaben sie ihm,
der etwa 80 Dramen geschrieben, nur viermal den Preis. Aber so
sehr sie der scharfe Kenner des menschlichen Herzens verstimmte, sie
gingen doch immer wieder in seine Stücke, immer aufs neue gefesselt
von dem Schonungslosen: ein psychologisch leicht erklärlicher Vorgang.
„Wir wollen weniger erhoben und mehr gelesen sein", dieser Spruch hat
seine volle Wahrheit bei Euripides. Seine Sentenzen, bitter und wahr,
lebten in aller Munde; aus seinen Dramen trugen die Athener, die in
Sizilien zu Sklaven geworden waren, lange Stücke ihren syrakusischen
Herren vor.

Sophokles war höher als seine Zeit; so wenig er auch mit blassen
Schemen das athenische Theater bevölkerte, er glaubte doch an das
Heldenhafte, als ein Lehrer seines Volkes zeigte er ihm, was reine
Menschlichkeit vermöge. Gewiß, er litt wie jeder Athener unter dem
Jammer des Peloponnesischen Krieges, er sprach seinen Gram aus: aber
die inneren Kämpfe, die das griechische Dasein zerwühlten, mag er
kaum in seiner hochgemuten Seele empfunden haben. An Euripides'
Gemüt rütteln die Zweifel, die die Philosophie jener Zeit erweckt
hatte, rüttelt die Frage nach dem Woher und Wohin, nach dem Wozu
des Erdendaseins. Er ist ein gelehrter Dichter, der mit den Philosophen
jener Epoche entweder im Verkehr gestanden oder sonst von ihnen gelernt hat. Er vernahm von dem seiner Zeit in Athen lebenden ionischen
Philosophen Anaxagoras, das Leben sei allein darum besser als
Nichtgeborensein, damit der Mensch erkenne, was die Welt im Innersten
zusammenhält. Er lernte ferner von den Sophisten. Der Name
„Sophist" ist durch Platon und die von ihm lernende Nachwelt
etwas gar zu sehr in Mißkredit gekommen, also daß man heute unter
„sophistisch" nur ein spitzfindiges, der eigenen Halbwahrheit oder Unwahrheit stillbewußtes, fast jesuitisches Wesen versteht. Aber man hat
die Sophisten, wie wir erst jetzt allmählich erkennen, doch etwas falsch
eingeschätzt. Diese Leute nannten sich Sophisten in dem Sinne von
Weisheitslehrern, Lehrern einer Weisheit, die sie nicht für sich zu besitzen meinten, sondern wie jeder echte Lehrer in steter Arbeit und
stetem Denken erweiternd zum Besten der Menschheit, zur Erhellung des
Denkens vortrugen. „Halb Professor und halb Journalist", wie man
das neuerdings schön ausgedrückt hat, wandte sich der Sophist an die
Jugend wie an das reife Alter. Er wollte das Volk aus seiner Denk-
faulheit aufrütteln, ihm zeigen, daß, was es bisher so widerspruchslos
als feststehende Begriffe hingenommen, gar sehr der Prüfung bedürfe.
Verhaßt war den Sophisten das Leben in den Tag hinein; wer lebte,
sollte sich einmal über die Gewohnheit des Daseins klar werden, sollte
mit umspannendem Blicke einmal die Nöte des Daseins sich vorführen.

Wer aber vor dem Tode bangte, sollte nicht minder sich die Frage vor=
legen, was er denn eigentlich fürchte, ob wirklich der Tod eine sub=
stantielle Macht heißen dürfe. Wer ferner z. B. vor Gericht eine hoch=
pathetische Rede vernommen, wer mit dem Brustton der Überzeugung
als Richter sein Schuldig oder Unschuldig ausgesprochen und mit dem
erhebenden Bewußtsein von dannen geschritten, daß er dem Rechte durch
sein Rechtsgefühl zum Siege verholfen, dem sollte mit unbeugsamer
Logik gezeigt werden, wie schwach und bildungsbedürftig sein Rechtsetzen
gewesen. Die Sophisten haben nicht sowohl, wie ihnen immer wieder
nachgesagt worden ist, gelehrt, die schlechte Sache zur guten zu machen,
sondern, indem sie zeigten, daß im menschlichen Verstande die Mittel
vorhanden seien, ebenso viele und ebenso triftige Gründe zugunsten
des Für wie des Wider aufzubringen, lehrten sie, daß man noch lange
weit entfernt sei vom Vollbesitze der Wahrheit. Über die Wahrheit selbst
freilich wußten sie dann keine Auskunft zu geben; sie waren nur durch
die Negation der bisherigen Denkweise Bahnbrecher für eine spätere
Zeit, da von ihnen lernend, aber sie weit überflügelnd Sokrates und
Platon die ewige Position des sittlich Guten als der Wahrheit ohne
Schein gewannen. Der Schüler der Sophisten ist Euripides gewesen
und sicher ihr bester, der ihre Folgerungen verstand, er, der ebenso=
wenig wie sie die Stirn gehabt hat, die schlechte Sache vor sich selbst
durch noch so scharfsinnige Gründe zur besseren zu machen. Aber eins
muß doch hier gleichwohl betont, bzw. wiederholt werden. So gewaltig
wie die letzten Dramen des Aischylos, so klassisch groß wie Sophokles
steht Euripides nicht vor uns. Er reißt uns hinein in den Strudel
der Empfindungen, führt uns durch alle Tiefen des Daseins, aber fast
nie auf die Höhen. So fein er im einzelnen charakterisiert, so scharf
auch uns seine Sentenzen treffen, so sehr ist ihm die Tendenz Haupt=
sache, so wenig fühlt sich unser Gemüt erweitert und gelöst, wenn wir
ein Drama von ihm vernommen. Da ihm alles auf die Charaktere
ankommt, so vernachlässigt er oft den äußeren Aufbau. Das Drama
beginnt fast stets mit dem Monologe einer Person, oft einer Gottheit,
die sehr kunstlos die Exposition gibt und alles sagt, was zu wissen
nötig ist. Und ebenso schlecht ist zumeist die Lösung des Konfliktes ge=
arbeitet. Wenn die Sache sich völlig verwickelt hat, ein Ausweg nicht
mehr möglich ist, so erscheint ein Gott, der die Lösung herbeiführt: das ist
der berühmte deus ex machina, der Maschinengott, der von der Flug=
maschine herangeführt wird. Durch fast 17 Dramen — so viel sind uns
außer einem Satyrspiel erhalten — hindurch fortgesetzt wirken diese
Kunstmittel etwas ermüdend. Am ehesten läßt sich der Nachfolger des
Aischylos und Sophokles, ein Nachfolger nicht im zeitlichen, sondern in
kulturellem Sinne, mit dem Epigonen Schillers und Goethes, mit dem
philosophisch gebildeten Hebbel vergleichen. Auch Hebbels Personen
reden ja oft genug nicht in den ihrem Charakter entsprechenden
Worten, sondern häufig alle gleich, d. h. wie der Dichter aus seiner

Geffcken, das griechische Drama.   6

Zeit heraus empfand. Bei Aischylos und Sophokles vergessen wir wie bei den besten Stücken unserer Dichtungsheroen über der Schöpfung den Schöpfer, bei Euripides und Hebbel bleibt meist am interessantesten die dahinterstehende Persönlichkeit des Dichters selbst. Auch dies ist ein Genuß, wir reichen durch die Verse, die unser Ohr vernimmt, hindurch einem leidenden, einem von Zweifeln an sich, der Menschheit, der Welt gequälten Menschenkinde verständnisvoll die Menschenhand, ein Genuß bleibt es, aber der höchste, der reinste ist's nicht mehr.

A. Alkestis.

Zeit des Stückes; Fabel. Im Jahre 455 war Euripides zum erstenmal aufgetreten, ein ungefähr Fünfundzwanzigjähriger. Die Stücke dieser Tetralogie aber sind nicht erhalten; das Drama, das wir dann zunächst kennen, ist die Alkestis. Sie wurde wohl bald nach Sophokles' Antigone im Jahre 438 gegeben; vielleicht darf es kein Zufall heißen, daß nach diesem überwältigenden Drama, das uns die edle Jungfrau in ihrer schlichten Hoheit vorführte, der jüngere Dichter versuchte, die Treue der Ehefrau, die Treue bis zum Tode zu schildern. Die Fabel ist kurz diese:[1]) Admet soll sterben, es ist ihm aber der Spruch zuteil geworden, daß, wenn jemand für ihn in den Tod zu gehen bereit sei, er seinem Schicksale sich entziehen könne. Admets alte Eltern haben das Leben noch zu lieb; da bietet sich seine Gattin als Opfer dar. Er nimmt es an, und der Todesgott führt die Frau hinweg. Da erscheint Herakles und erfährt allmählich, warum das Haus in tiefer Trauer stehe. Kurz entschlossen fällt er den Todesgott an, zwingt ihm seine Beute ab und führt die tief verschleierte und noch vom Mysterium des Todes umgebene Gattin dem Manne wieder zu.

Idee des Dramas. Es ist ein Drama voll vom Tode, von Todesgedanken, Todespein, so tief ans Herz greifend, daß es fast notwendig wurde, nach all den trüben Vorstellungen, die es erweckt, durch eine gelegentlich erheiternde Figur — es ist hier Herakles — und durch einen glücklichen Schluß eine Entlastung der Gemüter zu schaffen. Den antiken Kritikern späterer Zeit freilich, die den Begriff der Tragödie schon ganz als „Trauerspiel" fassen, blieb es vorbehalten, etwas vom Satyrspiel in der Todestragödie zu wittern.

Eine Tragödie vom Tode: das war etwas ganz Neues in Athen. Mit Schaudern hatte man in Aischylos' Eumeniden die Scheusale der Tiefe, die Rachegöttinnen aus ihrer dunklen Erdhöhle zum Lichte des attischen Tages emportauchen sehen. Nicht dasselbe, aber ein Ähnliches wagte der jüngere Poet, wenn er die Gestalt des dunklen Gottes selbst beschwor. Wie mag durch der leichtbewegten Athener Reihen ein Schauern gegangen sein, wenn sie den ernsten Gott erkannten, der über

---

1) Ich setze hier die Übertragung von Bruch voraus; obwohl sie nicht viel wert ist, kenne ich doch keine bessere.

das Leben waltet, der am liebsten die Jugend mit unentrinnbarer Waffe
trifft, nicht anders als wenn wir, die hochgebildeten Menschen der Neu=
zeit, deren Leben doch auch ein Weg, im besten Falle ein langer Weg
von einem Grabe zum anderen bleibt, ihn wahrnehmen in jener ergrei=
fenden Szene des Hauptmannschen „Hannele", den opfersicheren düsteren
Engel, dem der moderne Dichter das Schwert in die Hand gibt wie
Euripides. Wir wissen sonst wenig, wie der antike Poet ihn sich ge=
dacht hat und ihn darstellen ließ. Auch das Altertum hat, wie wir
neuerdings gelernt haben, Totentänze gleich dem Mittelalter gekannt,
Gerippe unter fröhlichen Zechern. Aber in solcher oder ähnlicher Gestalt
ist er schwerlich in Euripides' Drama aufgetreten. Auch nicht in jenem
unendlich edlen, ernsten Bilde, wie ihn die spätere Kunst darstellt, jenes
schönen geflügelten Jünglings aus dem Vatikan, in dem man lange einen
Eros gesehen, mit gesenktem Haupte, schwermütigen Ausdruckes, dessen
Linke den Bogen hält, dessen Rechte die Fackel stürzt. Er ist mit Eros
verwechselt worden, sagte ich. Denn auch der Grieche erkannte die ge=
heimen, unausdeutbaren Beziehungen, die zwischen Liebe und Tod ein
zart unsichtbares Band flechten.

Nichts charakterisiert tiefer das griechische Gemüt, nichts läßt uns
mehr in seine Gründe blicken, als wie es sich mit dem Tode abgefunden,
wie es versucht, sein Wesen zu erfassen. „Wie die Alten den Tod ge=
bildet" ist das Thema einer berühmten Lessingschen Abhandlung. Kein
Mensch schwört bei aller Pietät heute mehr auf die scharfen, aber ganz
und gar nicht umfassenden Thesen des Zuchtmeisters deutschen Denkens.
Aber der Genius mit der gestürzten Fackel ward durch ihn zurückgeführt
in unsere Vorstellungswelt und leider auch auf unsere Gräber, wohin
das heidnische Symbol nicht gehört, wo es ein Sakrileg bleibt. Schiller
dichtete in seinen jüngeren Jahren:

> Damals trat kein gräßliches Gerippe
> Vor das Bett des Sterbenden: ein Kuß
> Nahm das letzte Leben von der Lippe,
> Seine Fackel senkt ein Genius —

aber in späteren Jahren bekannte er:

> Lieblich sieht er zwar aus mit seiner erloschenen Fackel;
> Aber, ihr Herren, der Tod ist so ästhetisch doch nicht.

Nein, er war auch den Griechen nicht ästhetisch. Vater Homer
kennt nichts Traurigeres als den Tod, vor dessen Schrecken er sonst sein
olympisches Dichterhaupt nicht abwendet. Er weiß nichts Jammervolleres
als das gespenstische Scheinleben im Hades, und ganz Griechenland ist
ihm gefolgt, jahrhundertelang. Mochte die Theologie auch im 6. und
5. Jahrhundert verkünden, daß, wer die heiligen Weihen in Eleusis
genossen, damit ein Anrecht auf die Unsterblichkeit erwürbe, der Schauer
vor dem „fremden, nie umsegelten Land" ist stets der gleiche geblieben.
Noch freilich gibt man dem Schmerze um einen Dahingeschiedenen in

6*

der älteren Zeit keinen lautbewegten Ausdruck, man findet ein Genüge
im liebevollen Totenkult. Da bringt die attische Tragödie neue Formen
auf, sie bringt hinein in die letzten Geheimnisse.

Kein Dichter schonungsloser als Euripides. Mit jener Tiefe des
Geistes und Gemütes zugleich erforscht er, welche Gefühle hoher und oft
auch niedrigster Art das Bild des Todes in der menschlichen Seele
weckt; rücksichtslos reißt er den Schleier hinweg, den unklarer frommer
Glaube, den der oberflächliche Trieb zur Selbstberuhigung um die Gestalt
des Thanatos immer wieder legen möchte. Und nach ihm, da die
Tragödie des attischen Volkes Wesen gereinigt, vertieft und erhoben hat
und die ganze Volksseele gelöst, da wissen sie dem Schmerze um das
verlorene Leben den Ausdruck zu geben, den zwar heute wenige mehr
kennen, der aber alle, die von ihm wissen, immer aufs neue rührt und
erhebt. Die vielen tiefergreifenden Abschiedsszenen auf den athenischen
Grabsteinen reden eine unverkennbar deutliche Sprache allmenschlichen
Leides. —

Aber es gilt sich auch zu wappnen gegen den Tod. Wo Euripides'
kühner, doch oft so negativer Geist trauernd versagt, da tritt die Philo=
sophie ein. Sokrates' ganzes Leben ist eine Vorbereitung auf den Tod;
sterben lehren wollte er seine Jünger, und es ist ihm gelungen. Und
ihm sind viele gefolgt; im immer wiederholten Hin und Her der
Meinungen erkennt man als häufiges Motiv griechischen Denkens die
Frage: wie verhalten wir uns zu unserem Ende? Mag man den
Glauben des Platonikers an die Ewigkeit der Seele vernehmen, die
materialistische Anschauung des Epikureers, den Spott des Kynikers: sie
wissen alle, welche Frage jedem ernster Denkenden als der Fragen erste
und letzte die ringende Seele bedrückt. In vielen und inhaltsreichen
Trostschriften versucht sich das antike Herz Gewißheit über die letzten
Dinge zu schaffen bis zu dem Augenblicke, da die Jünger Christi den
Auferstandenen empfanden. Es ist das eine lange Entwickelung, die wir
hier nicht zu verfolgen haben: an ihrem Eingange aber steht Euripides'
Alkestis.

Charaktere. Das Drama eröffnet aufs würdigste für uns die
lange Reihe euripideischer Dichtungen, denn es ist eine bedeutende Leistung.
Die Götter= und Heroenrollen sind freilich schwach; Apollon, der hier
nicht übel als Schutzgeist des Hauses verwendet den Prolog spricht und
als Lichterscheinung in trefflichsten Gegensatz zu dem dunklen Todesgott
tritt, spielt schließlich doch eine sehr verlegene Rolle, besonders da, wo
er wie ein Knabe mit seinem starken Bruder Herakles renommiert;
und auch Herakles, auf dessen Charakteristik wir noch zurückkommen
wollen, ist kein Heros im eigentlichen Sinne mehr, nicht mehr der
Lieblingssohn des Zeus, der für die Menschheit als fleischgewordene Kraft
des höchsten Vaters von allem Elend befreit, ja die Pforten der Hölle
sprengt und noch nicht, wie die spätere Zeit ihn sah, die Verkörperung
der sittlichen Arbeit des Menschengeschlechtes, sondern ein einfacher starker

Mann. Aber nun die Menschen selbst, wie hat sie der Dichter geschildert! Voran Alkestis, die hier das tut, was Antigone getan, was auch der moderne Wahrheitsprophet und unnachsichtige Förderer des absolut Guten, Ibsen, in seinem „Brand" verlangt, Alkestis, die ihr Leben für den geliebten Mann einsetzt. Sie handelt, wo er redet; nur in wenig Worten, wie es ja auch unter Gatten nicht anders nötig ist, spricht sie ihm von ihrer Liebe. Ihren Schmerz vom Leben zu scheiden, den rein physischen wie den psychischen kann sie nicht verhehlen, besonders geht ihr der Abschied von den Kindern nahe, und von unvergleichlicher Hoheit sind die ihren letzten Willen enthaltenden Mahnungen an Admet. Hier spricht die innerste köstliche Natur des Weibes als Mutter, vor der jeder Mann sich ehrfurchtsvoll beugen muß. Übertroffen sind diese Dinge nie wieder; denn selbst des römischen Dichters Properz berühmte „Königin der Elegien" (V. 11), in der eine verstorbene Frau tröstend ihrem Gatten erscheint, ist nicht ganz ohne Sentimentalität, d. h. Unnatur. Diese stille Größe seiner Heldin hervorzuheben, hat Euripides mit feinem Sinne verstanden, indem er uns die ganze Umgebung der Frau bis auf die Dienerschaft herab, in ihrem tiefen Schmerze nicht nur um den Tod der Herrin, sondern eines Wesens, das ihnen mehr als Herrin war, vorführt.

Euripides ist der Poet des Weibes; das spüren wir gleich in diesem ersten Stücke. Wie jämmerlich fallen dagegen die Männerrollen ab! Vor allem der Gatte der Heroine. Er ist ja soweit ein ganz braver Mann; er hat die höfischen Formen des Anstandes inne, trotz seiner Trauer empfängt er den werten Gast Herakles bei sich und weiß dessen oberflächliches Taktgefühl rasch einzuschläfern. Er liest ja auch seine Frau leidenschaftlich, er will ihr immer nachtrauern. Aber das ist auch alles: mit männlichem Egoismus nimmt er das ungeheure Opfer der Treuen, bis in den Tod Getreuen, an und mit widerwärtiger, jedoch sehr psychologischer Selbstverkennung jammert er in gräßlichem Widersinn: ach, könnte ich doch für dich sterben! Der jämmerliche Schwächling ist dann nachher auch fest davon überzeugt, daß sein Los als Witwer doch das schwerere sei, und je mehr er, auch ohne die Worte des Vaters, fühlt, was für eine Rolle er spielt, um so mehr versucht er durch sophistische Gründe sich einzureden, daß der Alkestis Schicksal doch ein besseres sei. — Und nun vollends der Vater: die lebendigste Illustration der dem Alter besonders eigenen krampfhaften Liebe zur Lebenshefe. Den Balken im eigenen Auge erkennt er nicht, aber den Splitter seines Nächsten, seines Sohnes wohl, und treffend spricht der Mitleidslose, der nicht in echtem Schmerze, sondern nur der Pflicht der Kondolenzvisite genügend bei Admet mit seinem Kranze und den Sprüchlein banalster Weltweisheit erscheint, gereizt wie er ist, das wahre Wort aus: du hast sie getötet. Eine Szene ist's voll tiefster Psychologie, greulich lebenswahr, wie die beiden jämmerlichen Männer, Vater und Sohn, sich wütend ihre Liebe zum Leben gegenseitig vorrücken.

Auch Herakles ist kein besonders erfreulicher Anblick. Ein braver, starker Kerl, voll guter Empfindungen, aber ganz oberflächlich. Er hat von Alkestis' Absicht vernommen, er hört, daß eine Tote im Hause sei, aber er macht sich weiter keine Gedanken dabei, fragt, so ernst er auch den Admet sieht, nicht länger nach, nimmt nach einigem Sträuben seine Gastfreundschaft an und läßt es sich so lange wohl, ganz gehörig wohl sein, bis ihn endlich ein Diener auf das Unschickliche seines Benehmens aufmerksam machen muß. Da werden seine besseren Triebe geweckt, er erkennt mit tiefer Dankbarkeit, wie nobel sich Admet benommen und bricht zur Tat auf, deren furchtbare Kühnheit er selbst als plumper Schlagetot kaum empfindet und die der Dichter, allem Heroenwesen ent= fremdet, auch nicht in das richtige Licht gerückt hat. Freilich ist ja auch die Heroentat des Mannes hier nicht mehr viel wert, nachdem die größte Heldentat von einem Weibe ausgeführt worden ist.

Wir erkennen somit deutlich den Fehler nicht nur dieses Stückes, sondern der ganzen Dichtung des Euripides. Das mythologische Gewand des attischen Dramas paßt diesem Poeten nicht mehr, es ist ihm zu klein geworden, es reißt und hängt nur noch in Lumpen um den Körper. Euripides ist so der Vater des bürgerlichen Schauspieles geworden, aber den entscheidenden Schritt selbst hat er, auf der Übergangsstufe stehend, nicht vollziehen können.

Schildert uns der Dichter manch ein Stück menschlicher Erbärmlich= keit, so entschädigt uns die Haupttendenz des Dramas doch dafür aufs freigebigste. Es war ein alberner Tadel der Antike, das Stück sei keine Tragödie. Der Mythus freilich wollte es nur so, daß Herakles die frömmste der Frauen dem Hades entriß. Der Dichter wandelte ihn in allerhöchsten ethischen Sinn: daß die Liebe bis in den Tod, das Größte, was der Mensch vollenden kann, der Kampf mit dem Naturgesetz des Selbsterhaltungstriebes auch eines ungeahnten Preises, eines neuen Lebens wider alles Naturgesetz wert sei. Admet darf ein neues Dasein mit seinem Weibe führen, in die er sich, wie Euripides voll einziger Schön= heit dichtet, ahnungslos wieder verliebt, und das Stück klingt aus in Worten, die in uns das alte Gefühl erneuern, daß die Liebe stärker ist als der Tod.

B. Medea.

Literatur: Übersetzung von Bruch: Ausgewählte Dramen des Euripides. 1. Bdch. Minden i. W. 1883. N. Wecklein's Einleitung zur Medea. Leipzig 1880.

Mythus und Stoffbehandlung. Neben dem Weibe, das freiwillig aus Liebe zum Manne ihr Reich, ihr Heim verlassen will, steht das dämonische Wesen, das gezwungen vom Hause scheiden soll, neben Alkestis steht Medea. Die Vorstellung, die wir jetzt mit dieser Gestalt ver= binden, stammt durchaus von Euripides selbst, seine Tragödie (auf= geführt 431) hat den überkommenen Sagentypus so unvergleichlich zu individualisieren gewußt, daß daraus wieder ein neuer Typus hervor=

gehen konnte. Eine alte, bei den verschiedensten Völkern vorkommende
Sage meldet uns vom Ehebunde der Menschen mit dämonischen Wesen,
Elfen, Zauberweibern, Nixen. Immer zerschlägt sich diese Verbindung
an der Unvereinbarkeit der Persönlichkeiten; dem Manne graut es vor
der dämonischen Geliebten und leicht zieht ihn eine Erdentochter ab von
ihr. So konnten Kirke und Kalypso den Odysseus nicht fesseln, so ging
nach der alten Sage Medeas und Jasons Liebesbund auseinander, weil
die Gattin die eigenen Kinder durch allerhand Künste unsterblich machen
wollte. Im einzelnen aber läßt sich schwer sagen, welche alte Version
dem Euripides vorgelegen hat; wir sehen nur so viel, daß der Tragiker
von Medea, als der zauberkräftigen Tochter des kolchischen Königs
Aietes wußte, die ihrem Geliebten Jason geholfen, das goldene Vlies
zu gewinnen, die geduldet hatte, daß dieser ihren Bruder Absyrtos
erschlug, die ihn von seinem Feinde, seinem Oheim Pelias befreite,
die endlich Jason verließ, um in Athen beim Könige Aigeus eine Zuflucht zu finden. Zur Kindesmörderin aber aus Eifersucht und Rache-
durst hat sie erst Euripides gemacht. Der Dichter errang jedoch mit
diesem gewaltigen Drama nicht den ersten Preis, sondern den dritten,
er zertierte auch mit Sophokles, der den zweiten Preis davontrug.

Schauplatz und Exposition (Prolog). Die Szene des Dramas
ist in Korinth, am Hofe des Königs Kreon und seiner Tochter Glauke,
zu denen sich Jason, verarmt wie er ist, begeben hat. Die Exposition
erfolgt in ungezwungen künstlerischer Weise durch Dienende des Hauses,
ähnlich wie im „Agamemnon"; zuerst spricht die alte Amme allein,
danach der Pädagoge der Kinder mit ihr über die Zustände im Herren-
hause. Der Eingang war im Altertum berühmt; wir empfinden hier
besonders, wie geschickt der Stoßseufzer der Greisin: „Ach, hätte doch
die Argo nie den schwarzen Schlund der Symplegaden, nie
der Kolcher Strand gesehen . . ." überleitet zur Darstellung der
Fabel, mit der wir es zu tun haben, und zur augenblicklichen Situation.
Wir erfahren in Kürze, wozu Medea aus Liebe zu Jason fähig gewesen
ist, wir hören, daß nun der Segen des Liebesbundes aufgehört habe,
daß Medea, verlassen um der Prinzessin des Landes, Glaukes willen,
Grauses zu sinnen scheint; wir sollen durch diesen Gegensatz uns schon
auf alles das vorbereiten, wozu Medea bald aus verschmähter Liebe
fähig sein wird. Zu der Amme gesellt sich der Pädagoge mit den
beiden Söhnen und teilt der Alten nicht ohne Zögern mit, daß
König Kreon die Kinder Medeas mit der Mutter austreiben wolle,
wenn es zum neuen Ehebunde käme. Damit ist ein wichtiges Moment
gegeben, dessen Bedeutung wir später noch sehen werden. Im weiteren
Verlaufe der Szene wird Medeas Wesen und die Entwickelung der
Handlung noch gründlicher als in der ersten Szene vorbereitet: wir erfahren schon (V. 93), mit welch düsteren Gedanken die Beleidigte um-
geht, wie nachhaltig sie zu hassen versteht. Und schon dringen aus dem
Hause die Klagetöne der Jammernden, so daß die Amme es für nötig

hält, die Kinder zu entfernen, schon verwandeln sich die Klagen in
Flüche gegen die Brut und ihren Vater (V. 112 ff.). Die Amme kann
an den Kindern keine Schuld finden; in echt euripideischer Weise beklagt
sie das Leben vornehmer Leute, die nie sich zu beugen gelernt haben
und sich in ihren Leidenschaften nicht bezwingen können; da sei ein be=
scheidenes Los doch besser.

Einzug des Chores (Parodos). Der Chor zieht ein, es sind
Frauen aus Korinth, die, obwohl dem fremden, Medea feindlichen
Land angehörend, sehr bald mit der beschimpften Frau sich solidarisch
erklären werden. Noch immer tönen die Jammerlaute aus dem Hause
hervor, die sich auch jetzt wieder in Flüche umsetzen. So wird die
Sympathie des Chores kunstvoll geweckt, und der Wunsch, endlich die
Unglückliche zu sehen, auch in uns stärker erregt. Die Amme geht ab,
nicht ohne Sorge vor der Herrin, die ihre Dienerinnen nicht durch
Güte verwöhnt hat; eine längere Betrachtung über Linderungsmittel der
Leidenschaft fügt sie hinzu. So ist das Auftreten der Medea, ihr
Charakter, der Kindermord, m. a. W. alles, was der Dichter neu geschaffen,
vortrefflich exponiert.

Erster Dialog. Nun erscheint Medea. Sie entschuldigt sich vor
dem Chor, daß sie erst jetzt komme, sie sei nicht, wie so viele Fremde,
stolz; gerade ein Fremder müsse sich ja hüten, die Empfindlichkeit der
Menschen zu erregen. Dann gesteht sie ihr Leid: ihr Gatte, früher ihr
ein und alles, sei ihr jetzt verhaßt. In einer wundervollen, klassischen,
selbst von Goethe in jener bekannten Stelle der „Iphigenie" (1. Akt,
1. Szene) nicht erreichten Betrachtung schildert sie das Los der Frauen auf
beweglichste Weise. Es ist nicht sowohl ihr eigenes in Extremen lebendes
Wesen, das nur die Alternative: beneidenswertes Glück in der Ehe,
sonst lieber Tod kennt, sondern es ist das Empfinden jeder echten Frau
hier zum ergreifendsten Ausdrucke gebracht. Durch diese allgemeine Be=
trachtung wird das Grundmotiv des Stückes, sein innerster Sinn
charakterisiert: Medea ist typisch für die vom egoistischen Manne ver=
nachlässigte Frau, Jason für den Mann, der nur an sich selbst und sein
Behagen denkt. Damit aber diese Reflexion nicht gar zu allgemein
werde, wendet sich Medea wieder zu sich selbst zurück. Dies wird durch
den Gegensatz, den sie zwischen sich und dem Chore empfindet (V. 246 ff.),
in sehr feiner Weise vermittelt. Sie wirbt dann den Chor an, zu
schweigen bei allem, was sie tun werde, und durch das köstliche Wort,
an welcher Stelle ihres Lebens ein Weib allein verwundbar sei, weiß
sie sich mit ihm in das Einvernehmen vom Weib zum Weibe zu setzen.
Der Chor wird dann auch für alles gewonnen.

Kreon, der Herrscher Korinths, der Vater der Glauke, stellt sich
jetzt ein, um seinem Befehle Nachdruck zu verleihen. Er benimmt sich
weder tapfer noch besonders klug, indem er der Medea nicht verhehlt,
wie sehr er sie um ihrer geheimen Wissenschaft fürchte und nach ihren
Drohungen Böses besorge. Diese Wissenschaft will denn auch Medea

nicht leugnen, aber indem sie den Besitz des Wissens mit vollem Recht
für ein Unglück erklärt, sucht sie auf dämonische Weise den Gegner zu
betrügen. Dies zu verstehen ist der König zwar nicht klug genug, aber
er kommt auf sein altes Gefühl der Scheu vor ihr zurück. Durch heiße
Bitten und fußfälliges Flehen erlangt nun Medea wenigstens den Auf=
schub eines Tages; Kreon will kein Thrann sein, obwohl er weiß, daß
er schon oft durch seine Milde sich geschadet habe. — Wieder also sind
wir einen Schritt weiter in der Charakteristik Medeas gekommen:
zu der rasenden Leidenschaft, wie sie uns in den ersten Szenen entgegen=
trat, kommt jetzt das alte Sagenmotiv des Zauberwesens hinzu. —
Kreon tritt ab; Medea triumphiert, der Tor ist überlistet worden. Jetzt
handelt es sich darum, wie sie die drei verhaßten Menschen, den Vater
und die Tochter, dazu ihren Mann ums Leben bringen soll. Nach der
anfänglichen Hindeutung auf den Kindermord scheint nun hier ein zweiter
Plan ins Leben zu treten. Sicher ist also noch nichts, denn auch
Medeas nächste Überlegungen halten sich sehr im allgemeinen und
kommen über ziemlich vage Pläne nicht hinaus. Nur so weit ist sie klar:
rächen will sie sich, sobald sie weiß, wie sie sich nach vollbrachter Tat
in Sicherheit bringen kann; dadurch wird die nachfolgende Szene mit
Ägeus vorbereitet. Die Fähigkeit des Weibes, das Böse mit vollendeter
Kunst zu wirken, verleiht ihr Mut zur Tat. Der Chor begrüßt im
ersten Standliede den Entschluß in einer Art von Trutzlied gegen die
Männer, deren Natur viel treuloser sei als die vielberufene Wandelbar=
keit des weiblichen Geschlechtes.

Zweiter Dialog. Und nun kommt Jason, und es entspinnt sich
zwischen den Gatten jenes charakteristische peinliche Gespräch, in dem
der Dichter das allertiefste Verständnis für die Natur des Weibes und
die genaueste Erkenntnis des spezifisch männlichen Egoismus entwickelt.
Im Bewußtsein seiner Schuld vermeidet Jason, das Zentrum der ganzen
Frage in Angriff zu nehmen, er wirft sich auf Außenwerke. Medea
benimmt sich nach seiner Meinung rücksichtslos im fremden Lande; daß
sie ihn schilt, will er ihr natürlich in seinem vergebungsvollen Sinne
nicht nachtragen, daß sie aber auch das hiesige Herrscherhaus schmäht,
kann er nicht länger wie bisher entschuldigen. Um ihrer selbst willen,
um ihren Kindern Not und Mangel zu ersparen, bittet er sie nachzu=
geben. Diesem elenden Heuchelwesen gegenüber entlädt sich Medeas ganzer
Haß und ihre berechtigte Verachtung. Sie hält Jason vor, was sie
alles für ihn getan, mehr dem Gefühle nachgebend als vom Verstande
gelenkt (V. 485). Er hat nicht den mindesten Grund gegen sie, denn
er besitzt auch Kinder von ihr. Alles hat sie verlassen für ihn, überall
sieht sie Feinde um seinetwillen: wohin soll sie sich nun bettelnd wenden!
So gibt uns ihre gewaltige Rede den tiefen Eindruck, daß alle und
jede Schuld bei Jason ist. Und dies Gefühl verstärkt sich, wenn wir
die Worte des Gatten hören. Die wundertätige Liebe der Medea schätzt
Jason, darauf bedacht das Verdienst der Gattin herabzumindern, nicht

so hoch ein; das habe, meint er eher, Kypris bewirkt, aber immerhin, Medea mag etwas geleistet haben. Doch, was hat sie auch dafür empfangen! Sie ist Hellenin aus einer Barbarin geworden, ihre Wissenschaft hat Anerkennung gefunden: so hat ihr Mann sie erst zum wahren Menschen gemacht! Daß er aber wieder heiraten will, liegt an seiner Armut. Verliebt ist er durchaus nicht, aber er muß seinen Kindern helfen, indem er andere erzeugt, deren vornehmer Rang die aus erster Ehe hebt. Charakteristisch schließt diese saft= und kraftlose Rede ein allgemeines Wort auf die Frauen und ihre eheliche Empfindlichkeit: ein passender Gegensatz zu dem, was oben (B. 265 f.) Medea über diesen Punkt bemerkt hat. Sie antwortet denn auch mit einem neuen vernichtenden Schlage, nachdem sie alle sophistischen Redekünste von sich, die sich in solche Welt nicht schicken könne, abgewiesen: warum hast du dann, wenn du Gutes wolltest, mir die Sache nicht offen klargelegt? Der dürftige Mann glaubt, das hätte sie wohl zu sehr aufgeregt, bleibt weiter dabei, daß die Armut ihn zur neuen Heirat zwinge, und hält ihr auch wieder ihre Zornwut vor (B. 607). Zum Schluß ist er natürlich gern bereit, ihren Kindern und ihr jede Erleichterung auf der Reise zu erwirken; da sie ihn aber von sich abschüttelt, glaubt er nun vollends alles für sie getan zu haben und spielt die gekränkte Unschuld. Das letzte Wort aber behält Medea, und drohend genug klingt es (B. 626). — Die Betrachtungen des Chores im zweiten Standliede behandeln die allzu stürmische Liebe, die Kypris fernhalten möge, und das Weh des Exils; der Gesang bildet also einen harmonischen Nachhall zu der letzten Szene.

Dritter Dialog. Aigeus, der König Athens, tritt auf; Medea fragt ihn nach dem Grund seines Erscheinens, und von ihrer Anteilnahme an seinem kinderlosen Dasein freundlich berührt, erkundigt er sich auch nach ihrem Schicksal und läßt sich durch das Versprechen Medeas, seiner Kinderlosigkeit abzuhelfen, gewinnen, ihr ein Asyl in seinem Lande anzubieten. Aber Medea, oft von Männern schlecht behandelt, verlangt einen Eid zur festeren Bürgschaft, und Aigeus vollzieht ihren Willen.

Nachdem der König sich entfernt, jubelt Medea auf; ihr Plan kommt jetzt zur Entwickelung. Sie will Jason zurückrufen lassen, ihn durch freundliche Worte kirren, daß er die Kinder bleiben läßt und diese der Kreusa die vergifteten Geschenke bringen können. Dann aber sollen die Kinder sterben und Jasons ganzes Haus vernichtet werden. Danach will sie fliehen, fliehen vor den Greueln ihrer eigenen Hand. Da, bei diesen Worten stockt sie; sie fühlt die ganze Entsetzlichkeit ihres Planes und braucht viele Worte, um sich vor sich selbst, auch durch einen Hinweis auf ihren Charakter (B. 807 ff.) zu rechtfertigen. Auch der Chor kann sie nun nicht mehr umstimmen; sie ist fest entschlossen, in den Kindern den Vater zu treffen. Aber der Chor ist nicht zu überzeugen; in seinem wundervollen **dritten Standliede** preist er Athen, fragt sich, wie die Mörderin gerade dort, in dem herrlichen Lande, ein Asyl finden könne, und stellt dann der Mutter das Bild ihrer Kinder vor Augen, gegen die sie doch das Schwert nicht heben könne.

Vierter Dialog. Jason erscheint, natürlich bereit, Medea goldene Brücken zu bauen. Zum Schein gibt sie nach und weiß auf den Pfaden vollendetster Heuchelei zu wandeln. Sie spricht ihm alle seine Gründe nach, ja auch sein Verdikt über die Frauenzimmer wiederholt sie zum Teil (V. 889 f.). Dann ruft sie die Kinder zur Besiegelung des ehelichen Friedens. Aber sie weiß nicht, was sie tut; wie die Kinder nun kommen, tritt der Anblick ihrer Unschuld in schärfsten Gegensatz zu ihrem eigenen Vorhaben (V. 899 ff.), sie weint und muß nun zur neuen Lüge greifen, um diese Tränen zu erklären. Dem schlaffen Jason fällt ein Stein vom schwachen Herzen; zufrieden wie er mit diesem Ausgang ist, versteht er nun auch auf einmal Medeas früheren Zorn. Jetzt glaubt er, durch Medea scheinbar unterstützt, auch selbst an die Auf-richtigkeit seiner Gründe und wiederholt sie den Kindern, als ob diese sie schon verständen. Ein sentimentales väterliches Gebet schließt sich daran, eine Ironie in sich selbst, bis der Betende auf einmal merkt, daß Medea noch weint. Natürlich ist das dem Oberflächlichen nicht ver-ständlich, aber er denkt sich nicht viel dabei, um so mehr, als Medea ihn jetzt wohlbedacht bittet, die Kinder ihm nun doch lassen zu dürfen. Da Jason zweifelhaft ist, so ersucht sie um eine Vermittelung dieser Bitte durch Kreons Tochter und fügt noch das Versprechen eines Geschenkes an ihre Nachfolgerin hinzu. Jason fühlt sich in fataler Lage; heuchlerisch bittet er zuerst Medea, ihre Habe zu schonen, dann erinnert er, der ja eine reiche Heirat schließen will, daran, daß eine solche Gabe dem stolzen Fürstenhause gegenüber doch peinlich sei, und endlich ist's ihm auch unangenehm im Hinblick auf die Braut, die doch um seinetwillen das Ge-wünschte tun solle. Medea aber weiß ihn umzustimmen und mit schreck-lich zweideutigem Worte hofft sie, daß die Kinder ihr frohe Botschaft zurückbringen mögen. So macht sie denn ihr Fleisch und Blut zu Ge-hilfen ihrer Mordtat, von den Händen der Unschuld soll das vergiftete Brautkleid und der Kranz gereicht werden: wir empfinden dadurch leichter die Ermordung dieser Unglückseligen, die selbst zum Morde haben mit Hand anlegen müssen. — Der Chor begleitet sie im **vierten Stand-liede** auf ihrem Gange und malt sich die Folgen der Tat aus. Da kommt zum **fünften Dialoge** der Pädagoge mit den Kindern zurück und berichtet von der Überreichung der Gaben.

Und jetzt spricht Medea sich in jenem wundervollen Monologe voll Zweifel, Schwanken, Anläufen zum Entschluß, Wiederaufgeben der geplanten Tat über ihr Vorhaben aus, eine Szene, die spätere Dichter nachgeahmt haben und deren Darstellung ein Vorwurf für die Kunst ward. Schon der erste Anblick der zurückkehrenden Kinder ergreift sie, aber noch dreimal bricht danach die Mutterliebe in stets neuem Aus-drucke hervor. Zuerst scheint Medea sicher ihres Tuns, sie sieht die Kinder schon tot und beklagt aufs tiefste, daß sie nicht weitere Mutter-

pflichten an ihnen versehen könne (V. 1025 ff.). Aber je länger die
Klage um alles schon Verlorene sich ausdehnt, desto näher kommt wieder
das Mitleid, und ein Blick in die Augen der Kinder, das heitere Lachen
der Knaben genügt, um den Entschluß der Rachsüchtigen zu brechen.
Und nun naht ihr auch die Überlegung; warum soll sie sich selbst durch
die grauenvolle Tat doppeltes Leid zufügen? Jetzt verweilt sie bei
ihrem eigenen Leid; da aber überfällt sie wieder das Bewußtsein, welche
Rolle sie als Duldende spielen würde. Und wieder siegt der Haß, sie
heißt die Kinder ins Haus gehen, sie will offenbar durch ihren Anblick
nicht schwach werden. Aber kaum daß beide Knaben der Mutter gehorchen wollen, kommt der zweite Anfall der Reue, freilich schon
schwächer, um bald dem erneuten Entschlusse zum Morde, den sie nun
noch durch einen Grund der Mutterliebe stützt (V. 1060 f.), zu weichen.
Jetzt weiß sie sicher, was sie will, auf halbem Wege — schon ist ja
Glauke vergiftet — kann sie nun nicht mehr einhalten. Sie nimmt
Abschied von ihren Kindern; die Empfindung von der süßen Atmosphäre
der Jugend (V. 1075) kann sie zwar nicht mehr wankend machen, aber
sie ist doch der letzte Nachhall ihrer mehrfachen Zweifel vor der Tat, die
mit der Kraft von Reuegedanken in ihr arbeiten. Gleichwohl: die
Leidenschaft hat über das Gewissen gesiegt (V. 1079). — Allem diesen
nachsinnend bleibt Medea auf der Bühne zurück.

Auf liebliche Weise entschuldigt der Chor, daß auch er gegen
sonstige Frauenart einen Sinnspruch wage, und entscheidet sich, daß
Kinderzucht eine große Mühe und ein stetes Glücksspiel sei, daß Eltern
in mannigfachster Weise bis ins Alter dadurch nur Kummer und Sorge
gewännen (V. 1081—1115). Da sieht Medea (**sechster Dialog**) einen
Boten kommen, der ihr kurz meldet, was geschehen ist, und sie zur
eiligen Flucht auffordert. Aber die Mörderin will sich noch in grauser
Wollust an den Einzelheiten weiden, und so muß der Bote ihr wie uns
ausführlichen Bericht geben. Es zeigt sich, daß Medea ihre Nebenbuhlerin ganz richtig taxiert hat. Die Kinder, die von allen im Hause
als Unterpfand des wiederhergestellten Friedens begrüßt worden waren
(V. 1140 ff.), sind der Braut ein Ekel und Greuel, und kaum kann
Jason die Verstimmte beruhigen: das vermögen erst die Geschenke, zu
denen sie gleich greift. In voller Eitelkeit vor dem Spiegel sich zierend,
wird sie von dem Gifte erfaßt und von der Flamme verzehrt: ein Vorgang, der von Euripides mit echt griechischer Plastik bis in gräßliche
Einzelheiten beschrieben wird (vgl. besonders V. 1198—1201). Dem Schicksal
der Tochter verfällt auch der Vater, dessen Ende etwas anders beschrieben
wird. Ein solcher Tod im reichen Hause zeigt wieder einmal recht
deutlich, was Menschenglück und -Stolz bedeuten.

Die Flamme hat Medeas Opfer verzehrt, aber die Racheglut der
Mörderin brennt erst jetzt lichterloh. Noch einmal wappnet sie sich mit
Kraft, dann stürzt sie rasend ins Haus hinein zu den Kindern; der
Chor betet und klagt im **fünften Standliede**, da brechen schon die

Jammerrufe der von der Mutter Bedrohten aus der Wohnung hervor.
Es sind nicht die gewöhnlichen Laute der von einer Waffe Getroffenen
hinter der Szene, wie sie nicht selten im griechischen Theater ertönen
(vgl. S. 47), sondern das Grausige und Jammervolle wird noch ge=
steigert durch die Wechselrede der flüchtenden Brüder, die sich vor der
wütenden Mutter nicht zu helfen wissen; ein tiefes Erbarmen wie über
den Tod der Söhne Eduards beschleicht uns. Zu spät erscheint in der
Exodos Jason, um den Mord im Königshause zu bestrafen, noch
ahnungslos über das jüngst Geschehene. Mit entsetzlicher Tragik läßt
ihn der Dichter nach den Kindern sehen, um sie gegen die Verwandten
des Herrscherhauses zu schützen: da hört er das Fürchterliche. Er will
hinein ins Königsschloß, um die Mörderin zu strafen. Aber sie ist für
ihn unerreichbar. Denn hoch auf dem Dache des Hauses erscheint jetzt
Medea in ihrem Zauberwagen, der die ermordeten Kinder trägt. Unten
steht Jason, hoffnungslos, hilflos, scheltend auf die Barbarin, jeder
Zoll kein Held; oben das entsetzliche Weib, die wie eine Kriemhild um
Liebe und aus Liebe alles getan, Gutes wie Böses, und im Bösen
konsequenter als der Mann nun auf den kläglichen Gatten herabsieht
und weiß, daß sie ihn vernichtet hat: eine Szene von einzig fürchterlicher
Größe. Waffe auf Waffe schlägt ihr eherner Sinn dem Gatten aus der
Hand, und selbst der Trost, die Kinder zu begraben, wird ihm durch
Medeas Entschluß genommen, jedes ihrer Worte ist ein treffender Hieb
auf den Unseligen. Als sie endlich, nachdem sie dem Gatten nichts
erlassen, verschwindet, bricht Jason in unmännlichen Klagen über das
Erlittene zusammen. Zum Schlusse verläßt der Chor mit Versen,
die auch sonst bei Euripides an gleicher Stelle wiederkehren, die
Orchestra.

Aufbau und Technik des Stückes. Das Drama hat durchaus
nicht den klaren Aufbau der Stücke des alten Aischylos und des Sophokles.
Die Exposition gibt uns zwar einen in jeder Weise poetisch befriedigenden
Aufschluß über die Situation des Stückes und läßt uns schon das
Folgende aus dem unheimlichen Wesen des verletzten Weibes ahnend
vorauserkennen. Desgleichen wird die dramatische Person der Medea,
der Wechsel von der Verzweiflung zur sanften Klage, von dieser wieder
zum Haßausbruch gegen ihren Gatten, dann zu schlauer Heuchelei, weiter
zum bangen Zweifel an der Richtigkeit der Tat, endlich zu dämonischer
Konsequenz im Handeln voll fesselnder Mannigfaltigkeit vorgeführt, und
obwohl die Grundstimmung Medeas durchweg die gleiche bleibt, setzt
doch ein erregendes Moment das andere fort, ohne daß unser
Interesse erlahmt. Aber demgegenüber sind auch schwere Fehler der
Komposition zu verzeichnen. Die tragische Häufung des Gräßlichen, die
Ermordung der Nebenbuhlerin wie der eigenen Kinder, ist nicht künst=
lerisch durchgeführt worden: die beiden Motive ließen sich schlecht ver=
einigen. Der Dichter bevorzugt das neue Motiv des Kindermordes; die
ersten Worte, die Medea spricht, handeln von dem Hasse gegen die

Kinder des Jason. Aber danach tritt dies wieder ganz zurück und Medea
überlegt eingehend, wie sie sich an Jason, an seinem neuen Weibe, an
deren Vater, durch Mord rächen könne. Und zwar ist diese Absicht, wie
der Auftritt mit Kreon zeigt, schon allgemein bekannt, d. h. sie ist ihr
gerade so wichtig wie der andere düstere Plan. Erst bei dem zweiten
Auftritte mit Jason fühlt sie sich wieder an ihr Vorhaben erinnert. So
geht dies nebeneinander her ohne rechte Verbindung. Auch wirkt der
Plan, durch den Mord der Kinder den Vater zu vernichten, nicht recht
überzeugend. Liebte Jason seine Kinder wirklich, so würde er sich über
ihre geplante Entfernung doch etwas mehr erregt haben, als er dies in
Wirklichkeit tut. Dieser sein Mangel an väterlichem Gefühl aber entspricht
durchaus dem Charakterbilde, das der Dichter von ihm entwirft; ver-
sessen auf die neue Heirat kann Jason nach seiner Natur allerdings
nicht anders handeln. Aber ebendarum wird diese Rache der Medea
in ihrer ganzen Schärfe nicht ganz glaubhaft. Der Dichter mag selbst
so etwas gefühlt haben, denn er läßt zuletzt Jason tragisch genug nach
seinen Kindern suchen, um die Überbringer der Todesgaben vor der
Rache der Blutsverwandten zu schützen. Aber eben dies wirkt nicht
recht überzeugend. An der Größe der Dichtung mindert dieser Fehler
gleichwohl nicht viel: der Ruin des ganzen Hauses durch Medeas Hand
bleibt in seiner ganzen Gewalt bestehen.

Der eine Fehler, die Parallelisierung zweier ursprünglich nicht zu-
sammengehörigen Motive, hat noch andere nach sich gezogen. In dem
Auftritte mit Kreon bittet Medea um die Erlaubnis, noch einen Tag in
Korinth bleiben zu dürfen, damit sie für ihre Kinder sorgen könne: dies
ist natürlich der Tag der Hochzeit und des Rachewerkes. Dies wird
gewährt. Dann aber hat es wenig Sinn, daß Medea später auch ihren
Gatten bitten will, die Kinder überhaupt bei sich zu behalten und danach diese Bitte noch durch Vermittelung der Braut beim Vater ver-
stärken will: sie hat ja nur den einen schon gewährten Tag nötig und
braucht Jason, der mit ganz anderen Gedanken beschäftigt ist, durch diese
Bitte auch nicht davon zu überzeugen, daß sie gegen die Kinder nichts
Böses im Schilde führe.

Der schlimmste Fehler aber der Komposition ist, wie von allen zu-
gestanden wird, die Einführung des Aigeus. Es ist uns im Grunde
ja ganz einerlei, wohin Medea nach der Tat gehen will. Aber die Sage
wußte davon, und der Dichter, der sonst so viel an den Mythen änderte,
benutzte sie gern, um Athen, das alte Asyl aller Heimatlosen, zu feiern.
Aber die Einfügung dieser Szene ist ganz unorganisch. Mögen wir die
verzweifelt praktische Überlegung der doch mit Zauberkünsten gewappneten
Heldin, wer sie nach dem Morde aufnehmen solle, auch aus der Natur
der Antike erklären, so bleibt diese Reflexion, die den bald erscheinenden
Besuch vorbereiten soll, doch gleich anstößig wie nach dem Besuch der
Jubel über den gewonnenen Rettungsport. Aigeus' Erscheinen aber selbst
erinnert an das Auftreten der guten Komödienonkel, die einen vollen

Beutel mitbringen. Es ist mitten in dem Drama, das dem Toben einer gewaltigen Frauenseele Ausdruck verleihen soll, ein störendes Stück des plattesten Rationalismus.

Denselben Bruch in der künstlerischen Gestaltung zeigt auch die Ausarbeitung der **Charaktere.** Zwischen dem übernommenen Mythus und dem Wesen der Heldin, wie es des Dichters Hand uns schafft, herrscht, wie wir schon bemerkten, ein Widerspruch. Die Medea, die aller magischen Künste mächtig ist und auf einem Zauberwagen entflieht, braucht sich nicht über ein Asyl den Kopf zu zerbrechen, das dämonische Weib, das den Sturz ihres eigenen und eines fremden Hauses vollendet, redet auch nicht in tiefen Betrachtungen über das Los des Weibes. Aber ein echter Dichter bleibt Euripides auch in dieser Gestalt. Die Kraft der Leidenschaft, die Medea durchtobt, die großartige Szene, wie Medea sich nach heißen Kämpfen zum Morde entschließt, die Typik, mit der der Gegensatz zwischen selbstloser Weibesliebe und männlichem Egoismus zur Darstellung kommt, wirkt noch heute aufs tiefste. Freilich tritt vor Medeas Gestalt alles andere zurück, fast zu sehr von ihrem dämonischen Glanze überleuchtet. In erster Linie Jason: er ist der Typus eines elenden, schwachen Egoisten, so daß wir uns wundern, was Medea je an ihm hat finden können. Ein Dutzendmensch ist Kreon, nicht gut, nicht schlecht; nur der Pädagoge und die Amme sind als redliche Diener des Hauses einigermaßen erfreuliche Gestalten, wo alles unser Entsetzen erregt oder unsere Geringschätzung findet.

Parallele mit Neueren. Von modernen Poeten läßt sich am ersten Grillparzer in seinem Drama „Das goldene Vlies" mit Euripides vergleichen. Grillparzer hat verschiedenes aus dem antiken Drama beibehalten, die Armut Jasons, seinen Wunsch, die Kinder auf einen anderen Boden zu verpflanzen, sie „in der Sitte Kreis" zu erziehen; auch der Egoismus Jasons tritt, freilich mehr von Medea getadelt als in Jasons eigenen Worten sich kennzeichnend, zutage, und natürlich sind Medeas Zweifel an ihrem Entschlusse festgehalten samt dem Nebenmotive, daß die Mutter, um fest im Mordplane zu werden, die Knaben fortsendet. Aber sonst sind, wie bekannt, bedeutende Verschiebungen vorgenommen worden. Jasons Heldennatur wurde verstärkt, so blieb sein Egoismus weniger der des oberflächlich gedankenlosen Mannes, Medeas Wesen wird weicher gestaltet und in ihr mehr die ungeschickte Barbarin betont, die dem feineren Manne unsympathisch wird. Beide Gatten tragen dazu gemeinsam die Last, sie empfinden wie zwei edel gerichtete Menschen, die zuletzt sehen, daß sie sich in ihren Gefühlen zueinander geirrt haben. Aber die Frau fühlt auch hier noch stärker als der Mann, sie vergißt nicht die alte Leidenschaft, und so hat auch die Grillparzersche Medea Augenblicke, in denen sie ebenso rasend empfindet, wie die Euripideische:

> Ich wollt', er liebte mich,
> Daß ich mich töten könnte ihm zur Qual! —

Gleichwohl zeigt, trotz aller modernen Lobsprüche, die man auf das Stück gehäuft hat, Grillparzers Medea nur wieder die tiefe Kluft, die zuletzt doch antike Vorwürfe und moderne Poesie trennt. Es ist öfter hervorgehoben worden, daß die Fabel der Goetheschen Iphigenie und die göttlichen Gestalten des Stückes selbst in keiner Beziehung zueinander stehen: dieser Thoas hat nie Menschen opfern lassen. Ebenso ist's hier: diese Medea ist keine Barbarin, sie ist nicht so brutal gegen ihr eigen Fleisch und Blut, daß die Kinder sich von vornherein vor ihr fürchten, diese Medea mordet ihre Söhne nicht mehr, noch treibt eine so modern empfindende solches Zauberwerk. Auch bei Euripides traten schon, wie wir eben gesehen, Widersprüche der Gesamtkonzeption und der Einzelausführung hervor; größer werden diese Kontraste naturgemäß bei dem modernen Dichter, der sich noch an die Antike halten will. Auch er hat diesen Gegensatz deutlich gefühlt, er hat darum den Tod des Pelias anders dargestellt, als der alte Mythus ihn berichtete. Aber mit solch kleinen Abstrichen war es nicht getan; die Antike war und bleibt dem Nachdichter ein viel zu spröder Stoff.

C. Hippolytos.

Literatur: Wilamowitz: Euripides' Hippolytos. Griechisch und Deutsch. Berlin, Weidmann, 1891.

Wieder eine neue Spielart des von Euripides so eingehend studierten weiblichen Geschlechtes zeigt uns der 428 aufgeführte „Hippolytos". Es handelt sich hier um die Leidenschaft der Phaidra zu ihrem Stiefsohne Hippolytos. Der junge Mann, des Theseus und einer Amazone Sohn, hat nur Leidenschaft für die Jagd und huldigt allein seiner Schutzpatronin Artemis. Phaidra, von dem nicht mehr jungen Gatten Theseus abgestoßen, seufzt nach dem schönen kalten Jüngling. Eine Liebesvermittelung durch die Amme der Phaidra wird von Hippolytos scharf abgewiesen, und nun tötet sich die Getäuschte, nachdem sie vorher in einem Briefe, den sie in die Hand nimmt, ihren Stiefsohn lügnerisch eines Anschlages auf ihre Tugend bezichtigt hat. Theseus findet das Blatt und flucht seinem Sohne. Poseidon erfüllt die Bitte seines alten Freundes Theseus, ein Ungeheuer des Meeres macht Hippolytos' Rosse scheu, und der Jüngling findet dabei seinen Tod. Nur zu spät erkennt der Vater am Sterbebette seines Sohnes seinen Irrtum.

Es ist entschieden ein sehr bedeutendes Drama, mit dem wir es hier zu tun haben: ein altes, in der Poesie fast aller Völker wiederkehrendes Thema wird mit solcher Meisterschaft behandelt, daß die Malerei der späteren Zeit, wie auch die Dichtung bis auf Racine herab des Stoffes sich immer wieder bemächtigt hat. Die Liebesraserei der Phaidra, die Anfälle ihrer Krankheit, die stockende und verstohlene Erklärung über den Gegenstand ihrer Liebe, das perfide und kupplerische Wesen der Amme, deren Eilfertigkeit und Taktlosigkeit die Hauptschuld an der unheilvollen Entwickelung trägt, Theseus' Haltung, der seinem sittenstrengen Sohne gegenüber zuerst ins Blaue hinein mit moralischen Sentenzen und Andeutungen redet, um dann endlich, nachdem er den Chor für sich gewonnen glaubt, loszubrechen: dies alles vergißt man so leicht nicht wieder. Aber noch mit einem Worte gilt es die Tendenz des Dramas zu berühren, weil wir darüber in letzter Zeit manche Auf= klärung erfahren haben, ohne doch meines Erachtens zum Abschlusse gediehen zu sein. Hippolytos, der Sohn einer Amazone, ist eine Art männlicher Amazone selbst. Er ist ursprünglich eine Gottheit, ihm opferten die jungen athenischen Mädchen dicht vor der Hochzeit. Er wird, so hat man gesagt, hier zur rauhen Abstraktion der Abwendung von der Liebe. Kalte Tugend, der nie eine Versuchung nahegetreten ist, Tugend= stolz, verbunden mit Doktrinarismus auch dem Vater gegenüber, so ist sein Wesen. Er hat sich dem natürlichen Triebe versagt, darum naht ihm verbotene Leidenschaft von außen, und schuldlos geht er zugrunde. Aber so dürfen wir die Sache meines Erachtens doch nicht ansehen; denn daraus müßte man schließen, der Dichter habe uns die bösen Folgen alles rein prinzipiellen Handelns, alles Doktrinarismus vor Augen führen wollen. Ich glaube, daß die Sache doch anders liegt. Wir haben schon bemerkt, daß Euripides uns gern Durchschnittsmenschen vorführt, er zeigte das Leben, wie er es sah. Theseus ist hier nicht mehr der Heros, den die Hand des attischen Künstlers feierte, er ist ein Mann in den vierziger Jahren, wo das Leben stillzustehen scheint, wo man sich zuweilen schon gern an das Geleistete erinnert, wo man noch nicht alt und grämlich ist, aber auch nicht mehr jung und hoffnungsvoll, wo man gelegentlich auch Grillen fängt. Die Alte ist der Typus einer Duenna, die sich auch am Schlechten freut, wenn sie nur ihre dürren Hände dabei regen und alles einfädeln kann. Phaidra endlich ist gar keine Heroine ihrer Leiden= schaft, durchaus nicht rücksichtslos, in nichts einer Medea vergleichbar; sie liebt hoffnungslos, sie schämt sich es zu sagen, läßt es kaum zu, daß die Kupplerin für sie arbeitet, ganz anders also wie die Phèdre Racines, und getäuscht tut sie dasselbe, was die Sage und der Roman so viele Frauen in ihrer Lage hat tun lassen. Hippolytos endlich wird dadurch, daß dem Golde seiner Tugend ebensoviel Kupfer der Einbildung und Anmaßung beigemischt wird, auch mehr oder minder zu einem Durch= schnittsmenschen gestempelt. Von allen diesen Durchschnittsmenschen hört man nun gelegentlich eine halb philosophische Sprache. Mit Recht findet man es anstößig, daß die Alte die tiefsten Herzensgeheimnisse des zweifelnden und tastenden Dichters selbst ausspricht. Aber in derselben Lage befindet sich auch Phaidra; daß eine Frau, die allerdings An= wandlungen von Schwermut hatte, über des Menschenlebens Elend nächtelang grübelt und eine fast sophistische Entwickelung der Ursachen dieses Elendes gibt, ist bei dem Weibe, das immer nur den individuellen Fall empfindet, unter ihm leidet, über ihn sich freut, sehr wenig glaublich. Auch hier redet, wie in jener Reflexion der Medea (s. S. 88), des Dichters Zunge selbst. Und wie die einzelnen Personen, die einzelnen

Faktoren des Dramas die individuellen Empfindungen des Dichters verraten, so ist auch die Entwickelung des Ganzen nur aus der Tendenz des Dichters verständlich. Aphrodite zürnt dem Hippolytos, Artemis kann ihm nicht helfen, ihm nur im Tode Trost bringen: das heißt doch, mit den Göttern ist es nichts, uns „irren Wahnbilder des Glaubens". Und da die Menschen einen ebensowenig erfreulichen Anblick gewähren, da das Laster, wenn auch nicht siegt, so doch verderblichste Folgen äußern kann, und die menschliche Tugend zum unleidlichen Tugendstolz wird, so führt uns der Dichter notwendig vor die entsetzliche Frage: was ist denn nun eigentlich auf Erden wirklich? führt uns vor das eiserne Tor, das unser Erdendasein von dem erträumten, erhofften Zustande der Dinge, da das Unzulängliche Ereignis werden soll, absperrt, und resigniert kehrt Euripides um.

Wir wissen, daß auch Sophokles eine „Phaidra" gedichtet hat, sicher in Konkurrenz mit Euripides. Schon öfter sahen wir die tragischen Dichter nicht nur um den Sieg beim tragischen Wettkampfe miteinander streiten, sondern einen den anderen durch neue Schöpfungen aus dem-selben oder ähnlichen Stoff überbieten; so versuchte sich Aischylos in Phrynichos' Genre, so hat Sophokles ähnliche Vorwürfe wie Aischylos behandelt, so rang er mit Euripides, als beide nacheinander eine Elektra schrieben, wie wir noch sehen werden. Die Phaidra aber des Sophokles erlag unter der Wucht des euripideischen Stückes; das Altertum hat nur das Drama des jüngeren Poeten gelesen und von Sophokles' gleichnamiger Tragödie uns fast nichts erhalten. Aber bald tritt der große Dichter wieder in einigermaßen erreichbare Zeitnähe.

4. Sophokles' Ödipus.[1])

Literatur: Übersetzungen: Sophokles' Ödipus. Griechische Tragödien übersetzt von U. v. Wilamowitz-Möllendorff. Weidmann 1899. — Sophokles' ausgewählte Tragödien mit Rücksicht auf die Bühne übertragen von A. Wilbrandt. München 1903.

Zeit, Beurteilung, Stoff des Stückes. Das Drama, nicht lange nach dem Tode des Perikles, nach 429 v. Chr. aufgeführt, hat den ersten Preis nicht erhalten; vielleicht drückte die Wucht seiner Tragik zu schwer auf die Athener, die vom Kriege und durch die Pest schon genug bedrängt waren.[2]) Die spätere Zeit hingegen hat das Drama außer-ordentlich hochgestellt; als Aristoteles begann, seine bedeutenden, aber etwas engen Theorien über die Poesie aufzustellen, fand er, daß die beiden von ihm gestellten Anforderungen, die Erregung von Furcht und Mitleid besonders in diesem Drama erfüllt wurden. — Der Dichter hat einen alten Stoff benutzt, die Sage von Ödipus, der als

---

1) Nicht König Ödipus, so nannte erst die spätere Zeit das Stück im Unterschiede zum Ödipus auf Kolonos.
2) So v. Wilamowitz, dessen Einleitungen zu seinen Übersetzungen un-bedingt von dem Lehrer gelesen werden müssen.

Kind von seinen Eltern ausgesetzt, dann von Hirten gefunden, später ahnungslos seinen eigenen Vater erschlägt und seine Mutter heiratet, nachdem er die Thebaner von dem Ungeheuer, der Sphinx, befreit (vgl. übrigens oben S. 35). Sophokles hat mit genialem Griffe die allmähliche Entdeckung des Frevels wider die Natur, den Ödipus ahnungslos begangen, zum Körper seines Dramas gemacht; ein Hin und Her von Furcht und Hoffnung, wie es erschütternder wohl selten auf der Bühne sich abgespielt hat.

Exposition. Unmittelbar wie gewöhnlich führt uns der Dichter durch den Prolog d. h. die Szenen, die vor der Parodos des Chores liegen, mitten in die Dinge hinein. Wir erfahren alles, das Elend des Volkes, das unter der Pest dahinstirbt, die Tötung des alten Königs Laios: so wird zuerst die Stimmung des Landes gekennzeichnet, sodann das Faktum, um das sich alles dreht, skizziert. Mit dem ersten Schritte, den Ödipus auf die Orchestra aus dem Palaste tut, charakterisiert er sich selbst, es ist der sorgende König, der wahre Landesvater, der in seines Volkes Wohl und Wehe aufgeht. Das weiß die vor dem Tore des Palastes lagernde Gemeinde selbst am besten; er hat die Stadt schon einmal befreit, er wird ihr auch jetzt helfen. Ihre Hoffnung soll sie denn auch im weiteren Verlaufe des Dramas nicht täuschen: freilich, der König und sein Haus müssen darüber zugrunde gehen, daß die Stadt gerettet wird: eine tragische Erfüllung dieser Hoffnung. Das sollen wir schon jetzt fühlen, wo zunächst uns nur der berechtigte Glaube der Gemeinde an ihren König nahe tritt. Er selbst, der beste Patriot des Landes, hat schon an alles im voraus gedacht, hat in seiner Not Kreon zum Orakel von Delphi gesandt und erwartet ihn schon lange zurück. Da kommt der Ersehnte. Es ist, als ob er etwas von all den nahenden Schrecknissen ahnte, denn nur zögernd teilt er die Antwort des Gottes mit, und so legt sich denn gleich auf unser Gemüt der schwere Druck, der uns während der ganzen Dauer des Stückes kaum einmal verlassen soll. — Schnell sind wir beim Kernpunkt des Stückes angelangt, der Tötung des Laios, deren einzelne Umstände noch im Dunkel liegen und nun Stück für Stück durch den leidenschaftlichen Eifer des gewissenhaften Königs in schrecklichstes Licht treten sollen. Damit diese tragische Entwickelung dem Hörer recht deutlich werde, muß Ödipus solch vorbedeutende Worte sprechen, die in ihrer Zweischneidigkeit gerade dem für solche Pointen so empfänglichen antiken Gefühle sich einprägten, aber auch uns noch treffen (V. 138 ff.):

> Geschieht es doch nicht einem fern Verwandten,
> Mir selbst geschieht's zuliebe, wenn die Blutschuld
> Ich löse, denn wer Laios erschlug,
> Hebt bald auch wider mich die Mörderhand.
> So treibt mich eigner Vorteil, ihm zu helfen.

Einzug des Chores (Parodos). Der einziehende Chor, 15 Greise, gibt die Stimmungsfarbe des Augenblicks, Todesleid und Hoffnung auf

7*

der Götter Beistand. Aufs neue (**erster Dialog**) ist der Landesfürst tief im Innern bewegt, aufs neue will er alles daran setzen, des Mörders habhaft zu werden, und immer fester, sich selbst die Schlinge schürzend, spricht er einen schweren Fluch gegen den Täter aus. Die ganze Stadt= gemeinde soll ihrem Könige beim Vollzug der Strafe helfen, die sie eigentlich schon früher hätte verhängen müssen. Im Vollgefühle seiner jetzigen Stellung, als Mann der früheren Königin=Witwe empfindet Ödipus seine Verantwortung und wieder spricht er schrecklich vor= bedeutende Worte (V. 258 ff.). Aber nicht durch Worte allein wird er sich selbst zum Richter, sondern, wie schon angedeutet, auch durch Taten, durch diese fast unheimliche Geschäftigkeit, die ihn jedes Mittel versuchen läßt, dem Mörder auf die Spur zu kommen. Wie der König schon früher den Kreon entsandt hatte, so braucht er auch jetzt vom Chor nicht gemahnt zu werden, bei Teiresias Hilfe zu suchen; schon lange hat er nach ihm geschickt und ungeduldig wie jenen erwartet er diesen (V. 289). Wieder also tritt der greise Seher auf, wieder entwickelt sich, ähnlich wie in der Antigone, die Begegnung des Königs mit dem Priester. Freilich ist's ein anderer König, nicht ein Herrscher voll despotischer Verranntheit, sondern voll leidenschaftlichster Sorge um sein Volk; freilich ist's diesmal der Priester der Wahrheit, der das Schreck= liche nicht künden mag, weil es zu grausam ist, aber doch tritt wieder der alte Gegensatz zwischen König und Priester, man möchte sagen: zwischen weltlichem und geistlichem Schwert in sein Recht. Und immer t r a g i s c h e r wird die Szene. Als Teiresias dem Ödipus sagt: der Mann bist du! gleitet dies an dem Könige, der sonst voll eifrigen Wahrheits= sinnes ist, völlig wirkungslos ab; nachdem er vorher (V. 347) sogar den Seher der Mitwissenschaft an der Tat bezichtigt, verfällt er jetzt darauf, in Kreon den Urheber einer gegen ihn mit Teiresias gesponnenen Intrige zu sehen, und ähnlich wie Kreon in der Antigone hält er den Seher für einen bestochenen Pfaffen (V. 388 f.). Aber e i n Wort des Teiresias fällt dem Könige doch in die Seele, die kurze Erwähnung seiner Eltern (V. 437). Darüber will er Bescheid wissen, aber der in seiner Ehre, in seinem Gotte tiefbeleidigte Greis wendet sich schon zum Gehen und gibt nur in dunklem Worte eine kurze unbefriedigende Aus= kunft, um zuletzt (V. 447—459) von dem Täter fast unpersönlich zu sprechen. So wird denn hier mit höchster dichterischer Kunst das e r s t e retardierende Moment, dem später noch ein zweites, schwächeres folgen soll, eingeführt.

    Erstes Standlied des Chores. Der Chorgesang faßt die Stimmung, die diese Szene in dem nichtsahnenden Volke erweckt, zu= sammen: wer ist wohl der Mörder, wo trifft man ihn? Polybos' Sohn (d. h. Ödipus) kann's doch nicht gewesen sein, Ödipus steht für mich nach allem, was er getan, zu hoch da, ohne weitere Beweise kann ich ihn nimmer verdammen. Dies aber tut im nächsten Auftritte, **dem zweiten Dialog,** Ödipus dem Kreon an. Der König hat nicht ohne Scharf=

sinn eine Lücke in dem bisherigen Bericht über die Ereignisse bei Laios' Tod entdeckt; wie er es früher (V. 129) befremdlich fand, daß man die Sache nicht gleich untersucht, so begreift er jetzt nicht, daß man nicht schon damals Teiresias' Kunst beansprucht hat, und kann daher nicht von dem Gedanken an eine Intrige ablassen. Kreon, in diesem Drama das Gegenteil einer ehrgeizigen Natur, sucht ihn durch den Hinweis darauf, wie er selbst durch seine Verwandtschaft mit dem Herrscherhause schon alle Vorteile einer hohen Stellung ohne deren Lasten besitze, zu beruhigen und mahnt ihn, vor allen Dingen Gerechtigkeit zu üben. Ödipus aber ist durch seine Sorgen um das Vaterland in einen Zustand völliger Raserei geraten, und erst Jokastes Erscheinen kann die zürnenden Männer ein wenig besänftigen. Aber auch der Chorführer muß sich einmischen und auch seinerseits darauf hinweisen, daß beim Streite der vornehmsten Männer die Wohlfahrt des Landes nicht gedeihen könne (V. 665 ff.). Um Jokastes willen bequemt sich endlich Ödipus zu einem Kompromiß, der wieder in eigenartig zweideutigen Worten Ausdruck findet (V. 669 f.). Kreon geht. Verstimmt bleibt Ödipus mit Jokaste zurück und erzählt ihr von der Ursache des eben beendigten Zwistes. Jokaste, eine ebenso leere wie von ihrer eigenen Weisheit tief überzeugte Frau, beweist ihm tragisch genug gerade an Laios' Schicksal die Richtigkeit aller Sehersprüche. Aber ihre Erzählung wirft einen furchtbaren Schatten in Ödipus' Seele; er erinnert sich des Kreuzwegs, und sein Entsetzen steigt, je mehr er von den Einzelheiten vernimmt. Schon glaubt er völlig vernichtet zu sein, er hofft nur noch, der einzige entronnene Diener des Laios[1]) werde durch seine Aussage die Befürchtungen nicht bestätigen. Aber noch ist es nicht so weit, noch ahnt er nicht alles. Seine Erzählung von seiner Begegnung mit dem Greise am Kreuzweg, die an dieser Stelle mit größter Kunst eingeflochten ein wichtiges Stück der Vorgeschichte des Dramas enthält, zeigt uns, daß er sich zwar für den Mörder des Landesherrn, für den blutbesudelten Gatten der Königin hält, daß er aber die wahren Greuel, die ihm geweissagte Mordtat an seinem Vater, die Verbindung mit seiner Mutter noch in der Zukunft vor sich sieht, und wieder legt sich uns der Druck des Dramas beklemmend auf die Seele. — Nur Jokaste bleibt, wo selbst der Chor eine bedenkliche Miene aufsetzt, ruhig und macht sich aus allem weiter kein Arg, da doch ihr und Laios' Kind bald gestorben sein müsse. So fährt sie fort, die Orakelsprüche zu verachten.

Aber um ihren Gatten ist sie gleichwohl in Sorge. Während der **Chor im zweiten Standliede** unter Protest gegen die eben vernommenen frevelhaften Worte seinem Gottvertrauen Ausdruck verleiht, bereitet sich Jokaste im **dritten Dialog** zum Opfer an Apollon vor, um ihrem Manne, der in der furchtbaren Qual der Unsicherheit bald auf diesen,

---

1) Über die Einführung dieses Dieners und ein dabei Sophokles zugestoßenes Versehen siehe unten das Nötige.

bald auf jenen hört, zum Frieden zu verhelfen: wir begreifen, was ein
Gebet aus diesem Munde wert ist. Da kommt ein Korinther, um mit
Ödipus zu sprechen; er bringt die Kunde von Polybos' Tode. Ödipus
fühlt sich von einer Zentnerlast befreit, nun kann er seinen Vater doch
nicht mehr töten; Jokaste steht mit überlegener Ruhe da, sie hat das
alles schon immer gesagt (B. 973). Es ist das zweite retardierende
Moment. Freilich, ein sehr schwaches, denn während beider Seelen
sich nun in Freude vereinigen, ist die Katastrophe schon auf dem
Wege. Ödipus kann in seiner Gewissenhaftigkeit doch nicht von dem
Gedanken an die Mutter lassen. Da beruhigt ihn der Korinther,
gerade so wie es vorher Jokaste versucht hatte — mit demselben traurigen
Erfolge. Ödipus ist nicht Polybos' Sohn; das Nähere, wie man ihn
als Kind gefunden, wird ein Freund des Korinthers, der einst mit ihm
Hirte gewesen, aussagen können. Unterdessen leidet Jokaste Höllenqualen;
jetzt ist ihr alles klar. Aber sie liebt nicht, den Dingen allzusehr auf
den Grund zu gehen und möchte, auch in ehrlicher Sorge um den
Gatten, das Forschen nicht zu weit fortgesetzt sehen. Ödipus freilich,
der energische Wahrheitssucher, ist nun weiter denn je von der Erkenntnis
entfernt, er täuscht sich wie erst über Teiresias und Kreon, so jetzt völlig
über die Motive seiner Gattin und setzt bei ihr einen törichten Adels=
stolz voraus (B. 1063 ff. 1078 ff.) — Auch der Chor (drittes Standlied) ist noch ahnungslos und erschöpft sich in Vermutungen über die
Herkunft des Herrschers. Bald aber hört jeder Zweifel auf; denn der
Hirte (vierter Dialog) erscheint, freilich — man könnte hier ein
drittes retardierendes Moment erkennen — muß er erst gezwungen
werden, auszusagen, weil er sich fürchtet und Strafe für seinen Un=
gehorsam von damals erwartet. Endlich bekennt er, und die Verzweiflung
seiner Seele um Ödipus (B. 1180 f.) bereitet uns ergreifend auf des
Königs Elend vor.

Aus der Tiefe der Schwermut steigt das vierte Standlied des
Chores empor. Das allgemeine Menschenelend bildet den Ausgang
seiner Empfindung, aber· bald ist er bei Ödipus' entsetzlich schnell ge=
wendetem Schicksal angelangt. Doch bleibt das Gefühl der Dankbarkeit
im gebrochenen Herzen zurück.

Exodos. Ein zweiter Bote naht und bringt die Kunde von
dem im Palaste geschehenen Unheil. Die Königin hat sich erhängt,
nachdem sie mit echt antikem Pathos ihr vergangenes Dasein ver=
flucht, Ödipus hat sich mit gleich pathetischen Worten die Augen, die
solche Greuel nicht mehr sehen sollen, geblendet; der Akt dieser Blendung
wird mit der Deutlichkeit geschildert, die man im Altertum unerläßlich
fand und die uns schon bei Glaukes Verbrennung in der „Medea"
(S. 92) begegnet ist.

Und nun tritt der Unselige heraus, in seinem elenden Zustande,
und singt, bejammert vom Chore, sein uns etwas eintönig bedünkendes
Klagelied; dann faßt er sich und entwickelt in längerer Rede die

Gründe, die ihn zur Blendung trieben. Er ist voll Haß gegen sich selbst und verlangt nach weiterer Strafe, nach Verbannung. Seine Qual zu erhöhen, muß nun noch Kreon kommen. Kreon, temperaments= los, wie er ja oben die harten Worte des Ödipus durchaus nicht nach Gebühr erwidert hat, ist nur ängstlich auf das Dekorum bedacht: Ödipus soll hier nicht länger mit dem Chor reden, sondern lieber ins Haus gehen. Aber Ödipus will als ein Ausgestoßener, ein Verworfener be= handelt werden. Nur eine Bitte hat er noch, seine Töchter will er noch einmal sehen, und Kreon, dem dies ja nichts kostet, erfüllt das Ver= langen des Königs.

Da stehen sie denn vor dem Vater, der sie in seine Arme schließt. Der antike Mensch empfindet in solcher Situation anders als wir. Er sieht die Dinge plastisch, wie sie sind; wenn die Nächsten miteinander sprechen, erfinden sie keine trivialen Trostgründe. Hektor beklagt bei Homer in seiner Begegnung mit Andromache das Schicksal seiner Gattin nach seinem Tode und erläßt ihr in der Ausmalung dieses Elends nichts. Ebenso Ödipus; er sieht für seine Töchter nur Kummer und Jammer voraus, wünscht ihnen aber zuletzt, indem er sie dem Kreon empfiehlt, doch ein besseres Dasein als er selbst gehabt. Dann führt ihn Kreon mit trockenem Worte hinweg, und Ödipus schließt mit dem Hin= weis, niemanden selig vor dem Ende zu preisen; dessen sei sein Schicksal Zeuge.

Idee des Dramas. Es gilt hier nun in erster Linie die oft be= handelte Frage nach der tragischen Schuld des Ödipus, ferner nach der Schicksalsidee der Griechen zu beantworten, um so mehr, als diese Dinge noch immer eine sehr schiefe Behandlung finden. Obwohl ein dramatischer Dichter wie Hebbel schon früh, mit der ganzen pole= mischen Energie seiner herben Persönlichkeit die Idee von der tragischen Schuld als des innersten Wesens der Tragödie abgelehnt hat, so nützte dieser Vorgang fast gar nichts, es ist immer wieder nach der Schuld des Helden tiefsinnig gefragt und spitzfindig geantwortet worden. Wahrhaftig, ein eigener Unstern steht über dem Schicksale der Ergebnisse, die von der historischen Forschung ermittelt werden. Jede Erkenntnis auf exaktem Gebiete greift augenblicklich Platz; Resultate der historischen, insbesondere aber auch der ästhetischen Forschung setzen sich nur langsam nach manchem Jahrzehnt durch. Und so ist, obwohl auch die Stücke Ibsens nur selten den Zusammenhang von Schuld und Sühne mit der von manchem erwünschten Deutlichkeit zeigen, obwohl Philosophen wie Lipps und Philologen wie Wilamowitz auf die Hinfälligkeit der rein moralischen Betrachtung des Dramas, insbesondere der Schuldtheorie nachdrücklich hingewiesen haben, ein Umschwung in der Betrachtung des eigentlich Tragischen wohl nicht allzubald zu erwarten.

Mit vollem Rechte also ist scharf betont worden, daß Ödipus nichts getan hat, also auch nichts büßen konnte. Auch sein Vater hat nicht gesündigt, sondern nur versucht, dem Willen der Gottheit aus=

zuweichen. Aber die Gottheit behält dem Menschen gegenüber recht, je und
je: das ist die fromme Idee des Stückes. Auch Athen hatte in Sophokles'
Augen nicht gesündigt, es war nichts geschehen, was die entsetzliche Pest, die
jetzt in seinen Mauern wütete, irgendwie als Strafe für Frevel und Un=
bill erscheinen lassen konnte: es ist eine Vermessenheit menschlicher Kurz=
sichtigkeit, in jedem Schicksalsschlag eine Strafe erkennen zu wollen.
Der Feind stand vor den Mauern Athens, ein neuer Feind raste inner=
halb der Stadt: warum? wozu? fragte der Dichter nicht, er fühlte nur,
die Hand der Gottheit war schwer, aber es war die Gottheit, und sie
gab ihm zu sagen, was er litt, wo der Alltagsmensch Athens in seiner
Qual verstummte, wo Euripides in den Lauten der Verzweiflung oder
der tiefsten Resignation endete. So ist der König Ödipus gleich einer
ernsten Predigt in ernster Zeit, die nicht, wie es sonst so oft geschehen
ist, die müden und gequälten Herzen erst recht zerknirschen will, sondern
sie hinweist auf den ewigen, den unerforschlichen Willen.

   Dieser Wille aber ist hier noch nicht das blinde Schicksal, wie
die späteren Griechen es kannten. Blind ist hier der Wille der
Gottheit nicht. Sie hat verkündet, was geschehen sollte; lange schien
alles still und ruhig, da tauchen die ersten Zweifel und Ängste auf,
Furcht und Hoffnung wechseln in beängstigender Intensität, endlich er=
füllt sich alles, wie es von der Gottheit sehenden Auges verkündigt
worden war. Wer hier vom Schicksal sprechen will, der muß Schicksal
und Gottheit gleich setzen. — Die Folgen der nach unserer Meinung
falschen Auffassung von der Schicksalsidee und der Schuld sind, wie man
weiß, einschneidend gewesen. Schillers sehr ungenügende Kenntnis
von der Antike ließ die „Braut von Messina" entstehen, in der
die Schicksaltheorie eine fast tendenziöse Behandlung erfuhr, und be=
kannt ist, welche Dichter dann auf seinem Pfade wandelten, bis die
Nachtreter sich endlich auch vor den Augen des großen Publikums lächer=
lich machten.

   Aufbau und Technik. Damit der Wille der Gottheit geschehe,
damit der Dichter zeigen könne, daß Menschenwitz und Menschenverstand
machtlos gegenüber dem göttlichen Walten sei, muß allerdings sehr viel
geschehen, müssen viele Situationen geschaffen werden, ist ein Apparat
von Nebenfiguren nötig. Mit vollem Recht hat Wilamowitz darauf hin=
gewiesen, daß dem Sophokles auch ein Fehler dabei mit untergelaufen
sei. Der eine Diener, der beim Tode des Laios Augenzeuge gewesen,
kehrt erst nach der Thronbesteigung des Ödipus heim; Ödipus konnte
Jokaste aber doch erst dann heiraten, als der Tod des Laios in Theben
schon bekannt war. Das ist unabweisbar; nicht sowohl einen Fehler
als vielmehr eine recht gezwungene Situation müssen wir ferner es
nennen, wenn eben dieser heimkehrende Diener derselbe war, der auch
das Kind Ödipus aussetzte, wenn der Korinther, der das Kind in
Empfang nahm, wieder zum Boten gemacht wird, beide also zweimal
entscheidend in Ödipus' Leben eingreifen. Der unmittelbare Genuß des

Dramas und seiner Kunst wird damit jedoch nur zu einem ganz kleinen Teile eingeschränkt. Wenn wir den Namen Ödipus hören, wissen wir ja zumeist damit die bestimmte Vorstellung eines entsetzlichen Schicksals zu verbinden, aber in seinem Stücke versteht der Dichter doch die Dinge so auf uns wirken zu lassen, daß wir immer noch auf eine Wendung zum Besseren hoffen. Die retardierenden Momente sind mit solcher Kunst eingefügt, daß wir uns wirklich auf Augenblicke von der Last befreit fühlen. Und welch' unendlich wirksamen Kontrast weiß Sophokles zu schaffen, wenn er Ödipus der Zuversicht seines Weibes gegenüber voller Bangen und Düsterkeit zeigt, und wo Jokaste plötzlich grauen= volle Klarheit gewinnt, da ihren Gatten wieder ganz zuversichtlich werden läßt. In der Tat: das, was wir heute mit besonderer Be= schränkung tragisch nennen, jenen grellen, inneren Widerspruch der Dinge, das tritt in der Poesie erst recht eigentlich mit Sophokles' Ödipus ins Leben.

Die Charaktere. Des Dichters größte Kunst aber besteht darin, den Mythus aus dem Charakter wieder neu zu erzeugen. Ödipus' Selbsterkennung ist das edle Werk seines Königssinnes. „Als König denken, leben, sterben" scheint auch sein Wahlspruch zu sein. Die Sorge für sein Volk, sein unbeugsamer Wahrheitssinn, die beide sich nie genug tun können, führen das Unheil herbei, Ödipus gräbt sich selbst mit Feuereifer sein Grab. Er hat Kreon zum Orakel geschickt, nach Teiresias gesandt, er läßt den Hirten holen. Auf echt weibliche Weise sucht Jokaste mit halben Maßnahmen auszukommen, und als die Um= stände ihr scheinbar recht geben, hat sie wie manches Weib so etwas schon immer gesagt. Und doch bleibt sie uns nicht ganz unsympathisch; ihre Sorge für den Gatten, ihr Verzweiflungstod rühren uns. Als unerfreuliche Gestalt tritt Kreon beiden zur Seite, ein langweilig korrekter, selbstsüchtiger Biedermann, wie ihn v. Wilamowitz treffend gekenn= zeichnet hat. Aber auch ihm fehlt doch jene jämmerliche Nichtigkeit mancher euripideischen Männergestalten.

Wirkung der Tragödie. An die Antigone reicht das Stück nicht ganz heran, so gewaltig es ist, so unbedingt es um seiner hohen und sieghaft durchgeführten Idee willen klassisch heißen muß. Die Tragödie erdrückt, sie erhebt nicht und dieser Eindruck zeigt deutlich genug, wie kurzsichtig die Forderung ist, auf die Erregung von Furcht und Mit= leid habe der dramatische Dichter allein sein Augenmerk zu richten. Das Drama weist die aktuellsten Spuren einer erregten Zeit auf, in der Trauer= und Freudbotschaften wechselten, bis alles so traurig wurde, wie es nur werden konnte. Es will uns beim Anhören bedünken, wie ein furchtbarer Traum, aus dem wir öfter zur be= ruhigenden Wirklichkeit aufschrecken, um gleich wieder aufs neue in die Bande derselben schrecklichen Vision geschlagen zu werden. Aber denken wir darüber wie wir wollen: es ist Leben von eines großen Dichters Leben.

5. Euripides' und Sophokles' fernere Tätigkeit und ihr Ausgang.

Es ist hier unmöglich, noch eine Anzahl Sophokleischer und Euri=
pideischer Dramen eingehender zu würdigen. Es genüge daher zum
Schlusse ein kurzer Hinweis auf einige unter diesen und auf den sich
in ihnen uns wieder aufs neue darstellenden Kunstcharakter beider
Dichter, die, weil sie öfter miteinander im Wettstreite geschaffen haben
und auch im gleichen Jahre gestorben sind, nicht getrennt behandelt
werden durften. Durch die Ungunst der literarischen Überlieferung
wissen wir von Sophokles' Tätigkeit in den zwanziger Jahren weniger
als von Euripides. Das ist recht schade, aber Euripides ist kein schlechter
Ersatz seines großen Zeitgenossen. So andersartig seine Poesie ist, so
sehr sie nach Effekten strebt, sie bleibt doch nie klein. Die feine, oft etwas
bewußte Ausarbeitung der Charaktere, namentlich der Frauen, die tief=
wahren, nur freilich etwas gar zu sehr gehäuften, und nicht immer den
richtigen Persönlichkeiten in den Mund gelegten Sentenzen werden jeder=
zeit ein Ruhmestitel des Dichters heißen müssen. Aufs neue führte er
dem Volke seine Frauengestalten vor; es sah Andromache als Sklavin
leiden unter der Eifersucht einer Nebenbuhlerin, es sah auch Hekabe
in der Knechtschaft dulden und endlich sich furchtbar rächen; ein anderes
Stück, die Schutzflehenden oder „der Mütter Bittgang" wie es
v. Wilamowitz nennt, stellte in beliebter Wiederholung dar, wie alle
Hilfesuchenden immer in Athen Gewährung ihrer Bitte finden. Be=
deutender als alle diese Stücke hebt sich der zwischen 423 und 415
gedichtete Herakles heraus. Herakles war eine Gestalt, die wenig auf
der attischen Bühne erschienen war. Der Volksglauben hatte in seinem
keulenbewehrten Theseus eine Parallelfigur zu dem Dorer Herakles, den
man als starken, gefräßigen Schlagetot in Athen ansah, geschaffen. In
dieser wenig bedeutenden Gestalt zeigte ihn uns so seinerzeit des Euripides
Alkestis. Aber durch nichts lernen wir mehr, daß jedes Drama ein
Individuum für sich ist, als durch die Vergleichung des Herakles der
Alkestis mit unserem Stücke. Ähnlich wie der Odysseus in Sophokles'
Aias ein ganz anderer ist als derselbe Held im Philoktet, ähnlich wie
der Kreon der „Antigone" und des „Ödipus" differieren, so ist auch
hier ein ganz gewaltiger Unterschied. Herakles ist der Vertreter der
dorischen heldenhaften Selbstsicherheit, allgemeiner gesagt, der Selbst=
sicherheit überhaupt, die denn doch im Kampfe des Lebens einmal Schiff=
bruch leiden muß. Das Drama hat zwei Teile: im ersten rettet Herakles
seinen greisen Vater Amphitryon, seine jugendfrische Gattin Megara
und seine Kinder vor dem Tyrannen Lykos, der sie alle töten will, im
zweiten Teile naht dem stolzen Helden auf göttliche Fügung die Raserei
(Lyssa), so daß er die eben erst geretteten Kinder mordet; zuletzt hilft
dem aus dem Wahnsinn erwachten tiefgebeugten Helden sein Freund
Theseus und eröffnet ihm ein Asyl in Athen. Es ist ein ganz euri=
pideisches Stück; ein unruhiger Wechsel der Handlung, die zwei Höhe=

punkte kennt; dazu eine tiefe Abneigung gegen die Götter des Volksglaubens, die nur Unheil stiften können. Aber wenn die Alten Euripides
den tragischsten Dramatiker nannten, so haben sie in diesem Falle recht
gehabt.   Denn nichts ist tragischer, als den siegreichen Helden seine
Kinder erst befreien und dann töten zu lassen.   Dazu sind die Charaktere
mit aller Feinheit ausgestaltet: die jugendfrische, ungeduldige Frau, der
ergebene, müde Greis, der nur von einem Tage zum anderen lebt, der
erst so stolze und selbstsichere und dann so ganz gebrochene Held, und
endlich der sympathische Theseus, wieder eine Gestalt aus dem Geiste
echt athenischer Humanität geboren.   Und wie das psychologische Moment
unsere Bewunderung erregt, so verdient das pathologische uneingeschränktes
Lob in der Darstellung des Wahnsinns.   Endlich die erhabene Sittlichkeit des Schlusses: in Sophokles' sieben Stücken zählen wir allein vier
Selbstmorde; daß es tapferer sei, das Leben zu ertragen, das sagt uns
Euripides' Herakles (V. 1347), das memento vivere wird hier zum
erstenmal in die Welt hineingerufen.   Das sollen wir nicht vergessen, vor denen so oft summarisch der Stab über die hellenische Ethik
gebrochen wird.

Betrachten wir das Wesen unseres Dichters, so wird man ihn zwar
nun und nimmer nur einen Epigonen nennen dürfen — denn ein Meister
wie Sophokles hätte an einen solchen kaum Anschluß genommen —, aber
wir erkennen doch klar genug den Menschen einer Übergangszeit.   Solche
sind meistens selbst die Unbefriedigtsten, die Unbefriedigendsten.   Euripides
befriedigte seine Hörer nicht, wie wir bemerkten, sie gaben ihm selten den
Preis, aber er reizte sie zum Nachdenken durch seine unnachsichtige Wahrheitsliebe, durch sein Seelenforschen.   Sie drängten sich zu seinen Stücken,
sie lernten, wie wir sicher wissen, seine Tragödien auswendig.   Daß
Sokrates mit Vorliebe Euripides gehört habe, ist neuerdings mit vollem
Rechte in das Reich der Fabeln verwiesen worden, aber daß eine solche
Übergangszeit nötig war, ehe die Denker Athens ihre Stadt zur festen
Burg der Philosophie, der Erkenntnis des unbekannten Gottes im Menschenherzen machen konnten, ist ebenso wahr.   Gegen solche Persönlichkeiten,
die das himmlische Licht nicht sahen, aber mit heißem Bemühen suchten,
sollen wir daher gerecht bleiben.   Die Komödie mochte die Dramen des
grübelnden Zweiflers lächerlich machen, wir aber dürfen nicht vergessen,
daß der Weg zum Lichte den ringenden Menschen durch die Finsternisse
des Zweifels führen muß, unbedingt.   In diesen Nebeln ist Euripides
erstickt.   Die Götter des Volksglaubens genügten ihm nicht, ihr konventionelles Erscheinen läßt uns kalt.   Er ahnte ein höheres Walten,
er sehnte sich ihm entgegen, aber sein Blick durchdrang die Wolken nicht.
Da hat er denn sein Hoffen auf die Menschenseele, deren Niedrigkeiten
doch sich keinem so wie ihm unverhüllt zeigten, geworfen und in einigen
wenigen Idealgestalten seinem Sehnen nach dem Besten Genüge getan.

Tragisch war auch der Ausgang des tragischsten Dramatikers.
Der einsame Grübler verachtete die Massen, und als in Athen alles

drunter und drüber ging, wanderte er aus. Er begab sich an den Hof des Makedonerkönigs Archelaos, der inmitten von Halbbarbaren eine Art von Musenhof geschaffen hatte. Hier dichtete er für den Monarchen, wie Aischylos für den sizilischen Tyrannen. Gefallen hat es ihm auch hier nicht unter dem plumpen Volke. In Makedonien ist er denn nach kurzem, nicht ganz zweijährigen Aufenthalte i. J. 406 gestorben, wie man — eine unkontrollierbare, aber nicht unwahrscheinliche Geschichte — erzählte, nächtlicherweile von Hunden zerrissen.

Anders ist es Sophokles ergangen. Auch er hat geseufzt unter dem Elend des Peloponnesischen Krieges und in trüben Gesängen seine Chöre klagen lassen über die Not der Zeit. Aber im letzten Grunde unberührt von Zweifeln ist er seinen hohen Weg gegangen. Auf seiner reinen Stirn lag der Abglanz der Gottheit, die ihm so oft Halt und Stütze gewesen. Und so hinterläßt fast jedes seiner Stücke einen reinen Eindruck, befriedigt das poetisch empfängliche Gemüt des Hörers. Er hat manches Äußerliche in seinen Dramen, noch im Alter von Euripides lernend — so ist der Schluß des „Philoktetes" ganz euripideisch — übernommen, aber sein Wesen blieb sich im letzten Grunde doch stets gleich. In den „Trachinierinnen" schildert er das jammervolle Ende des großen Herakles, den seine ihn heiß liebende Gattin von seiner Leidenschaft zu einem jungen Mädchen durch einen Liebeszauber heilen will und nun gerade tötet. Man muß dies Stück neben die Euripideische Medea halten, um den vollsten Genuß davon zu haben; die süße Deianeira, die nach längerer Ehe noch so innig liebt, der unbändige Kraftmensch Herakles, der aber doch zu sterben weiß, weil er den Willen der Gottheit sich erfüllen sieht, der leicht erregte, unvorsichtige, aber doch pietätsvolle, gehorsame Jüngling Hyllos, der wie so oft versöhnende Schluß: überall atmen wir echt sophokleische Luft. Furchtbarer steht vor uns die düstere „Elektra" da, der später durch das gleichnamige Euripideische Stück Konkurrenz gemacht wurde. Wieder haben wir hier zwei Schwestern, wie in der Antigone, die Elektra, die der Jammer des Hauses, der stete Anblick der ehebrecherischen Mutter Klytaimestra und ihres Buhlen Aigisth fast bis zum Wahnsinn treibt, und die sanfte Chrysothemis, die sich resigniert in das Unvermeidliche fügt. Des Dichters Kunst hat es verstanden, das Charakterbild einer Unglücklichen, die nicht nur durch die äußeren Umstände, sondern auch durch die selbsteigene Pein immer unseliger wird, zur höchsten Evidenz herauszuarbeiten, so daß wir auch das schreckliche Wort der Elektra, das sie dem die Mutter mordenden Bruder zuruft: Triff zum zweitenmal, wenn du vermagst! aus ihrer Natur heraus verstehen können. Daß aber die Wahrheit und Typik dieser Persönlichkeit gewirkt hat, beweist ihre Anerkennung durch unseren höchsten Dichtergenius, beweist Goethes Bezeichnung der Karoline Herder als einer Elektra-Natur. Nicht gleich diesem Drama, aber immerhin von hervorragendem Werte bleibt der Philoktetes (409 aufgeführt). Es handelt sich hier um die Gewinnung des an einem Vipernbisse krankenden

Helden Philoktet und seiner von Herakles ererbten Pfeile für den Kampf gegen Troja. Odysseus, der Grund hat, den Philoktet zu fürchten, will den kranken, aber im Augenblicke um seiner Waffen willen nütz= lichen Feind durch List nach Troja bringen; dazu soll Neoptolemos, der junge Sohn des Achilleus, seine Hand bieten. Der Konflikt entsteht in wundervoller Weise durch den Widerstreit der offenen Soldaten= natur des Jünglings mit der ihm zugedachten Betrügerrolle; er reißt endlich das Netz, das er selbst über Philoktet hat werfen helfen, durch; da alles nun sich völlig anders, als es geplant worden, entwickeln will, erscheint als eine Art von euripideischem deus ex machina Herakles vom Olympe her und schlichtet den Streit. Es ist also, wie schon be= merkt, ein „Mythus", der zur Darstellung kommt, nicht eine Tragödie in unserem Sinne.

Im allerhöchsten Greisenalter hat Sophokles, vielleicht i. J. 407, noch ein Stück geschrieben, das uns erhalten ist. In fast ungebrochener Frische dichtete er den Ödipus auf Kolonos. Wir haben das erste Stück gelesen und gesehen, an welch furchtbarem Beispiel der Dichter die Macht der Gottheit dargestellt hat. Er empfand das Walten der Himm= lischen, er kannte keinen Trotz, er unterwarf sich wie ein israelitischer Prophet und verlangte von seinem Volke das gleiche. Aber im höchsten Alter empfand er aufs neue die göttliche Gnade. Noch einmal führte er die Gestalt des Ödipus seinen Zuschauern vor, er ließ den fluch= beladenen Greis mit Antigone und Ismene nach Athen kommen, dort vor dem Zwange des Kreon bei Theseus Schutz finden und ihn endlich von der Erde enthoben werden. In Attika, da, wo die Sage im Gaue Kolonos das Grab des Ödipus nannte, vollzieht sich das düstere Wunder der Entrückung. Diese Dichtung hat im Hinblick auf den uralten Dichter= greis etwas Ergreifendes. Die ganze Zeit des Sophokles glaubte nicht an ein Fortleben nach dem Tode, so wenig wie die israelitischen Propheten. Um so tiefer berührt uns der persönliche Glaube des Dichters oder besser: seine Hoffnung. Geheimnisvolle Schauer wehen um das Ende des blinden Königs, um den Ort, da er entrückt ward. Mit Absicht läßt der Dichter diese letzten Dinge im Dunkel und schildert nur den Eindruck des Unbegreiflichen auf Ödipus' Begleiter, Theseus:[1]

> Bald aber blickten wir zurück; da sahen wir
> Den Alten nirgend mehr — der König aber
> Hielt sich die Augen mit der Hand bedeckt,
> Als wär' ein Bild des Grauens ihm erschienen,
> Das ihm den Blick geblendet. Doch es währte
> Nur kurze Zeit: dann sahn wir auf den Knien
> Ihn zum Olympos und zur Erde beten.
> Wie aber er dahinging, — niemand weiß es
> Zu sagen, als des Theseus Mund allein.

_____

1) Wilbrandt, a. a. O. S. 188.

Denn keines Blitzstrahls gottbeschwingte Flamme
Hat ihn getötet, noch ein Sturmwind, aus
Dem Meer entsteigend, ihn hinweggerafft;
Nein, ihn entführten Götter, oder freundlich
Tat sich des Hades dunkles Tor ihm auf.
Denn klagenlos und ohne Schmerz und Pein
Ward er hinweggenommen — wunderbar
Wie nie ein Mensch! —

In der Tat: Sophokles machte sich keine Vorstellung von den Ab=
sichten der Gottheit mit der Seele des Menschen, aber das mystische
Dunkel, das er um seines Helden Ausgang legt, deutet darauf hin, daß
er der Anschauung seiner Zeit, die Seele löse sich in Luft auf, fern
stand. Wie dem auch sei, für uns bleibt es ein unendlich erhabenes
Zusammentreffen, daß Sophokles und Goethe, die in so vielem sich
ähneln, gesund bis ins hohe und höchste Greisenalter in ihren letzten
Schöpfungen mit dem Auge des Mysten hinüberschauten in das fremde
Land der Ewigkeit, da das Unzulängliche Ereignis wird.

VI. Die Nachwirkung der attischen Tragödie.

Mit Sophokles und Euripides, die beide im Jahre 406 gestorben
sind, ist die tragische Bühne Athens verödet. Aristophanes empfand es
wohl, wenn er in seiner Komödie „Die Frösche" den Gott Dionysos
in die Unterwelt steigen ließ, um einen guten Tragödiendichter herauf=
zuholen, aber selbst bei solcher Überzeugung konnte er nicht umhin, über
seinen alten Gegner Euripides die Lauge seines Spottes auszugießen.
Natürlich hat es nach dem Tode der beiden großen Poeten noch Dichter
gegeben, wir kennen auch ihre Namen noch, aber mit einer einzigen
Ausnahme ist kein Stück erhalten geblieben. Der Kreis der alten
Tragödienstoffe war erfüllt und ausgemessen worden; das merken wir
schon bei Euripides, bei dem die Helden und gar die Götter verblassen,
das Menschliche in Charakter und Handlung hervortritt. Man greift in
der Armut des Augenblicks wieder auf die alten Tragödien zurück, und
entgegen der überlieferten Sitte führt man diese wieder auf. Die Dar=
stellung aber geschieht nun nicht mehr durch Bürger, sondern durch
Schauspieler, die sich zu einer Zunft zusammengetan haben. Das Drama
selbst aber erlischt nicht völlig, immer noch üben Söhne und Enkel der
verstorbenen Dichter die Kunst, bis es endlich zum Buchdrama wird
und gar keine Aufführung mehr erwartet. Dann erlebt die griechische
Tragödie noch eine kurze Auferstehung im republikanischen Rom, wo sie
übersetzt wird; aber der derbe Sinn der Römer fand auf die Dauer
wenig Gefallen an diesen Einbürgerungsversuchen. So lasen denn nur
die wenigen feineren Geister latinischer Zunge die griechische Tragödie,
d. h. besonders Euripides, und versuchten sie gelegentlich nachzubilden.
Das sind die Buchdramen des Seneca, fast durchweg höchst minderwertige,

langweilig rhetorische Abklatsche der alten Muster. Aber ihren kulturellen
Wert haben auch sie gehabt, den darf man nicht verachten. Als das
Drama des Mittelalters, das bekanntlich ebenso auf dem Boden des
Volkslebens und -Empfindens gewachsen ist wie die antike Tragödie,
als das Mysterium, das Passionsspiel die gebildeteren Kreise nicht mehr
zu fesseln vermochte, da wirkten Senecas Buchdramen wieder kräftig ein
und dienten dem modernen Drama zum Vorbilde. Ohne diese Vorstufe
ist selbst Shakespeare nicht ganz denkbar. So erkennen wir den Welt=
gang der griechischen Kultur, der für Wissende und Forschende gerade
in unserem Zeitalter wieder immer mehr zur Wahrheit wird; wir sehen,
wie das Griechentum selbst in schlechten Übersetzungen und in schlechteren
Nachbildungen auf die Menschheit gewirkt hat bis auf den heutigen Tag,
so unbequem auch diese absolute Wahrheit denen erscheinen mag, die nur
im matter of fact man den Herrn der Schöpfung erkennen wollen.

Aber die Wirkung des griechischen Dramas ist damit noch in keiner
Weise erschöpft, daß wir das Leben des Individuums „Drama" und
sein Fortleben verfolgt haben. Auch der Einfluß Schillerscher und
Goethescher Dramen zeigt sich ja nicht nur in der Einwirkung auf
spätere Dichter derselben Literaturgattung, sondern überhaupt im ganzen
Kulturleben. Und das griechische Drama ist nicht nur aus einer ge=
waltigen Kulturströmung aufgetaucht, sondern hat auch eine ganze Kultur
geschaffen. Der gemütliche und geistige Horizont des Volkes war
unendlich erweitert worden, viele beengende Schranken waren gefallen.
Welch eine Entwickelung von den Klageweibern des Phrynichos bis zum
mystischen Hingang des Sophokleischen Ödipus! Alles was das Menschen=
leben zeitigt, Heldengröße und Heldensturz, Kampf und Sieg, Werden
und Vergehen, alles was das Menschenherz empfindet, Liebe und Haß,
Rache und Vergebung, Freundschaft und Neid, weibliche Selbstlosigkeit
und Männeregoismus, Herrscherstolz und Menschengröße, Zweifelsangst
und seliges Gottesbewußtsein, das war nicht nur an den Augen und
Ohren der Athener vorübergezogen, sondern hatte auch von ihren Seelen
bleibenden Besitz ergriffen. Eine solche Fülle der Bilder und Eindrücke,
durch eine Zeit von über fünfzig Jahren ohne Unterbrechung wirkend,
mußte auf die Volksseele nachhaltigsten Einfluß haben. Man ist der
Erforschung dieser Wirkungen noch viel zu wenig nachgegangen, gerade so
wie man ästhetische Fragen fast ängstlich vermeidet, um nicht als
dilettierender Literat verschrien zu werden. Und doch sind diese Dinge
von außerordentlichem historischen Werte. Es wäre eine schöne Aufgabe,
im einzelnen nachzuweisen, welche Expansion das griechische Gemütsleben
durch die Tragödie erfahren, wie die auf der Bühne sich abspielenden
Effekte auf das gemütliche Dasein des Tages zurückgewirkt haben, auf
welchen Stationen sich das Empfinden des athenischen Volkes bis zu
jener unendlichen Feinheit der Charakteristik und auch des seelischen
Lebens entwickelt hat, die wir in dem echten Kinde der Tragödie, ins=
besondere des Euripideischen Dramas, in dem athenischen bürgerlichen

Schauspiele bewundern. Die Zeit für diese Studien wird sicher einmal kommen.

Eine Wirkung freilich ist längst erkannt. Wir wissen, daß die Platonischen Dialoge eine Art poetischer, dramatischer Einkleidung haben. Platon ist einer der größten Poeten Athens. In seiner Jugend dichtete er Tragödien. Aber er bezwang diese Neigung, sein Genius sagte ihm, daß die Tragödie sich ihrem Ende nahte, und er wandte sich der Philosophie zu, die nun Athen bis in die Byzantinerzeit hinein zu ihrem Königssitze machte. Er ward sogar in seinem Wahrheitsdrange ein heftiger Feind der Poesie. Aber was in ihm gelebt, konnte nicht völlig unterdrückt werden. Die Einkleidung seiner Dialoge, mehr aber noch die Darstellung der Redenden zeigt den Dramatiker, den Dichter. Es ist ihm gelungen, die von ihm vielfach bekämpften Sophisten und Weisheitslehrer in solcher Gestalt vorzuführen, daß erst die mühsame historische Forschung unserer Tage ihnen zu ihrem lange verkannten geschichtlichen Rechte verholfen hat und sie uns nun immer mehr in ihrem wahren, nicht immer einwandfreien, aber doch bedeutenden Wesen erscheinen. Und nun gar Sokrates! Noch immer ist seine historische Gestalt nicht in das volle Licht gerückt. Wir verdanken das Platon; es ist seine schöne Schuld, daß er diesen einzigen Menschen zu einem Heros, dem nichts auf Erden unerforschbar war, umgeschaffen hat, zu einer Gestalt von unvergänglichem Leben.

Und was sagt uns nun selbst noch die antike Tragödie? Sie lehrt uns in ihrem Wechsel von Aischylos zu Sophokles, von Sophokles zu Euripides, daß es für das Dichten und Schaffen keine Regeln oder wenigstens doch nur sehr äußerliche, also irrelevante gibt. Wir haben lange an Aristoteles' Gesetze geglaubt. Der große Weise, der die Dinge der Natur sah wie sie sind, der überall im Zerstreuten und Zusammenhangslosen die Idee und die Absicht der Natur zu erfassen suchte, der Kategorien und Klassen schuf, er glaubte, auch in der Poesie ließe sich gliedern und sondern, ließen sich Gesetze statuieren. Die Franzosen haben ihn gar nicht verstanden und geglaubt, ihn nach diesem ihren Unverstand befolgen zu müssen, die Deutschen haben ihn tiefer erfaßt, aber auch leider ihn lange zur Norm genommen. Aber der heilige Geist der Poesie spottet derer, die sein Wehen und Walten auf Gesetzestafeln zu bannen trachten. Und so geschieht es, daß oft gerade die besten und tiefsten Stücke der Antike und der neuen Zeit zu Aristoteles' Kunstregeln in stärksten Widerspruch geraten. — Und noch ein zweites will die antike Tragödie von uns; sie stellt an uns eine Forderung. Wir sollen ihr nicht bloß das oberflächliche Museums-Interesse des Globe-Trotters zuwenden, sondern ein menschlich lebendiges. Über den Hamlet gibt es eine immerfort wachsende Literatur, über Ibsens „Nora" ereifert sich eine ganze Schar moderner Seelenkündiger; dieselbe liebevolle Teilnahme, die wir den modernen und oft recht flüchtigen Erscheinungen entgegenbringen, heischt die Antike von uns. Sie ist nicht gleich zu verstehen; wenn Schiller sie gelegentlich starr nannte, wenn der Poet sie nicht verstand, so dürfen auch wir zuweilen ihre Herbheit empfinden. Aber sie ist viel zu reich, als daß dieser Eindruck ein bleibender sein könnte. Und nicht zuletzt wirkt das in unseren Tagen zunehmende historische Verständnis. Schon lange sind uns die griechischen Statuen nicht mehr marmorweiße Gebilde einer idealisierenden Kunst, schon reden sie zu uns nicht mehr nur in der Linienführung, sondern auch in den Farbentönen des menschlichen Körpers. Es braucht nur ein wenig Phantasie, um uns hineinzuleben in die Werke der bildenden wie der dichtenden Kunst. Hebbel sagt einmal:

> Verfluchtes windiges Geschmeiß,
> Das uns mit der Antike quält,
> Bloß, weil sie viele Jahre zählt;
> Das gar nicht ahnt, worin es steckt,
> Daß sie den Größten am meisten schreckt.

Der Dichter, der die Antike liebte und ehrte, aber kein Klassizist war, wußte, wie diese Dinge gemeiniglich aufgefaßt werden, wie sie aufzufassen sind. Das Altertum soll uns kein kaltes Dogma sein, sondern zur warmen inneren Erfahrung werden. Diese aber erwirbt man nur durch Hingebung, die oft zu einem Ringen des Geistes mit dem Geiste wird. So wird freilich die Gemeinde, die von antiken Menschen, ihrem Fühlen und Denken etwas hören will, sich mehr nach Qualität als nach Quantität charakterisieren. Das ist aber noch nie für eine Gemeinde ein Schaden gewesen.

Druck von B. G. Teubner in Dresden.

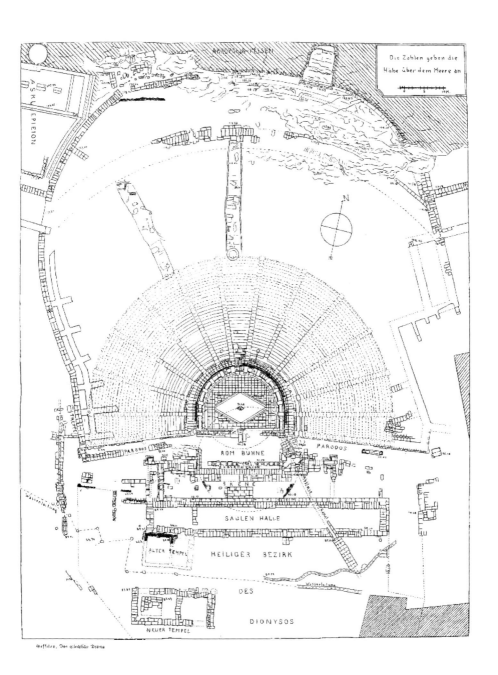

ACROPOLIS-FELSEN

Die Zahlen geben die
Höhe über dem Meere an

N

ASKLEPIEION

PARODOS

ROM. BÜHNE

PARODOS

SZENE

SÄULEN HALLE

ALTER TEMPEL

HEILIGER BEZIRK

DES

NEUER TEMPEL

DIONYSOS

123